KB249131

최재서 일본어 소설집

옮긴이 이혜진(李慧眞, Lee Hye Jin)은 한국외국어대학교 국어국문학과에서 석·박사학위를 받았
다. 민족문제연구소 연구원을 거쳐 도쿄외국어대학 총합국제학연구원에서 연구원으로 공부했다.
주요 논문으로는 「최재서 비평 연구」가 있고, 역서로는 『정인택 작품집』(편역), 『녹기연맹』, 『화
폐인문학』, 『자유란 무엇인가』가 있다.

최재서 일본어 소설집

초판 인쇄 2012년 9월 20일 **초판 발행** 2012년 9월 30일
옮긴이 이혜진 **펴낸이** 박성모 **펴낸곳** 소명출판 **출판등록** 제13-522호
주소 서울시 서초구 서초동 1621-18 란빌딩 1층
전화 02-585-7840 **팩스** 02-585-7848 **전자우편** somyong@korea.com **홈페이지** www.somyong.co.kr

값 18,000원
ISBN 978-89-5626-743-2 03810

ⓒ 2012, 이혜진

잘못된 책은 바꾸어드립니다.
이 책은 저작권법의 보호를 받는 저작물이므로 무단전재와 복제를 금하며, 이 책의 전부 또는 일부를 이용하려면
반드시 사전에 소명출판의 동의를 받아야 합니다.

최재서 일본어 소설집

The Collection of Short Stories on Japanese by Choe Jaison

이혜진 옮김

소명출판

    이 책은 식민지 말기 '총동원 체제'하에서 발표된 최재서의 일본어 소설 총 5편을 한국어로 번역하여 엮은 것이다. 최재서가 주간한 인문사(人文社)에서 발행되었던 『인문평론』이 '조선문학의 혁신'을 기화로 『국민문학』으로 재편된 것은 1941년 11월의 일이었다. 이것은 1937년 6월 4일에 성립된 고노에 후미마로(近衛文麿) 내각의 '군관민 거국일치'에 따른 '국가총동원법' 실시(1938.4.1)라는 조선의 군사적 개편과 나란히 진행된 문예계의 움직임으로서, 전쟁 수행을 위한 목적 외에는 그 어떤 문학적 가치도 승인받지 못하는 본격적인 문학의 관제화를 의미하는 것이었다. 이때 조선의 민중은 '총후 국민'으로 소환되었고, 따라서 국민의 생활은 일본의 국가정신에 부합될 수 있도록 제한되고 조정되는 통제사회가 실현되었다.

    '고도국방건설'을 모토로 하는 '총동원 체제'하에서 조선의 문인들이 이에 조직적으로 부응했던 것은 바로 '황국위문 조선작가 사절단(1939.4.15)'을 중지전선(中支戰線)에 파견했던 사건이다. 김동인이 '문단의 희생양을 자처하면서 스스로 총독부 학무국을 찾아가 제안하고 또 학예사의 임화, 인문사의 최재서, 문장사의 이태준이 주도적으로 협의하고 참여한 이 사건은 최초의 조직적인 문인들의 시국 행사였다는 점에서 조선 문인

동원의 전사(前史)에 해당한다고 할 수 있다. 그리고 이 행사를 계기로 1939년 10월 29일 '조선문인협회'가 창설되었고, 이어 1940년 7월 7일 민간 교화 단체들로 조직된 '국민정신총동원 조선연맹'이 총독부 학무국 주도의 '국민총력 조선연맹'으로 개편되면서 새롭게 설치된 '문화부'는 조선 문예계를 전시체제에 적합한 기구로의 전문화를 가능케 했다.

문화의 운영을 위한 관민일치가 조선에서 처음 조직화되었기 때문에 조선 문인들 거의 전체가 '조선문인협회'에 가입했다는 이광수의 증언을 참고할 필요도 없이 이 시기는 일본이 중국과의 장기적인 전쟁을 수행하면서 동시에 아시아·태평양전쟁에서 폐색의 기미를 보이기 시작할 무렵이었다는 점에서 『국민문학』은 '결전체제'하의 전시 이데올로기를 강박적으로 재현하고 있다. 일찍이 조선 제일의 평론가로 군림했던 최재서가 전례없이 총 5편의 일본어 소설을 창작했던 것도 바로 이 시기다.

특히 최재서의 첫 일본어 소설인 「보도연습반」(1943.7)이 발표된 때는 '조선문인협회'가 '조선문인보국회(1943.4.17)'로 개편되면서 전쟁에의 총집결을 목표로 하는 '황도문학'이 집중적으로 생산되는 시기였고, 따라서 최재서의 일본어 소설은 모두 '징병'이나 '학도병' 입영 그리고 '총후부인'을 위한 '내선일체' 이데올로기가 공식처럼 적용되는 핵심적인 요건을 갖추고 있다. 그러나 다른 한편 선전의 첨병이 되어야 하는 지식인의 곤혹스러움이 초래한 심리적 장벽에 직면해야만 했던 그의 절망의 간극 또한 쉽게 간과할 수 없는 인상으로 포착되기도 한다. '익찬(翼贊)'을 위한 사상공작에는 무엇보다 문예인의 사상 검증을 최우선으로 두었고, 거기에는 문예인의 자기 수양이라는 강제가 작용하고 있었기 때문이다. 즉 일제 말 '국민문학'은 실현을 지향해야만 하는 목표 그 자체로서, '총력전' 단계에서는 영구전쟁이라는 이념적 해석을 강요 당할 수밖에 없었다. 그리고 최재서의 일본어 소설은 바로 이 자리에 놓여 있다.

제국 일본이 수행하는 전쟁에서 조선인의 자발성을 견인하기 위해 조선인의 긍지를 소환함과 동시에 조선과 일본의 긴밀한 관계성을 고 대에서 상상하는 등의 공작은 이미 문학이 아닌 미학적 태도이며, 이 것은 일찍이 일본 낭만파의 과격한 낭만주의에서도 목도되었던 바이 다. 이러한 점에서 '총동원 체제'하에서 조선인 동원에 집중되어 있는 최재서의 일본어 소설에서 보이는 자기모순 혹은 자기부재의 비극적 성격은 정치적으로 착종된 다양한 모순을 일시에 초월해버리려는 미 학적 태도를 여실히 보여주고 있다.

끝으로 이 책을 번역 · 출간하는 데 도움을 주신 다사카 기스무(田坂 氣澄) 선생님과 이복규 선생님, 권보드래 선생님, 그리고 소명출판에 감 사드린다.

2012년 여름 끝에서
이혜진

차례

최재서
일본어
소설집

보도연습반

崔載瑞, 「報道演習班」, 『國民文學』, 1943.7

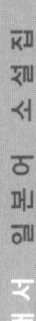

1

아카시아꽃이 흩날려 길 가장자리 여기저기에 지저분하게 쌓였는데
도 비는 그것을 씻겨낼 기미를 보이지 않는다. 도회인들조차 올해도
늦어지는 비 소식에 조금씩 초조해하던 오월도 끝 무렵인 어느 날, 아
침 안개를 뚫고 괴상한 군복 차림이 사람들의 시선을 끌면서 줄줄이
조선신궁(朝鮮神宮)의 돌계단을 오르고 있었다. 비록 배낭 대신 륙색
(rucksack)을 멨지만, 그들은 군복을 입은 데다 반듯하게 노란별을 단 전
투모를 쓰고 권각반(卷脚絆) 밑에 군화를 신고 있었기 때문에 등산객이
아니라는 것은 곧바로 알 수 있었지만, 옷깃과 어깨에 그들의 등급이
나 소속부대를 표시할 만한 것은 아무 것도 없었다. 자세히 관찰하지

않아도 대다수가 잡낭(雜囊), 물통과 함께 카메라를 늘어뜨린 모습이 곧바로 눈에 띄었고, 또 그 중에는 유화(油繪) 도구를 배낭 위에 동여매거나 아이모(Eyemo)[1]를 둘러맨 사람도 보였다. 또 그들의 왼팔에 하얗게 표시된 완장으로 시선을 옮기면, 거기에는 한결같이 '조선군보도반 제XX호(朝鮮軍報道斑第XX號)'라고 씌어 있었다. 과연 그들은 전쟁의 새로운 단계에 대처하기 위해 동원된 지식인의 한 부대였던 것이다.

오전 여섯 시 정각, 도리이(鳥居) 앞 광장에 집결을 마치자 그들 오십여 명의 보도반원은 세 반으로 나뉘어 두 명의 장교에게 인솔되어 손을 씻고 입을 헹군 뒤 배전(拜殿) 앞으로 나아가 깊숙이 머리를 조아렸다. 제2반 선두의 앞 열에 선, 눈에 띄게 키가 큰 송영수(宋永秀)는 배례(拜禮)가 끝나자 등에 짊어진 짐을 견딜 수 없다는 듯이 어깨를 한 번 치켜 올리고는 몸을 약간 구부려 배전 안을 다시 한 번 매섭게 쏘아보듯 응시했다.

지금까지 그는 이 배전 앞에서 수도 없이 머리를 조아렸다. 그러나 오늘처럼 배전 내부가 이렇게 직접 그의 가슴으로 육박해온 적은 한 번도 없었다. 미지의 곤란한 목표를 향해 자기를 일으켜 세우고 앞으로 나아갈 수 있기를 필사적으로 기원했던 그에게, 크게 수긍케 하는 그 무언가가 거기에 조용히 머물고 있었다. 그건 그렇고 그 얼마나 굉장한 모험일 것인가! 보도연습(報道演習)에 참가한다는 것은 곧 언젠가는 펜을 들고 전선(戰線)으로 향하리라는 것을 스스로 맹세하는 것이나

---

1 아이모 카메라(Eyemo Camera)의 준말. 35mm용 소형 영화 촬영기의 일종으로서 미국의 벨 앤드 하우엘사에서 뉴스 영화 촬영을 주목적으로 제작한 것이다. (이하 이 책의 각주는 모두 옮긴이의 주이다)

다름없는 것이다. 또 당장 그것의 기초훈련이라고도 할 수 있는 이번의 연습은 어떤 긴장과 고생과 피로가 따를 것인가? 완전히 변해버린 자신의 모습을 되돌아보자 송영수는 또 한 번 불안에 휩싸였다.

　이렇게 짓눌리는 답답함 속에서도 조금 전부터 가슴 한 구석에 꿈틀꿈틀 머리를 쳐드는 기쁨을 그는 억누를 수가 없었다. 방금 돌계단을 다 올라와서 겨우 안도의 숨을 쉬고 고개를 들었더니, 거기에 이미 지휘관인 나카노(中野) 대위가 먼저 도착해서 반원들이 모이기를 기다리고 있었다. 그 순간 그는 자기도 모르게 재빨리 부동자세를 취하고 거수경례를 했다. 그러자 나카노 대위가 씩 웃으며 경례로 답했다.

　거수경례에 대한 부끄러움은 그에게 매우 큰 심리적인 장벽이었다. 군복을 입고 낯선 사람들 틈에 나오는 것조차 주눅이 들었다. 하물며 아는 사람을 만났을 경우 그는 과연 거수경례를 할 수 있을 것인가? 될 수 있는 한 아는 사람의 눈에 띄지 않으려고 조심조심 길을 걸었던 그였다. 그런데 어찌 된 일인지 한 순간에 장벽이 확 무너지고 갑자기 새로운 세계에 꼿꼿이 서 있는 자신을 발견한 것이 아닌가. 이제 나는 군복을 입은 사람으로서 그 누구의 앞에 나가더라도 똑바로 고개를 들 수 있으리라.

　동료들은 대개 그를 마흔두세 살로 추측하고 있다. 경우에 따라서는 마흔네댓 살로 보는 사람도 있다. 그러나 송영수의 실제 나이는 올해 서른여섯이다.

　상대방에게 이런 착각을 불러일으킨 원인은 얼굴이 겉늙어 보인다거나 복장이 지나치게 수수하다거나 또는 몸짓이나 걸음걸이가 이른바 대륙적 기질이라는 등 반드시 외면적인 것에만 그친 것은 아니다. 하기는 서른여섯 살이면 마흔 살의 심경을 모르는 연배도 아니건만,

그래도 최근 자기의 마음이 왜 이렇게 노쇠해진 것일까를 생각하면 정신이 번쩍 들어 당황한 적이 한두 번이 아니었다.

그의 실제 나이를 알고 나서 놀란 친구들에게,

"걱정이 많아서요"라고 그는 항상 대답했다.

"자네도 걱정이 있나?"

라고 물으면, 그는 주름 세 개를 손가락으로 가리키면서,

"한 개는 세월 걱정, 한 개는 자식 걱정, 마지막 한 개는 학문 걱정이지요"라고 대답하는 것이었다.

그는 조숙한데다 또 조혼을 해서 이미 다섯 아이의 아버지였다. 아이를 업고 졸업논문 타이프를 삼 개월 동안이나 치다가 결국 폐문부(肺門部) 임파선이 상해서 두 달이나 입원해야만 했던 그의 딸이 올해 벌써 여학교 4학년이 되었고, 이제 곧 졸업하고 나면 상급학교에 가겠다고 언젠가 진지한 얼굴로 상담하러 왔을 때, 그는 "여자의 행복이 반드시 학문에만 있는 것은 아니다. 좋은 남편을 만나 전심(專心)으로 섬기는 것이 여자의 길이다"라고 일단은 타일러 보았지만, 마음은 완전히 한 대 얻어맞고 다시 일어설 수 없는 꼬락서니였다.

아무튼 자식 걱정이 이렇게 슬금슬금 싹을 틔우는 동안 학문(橫文字)[2]의 노고는 어쩐지 족쇄가 된 듯했다. 글(橫文字)만 읽은 지 십 수 년이나 되고 보니, 그는 더 이상 운신할 수 없을 정도로 이론의 무게에 짓눌리게 되었다. 새로운 것에 대한 이유 없는 반발, 행동에 대한 터무니없는 공포심―이것은 대체 어찌 된 일일까?

---

2   원문의 '횡문자(橫文字)'란 가로로 쓰는 글씨, 즉 서양문자를 가리키지만 여기서는 학문의 의미로 사용되었다.

만주사변, 지나사변, 대동아전쟁으로 이어진 강렬한 지진에 의해 그의 주변 도처에 큰 변화가 생기자 그는 그것을 가볍게 넘겨버릴 수가 없었다. 한 개 사실의 의미를 그의 이론이 전부 소화하기까지에는 다시 두 개, 세 개의 사실이 발밑에 나타나는 것을 막을 수가 없었다. 바닷물은 계속해서 해변으로 치닫는데, 그는 갯벌에 떠밀려온 나무토막처럼 옴짝달싹할 수가 없었다.

　이런 절망적인 간극을 매일 확인케 하는 것은 특히 두 아들에게서였다. 중학교 3학년이 된 장남과 올해 막 입학한 차남은 그와는 전혀 다른 교육과 훈련을 받는 듯했다. 아이들이 저녁 늦게 행군이나 근로봉사로 먼지를 잔뜩 뒤집어쓰고 기진맥진해서 돌아올 때면 그는 더 이상 아무 말도 하지 않고 그대로 서재에 틀어박히는 것이 관례였다. 특등석에 앉아 무언가를 지껄인다는 것은, 특히 상대가 자기 자식인 경우에는 더욱 부끄러워해야 할 일이다.

　작년 오월, 조선반도를 한 순간에 잠 깨웠던 저 놀라운 징병제에 대해 그가 들었던 것은 일반 시민보다는 조금 빨랐다. 마침 그날 그와 편집자들은 웬일인지 군보도부장(軍報道部長)의 초대를 받고 무슨 일인가 해서 모두 불안한 표정으로 조선호텔에 모였다. 그 자리에서 그 놀라운 발표를, 놀라울 정도로 단도직입적인 어조로 들었던 것이다. 그 이야기는 그의 가슴 속에서 조금씩 파문을 일으켰고, 그는 새로 태어난 인간처럼 일어서서 단호하게 말했다.

　"이것으로 답답한 응어리가 완전히 풀어졌습니다. 전력을 다해 말씀하신 취지에 철저히 힘쓰겠습니다."

　회사로 돌아와 사원 전체를 모아 맥주로 건배를 들고는 조금 일찍

귀가했다. 돌아오는 길에 그는 오늘 있었던 일을 어떤 식으로 아내와 아이들에게 말해야 할지에 대한 절차를 생각해두는 것을 잊지 않았다.

식사가 끝나자 가족들을 앞에서 그는 재빨리 석간신문 기사를 소리 내어 읽고 설명하기 시작했다. 그러나 채 오 분도 지나지 않아 그는 자신의 설명이 샛길로 빠지고 있다는 것을 깨달았다. 그의 설명은 점점 이론으로 치달아 조금만 더 가면 정치론이 될 것 같았다. 이런 이론을 아내와 아이들이 과연 이해할 수 있을까? 또 이런 경우 이런 설명 방식이 과연 올바른 것일까? 그는 완전히 정체상태에 빠졌다. 어색한 침묵이 잠깐 이어졌다. 그러자 장남이 갑자기 고개를 들고—마치 아버지의 난처함을 수습이라도 하겠다는 듯이—질문을 했다.

"우리도 사관학교에 갈 수 있는 거지요?"

"그야 물론이지."

그는 무턱대고 자신 있게 대답했지만 역시 한 대 얻어맞은 기분이었다. 어른들이 우려하는 것과 같은 걱정이나 이론적 고려 등은 무시하고 신선한 감각과 사고로 척척 나아가는 아이들의 모습을 보고 송영수는 무한한 신뢰를 느낌과 동시에 역시 뒤처져 있는 자신을 발견하고는 그날도 쓸쓸히 서재에 틀어박혀 버렸다.

그로부터 일 년, 벚꽃도 아카시아도 다 져버리고 숨 막힐 듯한 신록이 한창인데, 송영수는 사무소에 출근하면서 항상 이렇게 손이 닿지 않는 듯 자기 혼자만 뒤처진 것 같은 공허를 느꼈다. 그날도 그는 평소와 다름없이 떨떠름한 표정으로 사장실에 나타나 책상 위에 놓인 우편물 따위를 대충 훑어보고 있었는데, 젊은 편집부장이 부랴부랴 뛰어들어와 세 장으로 연결된 프린트를 쫙 눈앞에 펼쳐놓으면서,

"엄청난 것이 왔습니다. 어떻게 하실 건가요?"라며 그의 표정을 살피는 듯한 모양으로 물었다.

첫째 면에는 공문(公文) 형식으로,

'조선군보도부장

제1차 보도연습에 관한 건'

이라고 쓰여 있었다. 송영수는 세 장의 프린트를 대충 훑어본 후, 고개도 들지 않고 짧게 대답했다.

"좋아, 내가 가지."

2

총이 무거운 것은 당연한 일이지만, 초보인 송영수에게 그것은 정말 뜻밖의 무게였다.

기차에서 내리자 곧바로 트럭을 타고 제XX부대로 가 거기에서 탄입대(彈入袋)[3]와 소총을 하나씩 건네받았을 때는 새삼스럽게 쿵하고 가슴을 때리는 것이 있었다. 총을 다뤄본 경험이 있는 사람은 재빨리 노리쇠를 여닫거나 방아쇠를 당겨보기도 하면서 총 상태를 점검하는 듯했

---

3   원문은 '前盒'으로서, 일반적으로 탄입대를 '盒'이라고 하며 앞에 차는 것은 '前盒', 허리 뒤에 차는 것은 '後盒'이라고 불렀다.

는데, 송영수는 어떤 미묘한 생물을 처음 접한 것처럼 땅 위에 눌러 세워놓은 채 어쩔 줄을 몰라했다.

총 검사를 끝낸 무라이(村井) 반장이 그의 앞으로 다가오자 그는 호소하듯이 말했다.

"반장님, 소총이라는 게 의외로 무겁네요?"

"소총은 정말 무겁지요. 그래서 어깨를 파고드는 총의 무게라고들 하지 않습니까?"

"어떻게 좀 가볍게 할 수는 없을까요?" 그는 여전히 불만스러운 듯 말을 이었다.

"아저씨,[4] 당치도 않은 소리 마세요. 전쟁을 편하게 하려고 하다니, 그런 게 바로 인텔리들이라니까요."

두 사람은 배를 잡고 웃었다. 무라이는 출정도 하고 종군도 했던 실력 있는 군출입기자로서 무엇보다 군(軍)의 일이라면 아주 자신감이 넘치는 사내였다. 그는 송영수의 이번 참가가 어지간히 기쁜 듯 여러 가지로 친절을 베풀어주었다. 송영수는 그를 악랄하다고 생각하면서도 이따금 이런 친절과 유머러스한 반장의 호의를 사양하지 않았다.

"그런데" 하면서 무라이는 차분한 표정으로 말을 덧붙였다. "전쟁터에 나갈 때는 이 무거운 총이 아주 사랑스럽다오. 병사들이 이 총을 얼마나 사랑스러워하는지 모르오. 틈만 나면 갈고 닦고. 뭐, 이것만이 유일한 생명줄이니까요."

신경질적으로 잘 닦아낸 총신(銃身), 검은 빛으로 윤기가 흐르는 목

---

4   원문은 '旦那'.

피(木被)[5]와 총대, 거기에는 병사의 온갖 애정과 신뢰, 그리고 세심한 주의와 애무가 깃들여 있었다.

반원들은 각 반장으로부터 총 드는 법, 받드는 법, 메는 법 등 가장 기본적인 동작을 삼사 회씩 지도받은 후, 세 대의 트럭에 나눠 타고 그들의 목적지인 대동창영(大同廠營)[6]을 향해 출발했다. 어쨌든 오십여 명의 반원이 손에 손에 총을 들고 트럭 위에 인왕(仁王)처럼 서서 마을을 질주하는 모습이 너무나 늠름해서, 송영수는 누가 봐주지나 않나 하는 그런 어린아이마냥 의기양양해하는 마음을 수줍어 했다. 그러나 병사의 마음과 어린아이의 마음은 서로 닮은 데가 있는 것이 아닐까? 어른들이 말한 바를 열심히 행하는 어린아이와 상관이 명령한 일을 전심전력으로 행하는 병사는 일맥상통하는 것이 있음에 틀림없다. 병사가 동심(童心)으로 돌아간다는 것은 자연스럽고 또 아름다운 것이 아닐까? 그런 반성도 들었다.

대동강 서쪽으로 보이는 강동지구(江東地區)는 기복이 심한 적토(赤土)의 연속이었다. 초여름의 건조한 적토가 질주하는 세 대의 트럭에 놀라 온통 누런 먼지[ほこり]를 일으켜 오십여 명의 연습부대가 완전히 먼지 속에 휩싸였다. 처음에는 눈을 감거나 손수건으로 코와 입을 막던 반원들도 이제는 완전히 체념한 듯 될 대로 되라는 듯이 성난 표정으로 몸을 진동과 먼지에 맡겨버렸다.

그때 두 번째 트럭 구석의 숯가마니 위에 앉아 있던 스즈카와(鈴川) 반원이 느닷없이,

---

5   소총의 총신(銃身)을 감싸고 있는 나무로 된 부분.
6   창영(廠營): 군대가 연습지 등에서 숙박하는 간단한 건물.

"이것이 황군(皇軍)의 긍지[ほこり]⁷라는 것이다. 참 대단하지."

라고 말하자, 모두들 비로소 찌푸린 얼굴을 펴고 와하고 웃음을 터뜨렸다. 그는 도쿄(東京) 어느 신문의 지국원(支局員)으로서 항상 붙임성 있는 큰 눈에 종종 재치 있는 농담을 던져 동료들을 즐겁게 해주거나 또 전쟁터 이야기를 해서 숙연한 분위기를 만들기도 했다. 그는 귀환 용사였으나 어느 누구도 그 추억의 전쟁터를 알고 있는 사람은 없었다. 그는 자주 그 전쟁터를 회상하듯 먼 곳을 바라보았다.

두 갈래로 나누어진 길에서 왼쪽으로 꺾자 목적지에서 점점 더 멀어졌다는 것을 제2반이 알아차린 것은 훨씬 나중의 일이었다. 안내 장교가 타고 있는 선두 차를 놓친 것은 그보다도 훨씬 전이었다. 늙은 몸에 채찍질한다는 말을 절실히 상기시키는 듯 세 대의 휴탄차(休炭車)⁸는 서로 경쟁이라도 하듯 고장을 일으키기 시작하면서 두세 번 멈춰서는 동안 제각각 뿔뿔이 흩어져버렸던 것이다. 얕은 고개에 이르러 단말마의 비명을 지르며 차가 멈춰 섰을 때는 모두들 체념이라기보다는 정나미가 떨어져 차에서 내리고 말았다.

차가 멈추자 주위는 갑자기 쥐죽은 듯한 정적으로 돌아갔고 적토 위에 끝없이 펼쳐진 보리가 새삼스럽게 눈에 깃들 정도로 푸르렀다.

그때 갑자기 정적의 일각을 깨뜨리듯 종달새들의 울음소리가 주위의 공기를 뒤흔들었다. 아니, 이 표현은 적절치 않다. 깨진 정적 사이로 하늘에서 내려오는 소리가 대굴대굴 굴러 떨어졌다고 하는 편이 더

---

7   '먼지(埃)'와 '긍지(誇り)'는 일본어로 'ほこり'로 발음되는 동음이의어다. 여기서는 트럭이 먼지(ほこり)를 일으키자 그 먼지의 발음에 빗대어 황군의 긍지(ほこり)라고 말한 언어유희가 반원들의 웃음을 유발시켰다는 의미가 내포되어 있다.

8   석탄을 채굴하거나 수송하는 일을 쉬는 차.

욱 정확할지도 모르겠다.

가만히 귀를 기울이던 무라이 반원이 투덜거리듯 말했다.

"여기는 북지(北支)와 아주 똑같은데."

"응, 정말 북지전선을 걷는 것 같은 기분이군." 옆에 서 있던 야마지(山路) 대좌(大佐)도 맞장구를 쳤다. 거기에는 전선에 서본 적이 있는 사람만이 즐길 수 있는 감격의 교류가 있었다.

그러나 송영수는 아까부터 덮쳐오는 불안을 어쩐지 떨쳐버릴 수가 없었다. 정말 총을 메고 행군을 해야만 하는 것인가? 그러자 지금까지 삼 리 이상 걸어본 적이 없는 자신을 떠올리며 까닭 모를 불안을 느꼈다.

인간은 어떤 우연한 계기에 새까맣게 잊고 있었던 이삼십 년 전 어린 시절의 인상을 떠올리게 된다. 그의 고향 깊은 산속에 신광사(神光寺)라는 제법 오래된 절이 명소가 되었다. 겨우 삼 리 길 정도였지만, 왕복으로 육 리―그것은 소년 송영수에게 충분히 공포스러울 만한 거리였다. 보통학교 3학년 때, 그곳으로 소풍을 간다고 해서 일주일 동안이나 공포감에 사로잡혀 밤에도 잠을 잘 수가 없을 정도였다. 그러나 그날 아침이 되자 그는 사생결단을 하고 소풍을 가서 그 공포를 극복해냈다.

송영수가 그 이후로 한 번도 떠올려본 적 없었던 그 소풍을 이제와 새삼 떠올리는 것은 그의 마음속에 같은 종류의 정신적 격투가 발생하고 있다는 증거이리라. 그는 그때와 똑같이 비장한 결심을 하고 그 미지의 거리와 대면하지 않으면 안 된다고 결심했던 것이다.

살이 거의 없어 뼈만 튀어 나온 어깨 위를 총의 무게가 가차없이 짓눌러서 그것을 밑에서 힘껏 떠받치려면 오 분도 채 못 가서 팔이 저려와 총이 안정감을 잃고 어깨뼈 위에서 미끄러지듯 휘청거렸다. 뭔가 확실한 요령이 있을 것이라는 생각이 들었지만, 이렇게 처음 들어보는 물건은 좀처럼 마음대로 되지 않았다.

피로는 비단 총에서만 오는 것은 아니었다. 끊임없이 밑에서 피어오르는 먼지 때문에 제대로 호흡할 수 없는 것도 피로를 가져오는 원인이었다. 또 슬슬 공복을 느끼면서 배에 힘이 들어가지 않는 것도 보행을 어렵게 하는 큰 원인이었다.

그러나 가장 큰 원인은 그 지긋지긋한 목탄자동화차(木炭自動貨車)—이것은 트럭의 군용 용어이다—에 대한 불만이었다. 저 트럭만 제대로 달려주었더라면 지금쯤은 막사[廠舍]에 도착해서 목욕을 하고 반합 속에 들어 있는 밥에 입맛을 다시고 있었을 것을 생각하니, 모멸과 함께 울화가 치밀어 올라 들판 가장자리에 버려진 참담한 차의 모습을 한 번 더 돌아보고 싶어지는 것이었다. 왜 실컷 잘 달리지 못했을까 하고 자신도 답답함을 느꼈지만, 그래도 편안함에 대한 미련을 쉽게 단념할 수는 없었다.

행군하던 전방에는 소나무 숲으로 덮인 다소 높은 산이 있었다. 그 산을 넘으면 목적지가 보일 것이라고, 아무도 말은 하지 않았지만 모두들 그렇게 믿고 있었다. 그러나 그 고개를 넘어도 다시금 황막한 평야가 황혼 속에 펼쳐져 있을 뿐 목표랄 것이 보이지 않는다는 것을 알았을 때, 모두의 불안은 공연한 비명이 되고 불만이 되어 나타났다. 어디까지 가야 목적지에 도달할 수 있을까. 이런 불안을 달랠 길이 없었다.

시계를 보니 벌써 여섯 시다. 두 시간 남짓 행군했던 것이다. 땅거미가 평야를 가로질러 산기슭에 걸쳐 있다. 모두들 화가 난 것처럼 묵묵히 땅만 보며 걸었다.

"이렇게 입을 꼭 다물고 있으면 안 되지. 군가라도 부를까?" 그것이 누구의 목소리였는지는 알 수 없었다. 그러자 제1반의 요코다(横田) 반장이 선임반장으로서 지휘관에게 처분을 바랐다.

"나카노(中野) 대위님, 군가를 불러도 되겠습니까?"

"좋다. 활기찬 것으로 해라. 제1반, 제2반 순서로 한 소절씩 부른다."

"하늘을 대신해 불의를 무찌른다."[9]

제1반 쪽에서 씩씩한 노랫소리가 들려왔다.

"충용무쌍한 우리 군대는."

제2반이 그것을 이어받았다. 그러나 송영수는 거기에 맞춰 노래를 부르지 않았다. 왜일까. 주눅이 들었기 때문이다.

두 번째의 화창(和唱)이 돌아왔다. 송영수는 노래를 하려고 했다. 그러나 목소리가 목구멍 밖으로 나오지 않았다. 그 안에서 맴돌고만 있었다. 그는 전체에서 떨어져 있는 자신을 의식하고 답답해했다.

대여섯 번째에 이르자 제2반이,

"철조망이 별거냐."

하고 노래를 불렀다. 그는 간신히 입 속에서 그것을 따라 불렀다. 그는 부끄러움을 잊고 점점 노래 속으로 자신을 몰입시켜갔다. 그리하여 다음 차례가 돌아왔을 때 그는 소리를 높여 모두와 함께,

"세우자, 자랑스러운 일장기."

라고 노래를 부를 수 있었다. 곡조가 점점 궤도에 오르자 그는 다른 반이 노래를 할 때도 입 속에서 낮게 노래를 부르지 않을 수 없었다.

---

9   이 군가는 1904년 오오와다 다케키(大和田建樹)가 작사하고 후카자와 기치토요(深澤登代吉)가 작곡한 〈日本陸軍〉이다.

이상할 정도였다. 노래를 부르던 중에 송영수는 피로도 공복도 불만도 어깨를 짓누르던 총의 무게조차 다 잊고 진정 즐거운 기분으로 행군을 할 수 있었다. 더 이상 그는 외톨이가 아니었다. 하나의 뜻에 따라 움직이는 전체 속의 하나였다. 그의 일보 일보는 전체 속의 일보 일보와 완전히 일치했다. 피로와 공복을 느끼고 불만으로 괴로워하던 그 자신은 어디론가 날아가 버리고 전체와 함께 노래하고 함께 전진하는 새로운 그가 거기에 있었다.

저 멀리 석양 속에서 개 짓는 소리와 터질 듯한 아이들의 외침 소리가 들려왔다. 부락도 점차 가까워진 모양이다.

3

두견새가 울고 있다. 오월의 아침 하늘에 마치 비눗방울이 사방으로 부풀어 오르듯 구름이 떠다니다 사라져간다.

아침에 일어나면 세수도 하지 않은 채 동방요배(東方遙拜)가 이어지고 칙유(勅諭)를 낭송한 뒤 그대로 곧장 뒷산으로 일직선, 산 정상에서 심호흡을 하고 (그 공기의 달콤함이여!) 십오 분간 휴식한다.

함초롬히 이슬에 젖은 풀밭 위에 책상다리를 하고 앉은 오십여 명의 보도반원은 격렬한 연습의 한때를 실컷 즐겼다.

삼면은 산으로 둘러싸이고 확 트인 한 쪽에 저 멀리 대동강의 기름진 평야지대가 바라다 보이는 이 일대. 초원이 있고 밭이 있고 언덕과 숲이 있는 이곳은 흡사 천재적인 미술가의 구상이 만들어놓은 듯 조화롭게 배치되어 있다. 저쪽에 버드나무가 얌전히 줄지어 서 있는 것은 그 밑에 강이 흐르고 있기 때문이리라. 이 모든 것들이 밤이슬에 씻기고 태양을 쪼이면서 청명한 공기 속에서 조용히 숨을 쉬고 있다.

"좋은 농촌이군!" 넋을 잃고 바라보던 송영수는 자기도 모르게 그만 탄성을 내뱉었다.

그런데 이 평화로운 농촌에서 매일 어떤 일이 벌어지고 있는 것일까?

저 밑에 지붕이 나란히 줄지어 선 것이 막사다. 사격장은 언덕에 가려서 보이지 않는다고 한다. 그러나 오늘 진지공격으로 땀을 흘리게 될 구릉지대는 나오면 바로 보인다.

그렇다. 이곳에서는 저 초목들처럼 젊디젊은 생명이 매일같이 힘차게 호흡하고 긴장하고 불사르고 또 단련되고 있다. 무엇 때문일까?

평화로운 농촌과 격렬한 군대 훈련! 이 두 개의 개념은 송영수의 머릿속에서 곧바로 연결되지는 않았다. 그는 황급히 자기 주위를 둘러보았다.

저 산과 같이 유구한 야마토민족(大和民族), 그 유구한 생명력에서 한층 더 비약하려고 발버둥치는 젊디젊은 일본국이다. 일본은 지금 저 초목들처럼 풋풋하게 살아 있다. 또 그렇게 비약하지 않으면 안 된다. 일본의 비약만이 동아(東亞)의 십억을, 아니 세계의 파탄을 구할 수 있다. 조선의 이천칠백만은 내지의 동포 칠천만을 도와 이 성스러운 과업을 이루어야만 한다.

이런 생각에 미치자 송영수는 피우고 있던 담배를 풀숲에 던져버리고 벌떡 일어섰다.

맑게 갠 오월의 하늘에 탕하는 소리가 울려 퍼지자 동시에 총구에서 연기가 피어오르고 삼백 미터 앞의 표적 부근에서 확 붉은 흙먼지가 일었다. 연이어 한 발, 또 한 발. 각 반의 반장부터 실탄 사격이 시작되었다. 방아쇠를 살짝 당기면 탄알이 날아간다. 겨우 저것뿐인가? 뒤에서 대기하며 바라보던 송영수는 이렇게 자신에게 말해보았지만, 두근두근하는 불안과 알 수 없는 공포를 억누를 수가 없었다. 만약 그가 키 순서대로 선두에 서지 않았더라면 그는 마지막 차례가 되었을지도 몰랐다.

벼랑에는 세 개의 표적과 마주하여 정갈하게 흙을 쌓아올린 세 개의 방공호가 마치 인간의 침착함과 주의력과 슬기를 시험하는 시험대처럼 나란히 서 있다. 송영수는 총을 받아들고 정중앙에 있는 방공호로 나아가 엎드려 쏴 자세를 취했다. 전신의 피가 끓어올라 심장의 고동소리가 확연히 들릴 정도였다. 이래서는 안 되겠다고 결심하고, 그는 총을 왼쪽 손목에 올려놓고 잠시 죽은 사람처럼 찰싹 달라붙어서 가슴이 뛰는 것을 진정시키려고 했다.

"겁낼 것 없소. 괜찮아요." 옆에 웅크려 앉아서 보고 있던 지휘관인 모치나가(持永) 소위가 웃음을 머금은 소리로 다정하게 용기를 북돋아주었다. 그는 간신히 상반신을 약 삼십 도 각도로 일으켜 총을 왼손에 올려놓고 노리쇠를 열었다. 기다리던 하사관이 탄알을 장전했다. 그는 철커덕하고 노리쇠를 닫았다. 이제 됐어, 방아쇠를 당기기만 하면 된다. …… 그러나 눈앞이 캄캄해져서 아무 것도 보이지 않았다.

"준비됐습니까. 조준을 정하면 동시에 하나 둘 셋을 센 다음 넷을 셀 때 살짝 방아쇠를 당기는 겁니다. 총대를 좀 더 바짝 어깨에 붙여야지, 그렇지 않으면 반동이 오거든요."

그는 언제 조준을 정했는지, 언제 방아쇠를 당겼는지 몰랐다. 단지 귓전에서 탕하는 소리가 나고 오른쪽 어깨에서 팍하는 반동을 느껴 깜짝 놀랐다. 무언가 바로 앞에서 거센 흙먼지가 이는 듯했다.

"아, 짧다!" 하는 모치나가 소위의 말은, "이래서는 안 되는데" 하는 느낌으로 그에게 들려왔다. 긴장한 와중에도 송영수는 얼굴이 화끈거리는 것을 의식했다.

두 발, 세 발, 이것도 무의식중에 발사되었다. 갑자기 입 안이 말라 혀가 굳어지면서 동시에 왼손의 힘이 빠져 당장이라도 총을 떨어뜨릴 것만 같았다. 송영수는 한 번 더 엎드렸다.

"너무 긴장하고 있소. 좀 더 편안해져야 총을 쏠 수 있소." 모치나가 소위는 그의 엉덩이를 가볍게 두드리면서 걱정스러운 듯이 말했다.

옆에서 탕하고 쏘는 신호에 따라 그는 다시 한 번 상반신을 일으켜 사격 태세를 갖추었다. 이번에는 눈앞이 캄캄해져 아무 것도 안 보이는 일은 없었다. 총이 너무 오른쪽으로 기울어졌다는 것을 깨닫고 간신히 수평을 유지했다. 이것만으로도 힘의 반이 소비되었다.

"그렇게 뻣뻣하면 안 되오. 힘을 쭉 빼고 총은 왼손 위에 살짝 올려 놓듯이 해야." 이번에는 다소 짜증스러운 목소리였다. 그러나 전신의 힘이 왼손으로 쏠려 총구가 덜덜 떨리는 것이 자기 눈에도 보였다. 이래서는 안 되겠다고 생각하고 아랫배에 힘을 주는 순간 가늠구멍 속으로 가늠쇠와 표적이 겹쳐 보였다. 그는 재빨리 방아쇠를 당겼다.

"많이 좋아졌구려. 방아쇠를 조금만 더 살살 당기는 게 좋겠소."

다섯 발, 이것이 마지막 탄알이다. 송영수는 제법 요령을 터득했다. 조준 정하기, 숨죽이기, 손가락 구부리기가 대략 동시에 진행되었다.

탕하는 소리와 함께 총을 쏘았다는 생각이 들었다. 그러자,

"이번엔 좀 아쉽군. 이제 조금만 더 하면 되겠소." 하고 모치나가 소위가 애석해했다.

사격이 끝나자 송영수는 뼛속까지 피로를 느끼며 뒤로 물러나와 풀밭 위에 다리를 뻗고 앉았다. 큰 하품이 나왔다. 아무런 상념도 떠오르지 않았다.

오후에는 이어서 진지공격 연습이 진행되었다. 공격군은 어떤 약간 높은 언덕 기슭까지 와서 행군을 멈추고, 거기서 지휘관 모치나가 소위에게 상황에 대한 설명을 들었다. 그때 받은 명령의 요지는 다음과 같다.

1. 대대는 현재 지점에서 후방에 보이는 적 경계부대를 구축하고, 4km 전방에 보이는 산의 적에 대해 공격 준비를 할 것, 중화기(重火器) 사격 준비 완료와 함께 공격 전진할 것.
2. 중대는 대대의 왼쪽 제일선이 되어 2km 전방에 있는 사천선(砂川線)에서 공격을 준비하고 산 앞에 있는 진지 세 개를 탈취하여 일거에 진격할 것.
3. 제1소대는 오른쪽의 제일선이 되어 강의 전방에 전개(展開)하고 대기할 것, 진지의 동쪽 끝을 탈취하고 계속해서 산으로 진격할 것, 배속(配屬) 기관총을 중심으로 협력할 것.
4. 제2소대는 강의 왼쪽 물가에서 전개, 진지를 탈취한 후 산으로 진격할 것.
5. 배속 기관총 소대는 제일선의 두 소대의 중간에서 주로 오른쪽 제1소대에 협력할 것.
6. 제일선 부대는 중화기 사격 개시에 따라 사격 전진할 것.

제일선 부대의 제1소대는 평양부대에서 일부러 응원을 나온 진짜 군대이고, 제2소대는 보도반 부대였다. 그리고 제2소대는 다시 세 개의 분대로 편제되고 각 분대에 각각 한 명의 분대장이 부대에 배속되었다.

　그곳은 진지 공격 연습에 적합한 장소였다. 한쪽 면은 초원이 완만한 경사를 이루면서 전방의 산으로 연결되어 있고, 그 사이에는 갯버들과 잡초로 둘러싸인 몇 줄기의 도랑이 흘러 천연적인 참호를 이루고 있었다. 또 곳곳에 벼랑이 있어서 험준하기도 했지만 전체적으로는 꽤 복잡한 지형이었다.

　전진 명령을 받자 제2소대는 가능한 한 벼랑 밑이나 도랑을 통해 가면서 그 움직임을 숨기려고 애썼다. 고지대의 동쪽 끝을 돌아 적진의 전면으로 나오자, 제2소대는 황급히 도랑 속으로 뛰어들고 다시 명령을 기다렸다. 그때 모두들 버들가지나 쑥으로 제각기 위장했다. 곧 우군의 중화기가 뿜어질 것이다. 모두들 긴장된 표정으로 가만히 귀를 기울였다.

　송영수는 제2분대의 경기관총 사수로서 분대장의 뒤를 따라왔지만, 이 젊은 가와바타(川端) 조장(曹長)의 얼굴을 정면으로 본 것은 이 도랑 속에서가 처음이었다. 항상 고개를 약간 왼쪽으로 갸웃하면서 동글동글한 눈과 통통한 볼에 아직 천진난만함이 남아 있는 용모였다. 전선에서 용맹을 떨친 용사란 모두들 이렇게 이제 막 소년기를 벗어난 젊은이들인 것일까? 송영수는 이런 생각을 하면서 가와바타 조장의 옆얼굴을 유심히 쳐다보았다.

　그러던 중 저 멀리 오른 편에서 다다닷 하는 기관총 소리가 나고 이어서 각개 전진 명령이 떨어졌다. 맨 앞으로 뛰어나간 것은 분대장이었다. 송영수도 제방을 넘어 "경기(輕機)!"[10] 하고 씩씩하게 외치면서 달려나갔다. 분대장이 털썩 쓰러지듯이 몸을 엎드렸다. 송영수도 대여섯 걸음 간격을 두고 몸을 엎드린 뒤 총을 겨눴다. 그때 모두들 뒤쪽 도랑 속에서 3번! 혹은 5번! 하고 자기의 이름을 대면서 뿔뿔이 흩어진 형태로 뛰어나왔다. 그러나 그의 눈에는 적으로 득실대는 산과 분대장의 모습밖에는 아무것도 보이지 않았다.

이렇게 포복을 하고 얼마나 전진했을까. 적진의 전면을 흐르는 사천(砂川)까지 간신히 도착했을 때는 이미 숨이 끊어질 것 같았고 땀이 눈에 들어가 따끔거렸다. 송영수에게 이런 경험은 처음이었다. 하천은 갯버들에 둘러싸여 있어 대기하기에는 매우 적합한 장소였다. 위쪽으로 고개를 내밀어보니 전방의 진지에서 허둥지둥하는 적의 모습이 확연히 보였다.

그때 갑자기 우군의 기관총이 울리기 시작하고, 적진에서도 그에 맞서 맹렬하게 공격해왔다. 아무리 연습이라지만 처참한 기분이 들었다. 드디어 돌격인가보다. 가와바타 조장은 재빨리 검을 찼다.

그때 저 아래쪽 수풀 속에서 지휘도(指揮刀)를 뽑아들고 휙 뛰어오르는 모치나가 소위의 모습이 보였다. 그러자 제1분대장 가와바타 조장의 얼굴이 움찔 긴장하면서, "돌격하라"라는 호령을 남기고 능숙하게 뛰어넘었다. 모두가 우르르 뛰쳐나갔다.

송영수는 이제 어쩔 수 없다고 생각했다. "돌진하라"라는 호령과 함께 마지막 힘을 다해 와하고 환성을 질렀지만 그는 비틀거리며 앞으로

---

10 경기관총의 줄임말.

고꾸라졌다. 그 순간 저 천진난만한 가와바타 조장의 얼굴이 갑자기 무서운 형상으로 변하는 것을 분명히 느낄 수 있었다.

4

병사였다면 열한 명이 한 조가 되어 십오륙 분이면 완성할 수 있다는 천막을 총 삼십 명이 한 시간 넘게 걸려서 겨우 완성해놓고 보니 그런대로 제법 다면체의 능선이 팽팽히 펴진 꽤 멋진 막사가 완성되었다. 캠프와는 달리 키가 낮아서 땅바닥을 기듯이 펼쳐진 막사는 마치 마구 덤벼드는 불독과 같은 느낌으로 과연 전쟁터의 물건이라는 생각이 들었다.

막사 구축이 끝나자 창의공부(創意工夫)[11](이것은 어젯밤 학습시간에 배운 용어로서 오늘 하루 아무렇게나 사용하곤 했지만)를 한답시고 반원들은 각자 흩어져 나가 병영 한쪽에 자라고 있는 쑥을 뿌리째 뽑아와 주위를 둘러 틈새를 막은 뒤 그 위에 흙을 덮고 막사 내부의 한쪽에도 쑥을 깔았다. 그 위에 막사에서 가져온 모포를 깔고, 또 막사 한가운데에 구멍을 파 담배꽁초를 모으는 곳으로 삼고 그 옆에 램프를 묻자 야영지가 완전히 완성되었다.

일을 끝내고 밖으로 나오니 이미 어둠이 깔려서 막사 안의 램프만 희미하게 비치는 시각이었다. 땀을 닦고 난 반원들은 팔짱을 끼거나 허리에 팔을 짚고 막사를 기웃거리며 열심히 들여다보았다. 오늘 하룻

---

11   새로운 방법이나 수단을 찾아내기 위해 생각을 모으는 일.

밤을 묵게 될 숙소라고 생각하니 모두의 가슴에 감개가 서리는 듯 누구 하나 입을 여는 사람이 없었다.

송영수로서도 그것은 각개교련(各個敎鍊)이나 사격과는 달리 조금은 손에 익은 일이었기 때문에 오늘 하루의 격심한 피로를 잊은 채 기분 좋게 분투할 수 있었다. 이렇게 자기 손으로 세운 막사에 그가 알 수 없는 애정을 느끼는 것은 자연스러운 일이었다. 가만히 바라보고 있자니 문득 향수 같은 것이 머릿속에 떠올랐다. 아니, 이것은 낯선 전쟁터에서 생면부지의 동포 간의 감정이 서로 통한 것일지도 모른다고 생각하니 그는 콧날이 시큰해지는 강렬한 자극과 함께 눈시울이 뜨거워지는 것을 느꼈다.

지휘관의 날카로운 "집합!" 호령에 그는 번쩍 정신을 차리고 서둘러 대열에 합류했다. 어둠 속에서 인원 점호가 끝나자 지휘관은 야영에 대한 주의를 세세하게 이르고, 특히 감기에 걸리지 않도록 할 것, 화기(火氣)에 주의할 것을 강조하고 마지막으로 보초를 세울 것을 명령한 뒤 해산시켰다.

불침번은 어제까지 한 차례 돌았으므로 오늘밤 보초는 송영수부터 시작하게 되었다. 보초 설 시간까지 채 이삼 분밖에 남지 않았기 때문에 그는 서둘러 막사 안으로 뛰어들어와 선 채로 담뱃불을 붙여 삼분의 일 정도 피운 다음 꽁초를 신발로 비벼 끈 후 복장을 바로하고 막사를 나왔다. 막사의 보초를 서는 일에 유난히 긴장감을 느낀 그는 아무 이유도 없이 같은 길을 세 번이나 빙글빙글 돌았다.

이제 막사 안에서는 두세 명 정도가 나직이 이야기를 하고 있을 뿐 오십여 명의 반원들은 잠에 빠져든 듯했다. 저녁식사로 나온 카레가 조금 매웠던 모양인지 아까부터 계속 목이 말랐지만 흥분이 가시자 갈증은 점차 참기 어려운 고통이 되었다. 식도 주위가 뜨겁게 타오르는 것 같고 입천장에 닿는 혀의 감촉이 마치 고무처럼 느껴졌다. 막사에 가면 수통 안에 물이 아직 삼분의 일 정도가 남아 있을 터였다. 그러나 함부로 장소를 이탈할 수는 없었다. 이런 경우 병사라면 어떻게 했을까를 자문해보았다. 그 해답은 그에게도 간단했다—군인은 참고 견뎌야 할 것이리라. 그래서 그 또한 그 고통을 다음날 아침까지 참기로 결심했다. 고원지대의 밤은 점점 차가워지고 하늘에는 별이 아름답게 빛나고 있었다.

그때 희미하게 밝혀진 사관실 안에서 두 개의 검은 그림자가 무언가 소곤거리면서 이쪽을 향해 다가왔다. 한 그림자는 제1 막사 안으로 사라지고 또 다른 그림자는 그가 서 있는 쪽으로 다가왔다. 가까이서 보니 무라이 반장이었다.

"나카노 대위님이 잠시 사관실로 오라고 하십니다."

"무슨 일입니까?"

"회의 같은 거겠지요."

"그럼 인선(人選)은요?"

"각 부문의 대표자 한 명씩—단 신문 쪽에서는 두 사람으로 요코다(横田) 군과 저, 잡지 쪽에서는 당신. 그리고 미술 쪽에서는 야마시타(山下) 씨와 사진의 모리타(森田) 씨, 그 정도겠지요."

"보초는 어떻게 할까요?"

"다음 사람과 교대하지요."

반원들 사이에서 '안타(あんた, 당신)'라든가 '보쿠(僕, 나)' 등의 민간용어[地方言葉]는 사용할 수 없게 되어 있었다. 그러나 반원 동지들 사이에 '기덴(貴殿, 귀하)', '오레(おれ, 나)'를 사용할 정도로 의식이 앙양된 것은 아니었다.

임무를 끝내기 전에 한 번 더 돌아볼 심산으로 송영수는 무라이와 헤어져 터벅터벅 어둠속을 걷기 시작했다.

사관실에 들어서자 모여야 할 사람들은 이미 다 와 있었고 창가 쪽 의자에 나카노 대위가 힘없이 앉아 있었다. 누군가가 마카로프[12] 대위만큼이나 훌륭하다고 말한 적이 있었는데, 과연 램프 불빛에 비친 그의 얼굴은 저 아름다운 대위를 연상케 하는 윤곽이었다. 송영수는 방으로 들어와 어제 막 배웠던 십오도 각도의 실내 경례를 하고 나서 빈 의자에 앉았다.

"송 반원, 몸은 좀 어떻소?" 나카노 대위가 나지막한 소리로 물었다.

"네, 괜찮습니다."

"아무래도 당신이 좀 걱정되었소만."

"면목이 없습니다."

"이번에 제군들을 지휘하라는 명령을 받고나서 지도하는 자와 지도받는 자 사이의 선을 엄격하게 지켜왔다고 생각하지만, 그만큼 심적 부담이 커서 신경쇠약에 걸릴 지경이오. 특히 건강이 좀 걱정되는구려." 이렇게 말을 꺼내기 시작한 나카노 대위는 평소의 엄격한 그가 아니라 왠지 기운이 없는 듯해서 오히려 이쪽이 민망스러울 정도였다.

"조선군으로서도 처음 겪는 일이고, 특히 반도 측 제군은 미경험자 투성이인데다 또 개중에는 히사다케(久竹) 반원처럼 쉰이 넘은 노인도

---

12   스테판 오시포비치 마카로프(Stepan Osipovich Makarov, 1849~1904): 러일전쟁 당시 제정 러시아에서 가장 유능한 해군 사령관으로 평가받는 동아시아 함대 사령관.

있으니 보통 고생이 아닐 거요."

"아닙니다. 히사다케 노인은 정정합니다. 우리 같은 젊은이들이 얼굴을 못들 정도로요."

"모두들 수고가 많소. 이게 다 국가를 위해서요. 그나저나 반원 동지들끼리는 잘 지내고 있소?"

"저, 그게 말입니다. 반원 동지들끼리 아직 얼굴도 익히지 못한 상태여서 좀 유감입니다. 하룻밤 술자리라도 가지면 금방 익힐 것 같은데 말입니다." 요코다가 머리를 긁적이며 말했다.

"그렇게 해주겠소. 제군의 근무 태도 여하에 따라서요." 나카노 대위도 껄껄 웃으며 대답했다.

"이 자리에도 잘 모르는 얼굴이 있어서 좀 어색합니다." 이번에는 무라이가 말했다.

"무라이 반원이 바람을 잡는군. 자네한테는 못 당한다니까. 뭐, 좋아"라고 말하면서 나카노 대위는 옆방에 대기하고 있던 하사관을 불렀다.

도다(戸田) 조장이 들어오자 나카노 대위는 가볍게 손으로 제지하면서 말했다.

"아, 자네, 미안하지만 취사반에 가서 맥주가 남아 있는지 좀 보고 만약 있으면 한 네댓 병 갖다주게."

농담이 진담이 되어버리자 모두들 오히려 몸 둘 바를 몰라 했다. 잠시 후 맥주 네 병과 컵 세 개가 들어왔다. 맥주를 본 송영수는 다시금 갈증이 느껴져 달려가서 맥주병을 낚아채고 싶은 충동을 간신히 억누르고 있던 중 그의 차례가 돌아오자 그는 사양치 않고 단숨에 쭉 들이켰다. 시원한 느낌이 전신에 퍼지자 갑자기 세포 하나하나가 생생하게 되살아났다. 이렇게 맛있는 맥주를 지금까지 그는 단 한 번도 맛본 적이 없었다. 두 잔씩 마시고 나서 맥주는 바닥이 났지만, 그것만으로도 한층 마음을 터놓고 어떤 말이라도 할 수 있을 것 같은 기분이 들었다.

"야마시타 반원은 어떻소. 행군할 때 몹시 힘들어하던데."

"아니, 그 정도는 아닙니다. 그저 발에 마메(まめ, 물집)가 생겨서요. 누가 이 마메(まめ, 콩)[13]만 먹어주었더라면 씩씩하게 걸었을 텐데 말입니다." 그는 몸을 앞으로 숙이고 상반신을 흔들어대면서 큰소리로 하하하 하고 웃었다.

"외인부대(外人部隊)는 아주 건강합니다." 무라이의 농담으로 모두들 또 한 번 웃었다.

"외인부대?" 이번에는 나카노 대위가 의아한 표정을 지으며 일동을 둘러보았다.

"네, 전투모를 삐딱하게 꺾어 쓰고 총을 비스듬히 메고 한 손에는 캠퍼스인지 뭔지를 들고 엉덩이를 실룩거리면서 걷는 것이 완전히 모로코 병사와 똑같습니다." 무라이의 설명이었다. 댄디풍의 그 미술가 반원이 외인부대라는 애칭을 얻게 된 데에는 다음과 같은 내막이 있었다.

이곳에 도착한 첫날 밤, 제1반과 제2반은 도중에 길을 잃어 행군에 차질이 생겼기 때문에 예정보다도 한참 뒤늦은 여덟 시가 다 되어 겨우 막사에 도착했다. 식사 준비는 먼저 도착한 제3반이 다 해놓았지만, 학과(學科) 시간까지는 앞으로 이삼십 분밖에 남지 않았기 때문에 모두들 모자를 벗을 새도 없이 덥석 반합(飯盒)으로 달려들었다. 그때 제1반

---

13 여기서는 '물집(豆)'과 '콩(豆)'이 일본어로 '마메(まめ)'라고 발음하는 데서 생긴 언어유희적 표현이다.

쪽에서 야마시타 반원의 굵고 탁한 음성이 들려왔다.

"도대체 이 식탁의 먼지는 뭐요? 청소도 안 한 거요?"

"그럴 리가 없지요." 그것이 누구의 소리였는지는 알 수 없었다.

"근데 된장국 흘린 자국과 밥알이 끈적거리잖소. 행주 같은 것도 없습니까?"

"막사에 그런 게 어디 있겠습니까."

"이걸 더럽다고 생각하지 않는 자는 일본인이 아닙니다. 이러니까 일본 군대에 전염병이 생기는 것입니다. 프랑스 군대를 보십시오. 그 놈들은 청결한 에비앙(evian) 물만 마십니다."

"어이, 외인부대 씨가 나타나셨군!" 누군가의 음성에 막사 안에서 와 하고 웃음이 터졌다. 그 외양과 말하는 품새가 자못 외인부대와 딱 맞아 떨어졌기 때문에……

여기서 또 다시 놀림을 당한 야마시타도 물론 가만히 있지 않았다.

"모두들 나를 외인부댄지 뭔지 하면서 놀리는데, 나는 인정할 수 없습니다." 그는 제법 웅변가였다. "이건 좀 듣기 싫은 소리일지도 모르겠지만, 막사 안의 불결함은 어떻습니까. 먼지를 털어내고 싶어도 먼지떨이가 없습니다. 물론 행주가 없어서 식사 후에 뒤처리도 안 합니다. 이것은 전염병을 배양하는 것과 다름없습니다. 저는 몇 해 전 파리에서 유학하면서 그 나라 군대를 견학한 적이 있었는데, 과연 파스퇴르를 낳은 프랑스답게 실로 청결했습니다. 군대는 깨끗한 에비앙 드 뷔시(evian de vichy) 물만 마시라고 할 정도로 철저했습니다. 소중한 군대이니 제발 청결하게 해주십시오. 그리고 또 한 가지, 아침에 일어나 세수도 하지 않은 채 동방을 요배하고 칙유를 봉창(奉唱)한다는 것이 있을 수 있는 일입니까. 눈곱, 코딱지 투성이로 동방요배를 하는 것은 우리 일본인으로서는 송구스러운 일이라고 생각합니다만."

"그건 말입니다"라며 나카노 대위가 조용히 입을 열었다. 모두들 나카노 대위가 어떤 대꾸를 할 것인지 침을 삼키며 기다렸다. "당신이 말한 것은 모두 지당하다고 생각하오. 청결에 관해서는 군대에서도 실로 여러 번 말했으니까. 병영에 돌아가 취사장을 보면 알겠지만 실로 과학적으로 되어 있소. 그러나 병사 각자에게 그만한 위생사상이 발달되어 있는지 아닌지, 이건 군대만으로는 어떻게 할 도리가 없소. 다만 먼지떨이에 대한 이야기는 조금 적절하지 않은 것 같소. 여기는 막사니까 청소 설비까지는 안 되어 있지만, 그 대신 밖으로 한 걸음만 나가면 갯버들이나 쑥이 잔뜩 있지 않소? 그것을 한 줌 뜯어오면 훌륭한 먼지떨이가 되지 않겠소. 이런 것이 바로 창의공부라는 것이오. 또 공격정신이란 그저 철포탄을 쏘아대는 것만이 공격정신이 아니오. 무엇이든 적극적이고 진취적으로 임하는 것, 그것이 바로 공격정신인 거요. 그런 건 하지도 않으면서 설비가 안 돼 있다는 것만 탓하는 건 야마시타 반원이 아직 군인정신을 체득하지 못했다는 증거인 것 같소. 그리고 프랑스군에 대한 말인데, 과연 그놈들이 청결할지도 모르지. 하지만 그 청결한 군대가 저렇게 참혹하게 독일에게 패하지 않았소. 그 방면에 대한 것도 생각해야 하오. 청결이 나쁘다는 것이 아니오. 하지만 약간의 불편이나 불결을 무릅쓰고 나아가는 것이 불굴의 군인정신이라는 거요. 마지막으로 조례(朝禮)에 관한 건인데, 그것은 실제로 야마시타 반원이 말한 대로, 나카노 대위도 병영에 있을 때는 반드시 세수를 하고 나서 조례하도록 했소. 그런데 지난 해 전지(戰地)에 나가보니 여간해서는 그렇게 할 수가 없었소. 일 개 중대가 전부 이를 닦고 세수를 하고 집합하자면 족히 사십 분은 걸립니다. 실전에서 그건 도저히 불가능하오. 여기는 전쟁터와 같은 구조로 훈련하고 있는 곳이니까 그런 점을 잘 이해하고 충분히 군인정신을 체득해주었으면 하오."

"잘 알겠습니다. 이제 불평하지 않겠습니다." 대위의 말이 끝나자 야마시타는 꾸벅 고개를 숙이면서 말했다. 그 모습이 여간 천진난만해서 모두들 또다시 와 하고 웃었다. 그는 사랑스러운 예술가였다.

"우리 신문기자도 불평을 좀 해도 되겠습니까." 무라이의 발언이었다.

"좋소, 뭐든지 말하시오."

"이런 연습만으로는 기삿거리가 안 됩니다. 우리가 보도를 하기 위해 온 것인지 연성(鍊成)을 하러 온 것인지 그 점부터 확실히 해야 할 것 같습니다만."

"맞습니다." 요코다가 맞장구를 쳤다. "우리의 하루하루의 행동을 보도해보았자 신문에는 훨씬 더 생생한 전쟁터의 뉴스가 매일같이 실리고 있으니까요."

"결국 신문으로서도 일손이 모자라지. 뭐, 그저 우리를 위한 연성이었군."

"문화인의 연성이라고! 하지만 이런 걸로 신문에서 떠들 때는 아니잖소."

아까부터 말이 하고 싶어서 근질근질해하던 송영수는 이 기회를 틈타 나서려고 했는데, 마침 그때 나카노 대위가 말문을 여는 바람에 일어나려다 말고 다시 제자리에 앉았다.

"정말 신문기자 제군들께는 미안하게 생각하오. 그 점에 대해서는 각 신문사의 간부 분들께 충분히 일러두었으니 오해는 없을 것이오. 또한 다시 돌아가거든 연구회 석상에서도 잘 말해두겠소. 그러나 그렇다고 해서 만약 제군들이 여기에 기사를 취재하러 왔다고 생각한다면 그것은 대단한 착각이오. 이 연습의 목적은 어디까지나 보도전사(報道戰士)로서의 제군 자신의 연성과 훈련에 있는 것이지, 훌륭한 기사 보도전(報道戰)에 있는 것이 아니오. 게다가 이것은 아주 기초적인 훈련이오. 군에서도 이만큼 해서는 절대 충분하다고 생각하지 않소. 하지만 제2차 제3차 계획이 있으니 점차 보도전의 방향으로 그 수위를 높여갈 생각이오. 그렇게 해서 결국에는 제군 자신이 훌륭한 보도전사가 되어 유사시에 우리 군인들과 함께 행동할 수 있게 되는 것, 그것이 군의 희망이라고 생각하오." 여기까지 오자 나카노 대위는 일단 말을 멈추고 송영수를 향해 계속 말을 이어갔다.

"어떻소, 송 반원, 당신들 문학하는 분들은 큰 체험기 같은 게 나올 수도 있을 것 같은데요."

"예, 모두들 그럴 각오로 분발하고 있습니다. 우리는 신문과 달라서 그때그때의 일을 기사화하는 것은 아닙니다. 요컨대 이번 연습에서 체험한 바를 깊이 뇌리에 새겨 훗날에 이것을 문학으로 표현하면 좋을 것이라고 생각합니다. 그런 점에서 경험이 없는 우리 문학인들에게는 이번의 연습은 매우 값진 시련이었다고 생각합니다. 좀 전에 문화인의 군사적 훈련이 기사화되지 않고 있다는 이야기가 있었는데, 아무 것도 모르는 문화인들을 어떻게든 연습장으로 이끌어낸 것은 전쟁의 새로운 양상을 보여주는 것으로, 조선으로서는 획기적인 일입니다. 적어도 우리 문학자들에게는 이른바 자신의 직역(職域)과 전쟁을 직접적으로 연결 지은 최초의 계기로서, 적어도 저는 이 연습에서 무언가 새로운 문학상의 열쇠를 쥐고 돌아가고 싶다는 마음으로 열심히 임했습니다.

다만 여러분들께 죄송스럽게 생각하는 것은, 우리가 군대 규율에 익숙지 않아 그런 점에서 여러 가지로 눈에 거슬리는 부분이 있었다는 점과 또 손발이 맞지 않은 일도 있었을 것이라는 점입니다. 여하튼 너무나 급격한 환경의 변화로 인해 모두가 정신을 차릴 수 없었으니까요. 그래도 그런 경우에는 선배 여러분께서 지도자의 마음으로 따뜻하게 이끌어주시고, 또 우리 후배들은 솔직히 따라가는 그것이 하나의 큰 연성이라고 생각합니다. 어쨌든 드디어 징병제가 실시되었다는 것이 조선의 현실입니다. 우리는 이 현실을 출발점으로 삼아 새로운 조선을 건설해가야 합니다. 어제 부락민들과의 좌담회에서도 알게 된 것처럼 라디오도 신문도 들어오지 않고 하물며 서적 따위를 본 적도 없는 저 사람들에게 국가의식을 불어넣고 시국인식을 깨우치게 하는 것은 결코 화려한 일이라고는 할 수 없습니다. 그러나 이것은 조선 보도계에 몸을 의탁한 우리의 신성한 임무라고 생각합니다."

그때 짝짝 박수를 치면서 야마시타가 큰 소리로 외치듯이 말했다.

"송 군, 좋은 이야기를 해주었소. 우리들은 더욱 현실적인 선전을 해야 한다고 생각하오. 너무 간판만 내세우지 말고 말이오."

사관실(士官室)에서 나온 것은 열한 시가 다 되어서였다. 막사에 들어가자 서른 명의 체취와 쑥 냄새, 그리고 석유 냄새가 한 데 섞인 이상한 분위기에 숨이 콱 막힐 것 같았다. 영수는 손을 더듬어 자기에게 할당된 자리를 찾아 간신히 한 사람이 잘 만한 장소를 찾을 수 있었다. 두 명당 한 장의 모포를 덮게 되어 있어서 살금살금 기어들어가 옆에 있는 사내와 등을 맞대고 누워 천천히 다리를 뻗었다.

자리에 눕자 갑자기 피로가 몰려왔다. 그러나 방금 전의 흥분이 아직 채 가시지 않아서인지 쉽게 잠들 수가 없었다. 밑에서는 땅에서 올라오는 습기와 풀의 눅눅함이 단 한 장뿐인 모포를 뚫고 군복의 구석구석까지 스며들어 밤의 냉기가 전신을 싸고 돌았다. 아무래도 잠을 잘 수 없을 것 같았다.

이런 경우에는 두 사람이 서로 껴안고 자는 것이 합리적일지도 모른다는 생각이 들었다. 송영수는 조용히 다시 돌아누워 옆에 있는 사내를 껴안듯이 몸을 구부렸다. 그러자 이 낯선 사내도 눈치를 챘는지 몸을 살짝 기대면서 그의 왼손을 더듬어 찾아서 꽉 쥐는 것이었다. 이런 자세로 잠시 숨을 죽이고 있자 곧 모포 안이 따끈따끈하게 덥혀져 어느새 송영수는 기분 좋은 잠 속으로 빠져들었다.

5

보도반원의 매일의 활동은 매우 격렬했음에도 불구하고 반합의 밥을 다 먹어치우는 사람은 없었다. 모두들 식욕을 내어 배를 충분히 채우려 했으나 많은 양의 밥이 남는 것을 막을 수는 없었다. 또 부식물만 하더라도 문자 그대로 국 하나에 반찬 하나였지만 아주 맛있고 또 영양도 풍부하다는 것을 알 수 있었다.

그렇게 식사에 대해서는 모두 만족해했지만, 다만 일주일이나 술 구경을 못하고 있는 것은 애주가들로서는 꽤나 참기 힘들어 보였다. 기름이 떨어져 얼굴이 푸석푸석해졌다면서 억지를 부리는 사람도 있었

다. 행군을 할 때도 뭔가 허전해지면,

"어이, 이봐, 시원한 맥주 녀석을 한 잔 쭉 들이키면 어떤 기분일까?"

"휴! 뱃속에서 회충들이 놀라서 공중제비를 하겠지."

이런 이야기가 질리지도 않는지 몇 번이고 반복되었다.

또 단 것에 대한 요구도 매우 치열했다. 연세깨나 든 노인이 젊은 하사관을 슬며시 유인해서 웃음거리가 된 장면도 한두 번이 아니었다. 집에서도 그렇게 단 것을 먹었을 리가 없었으련만, 요컨대 군대에 가면 류빵(鑑パン)이나 양갱이든 제대로 먹을 수 있을 것이라는 어린아이와 같은 호기심에 모두 사로잡혀 있는 것이었다.

그렇게 예정된 연습을 마치고 평양의 병영으로 돌아온 저녁, 저녁식사를 끝내고 뒷정리를 하고 있을 즈음, "지금부터 모두 주보(酒保)[14] 견학을 갈 테니, 가는 김에 목욕 준비를 하고 집합하라"는 명령이 떨어졌을 때 모두들 거품이 넘치는 맥주잔과 두툼하고 묵직한 양갱을 눈앞에 떠올리며 히죽거리고 웃었다.

그러나 주보에서 나온 것은 술도 양갱도 아닌 기골이 장대한 지원병 출신의 병사들이었다. 지원병들이 지원한 이후 실제 전쟁터의 모습을 보여주려는 것이 군의 의도였다.

미야모토(宮本) 오장(伍長),[15] 가네하라(金原) 병장, 가네모토(金本) 상등병, 노키신(芮信) 상등병, 오카와(大川) 상등병, 오하라(大原) 상등병, 시즈야마(清山) 상등병, 마쓰야마(松山) 상등병, 기요모토(清本) 상등병, 다카

---

14 구일본군의 병영이나 함선 내에 설치된 매점으로서 군대의 물품 판매소에 해당한다. 군인들에게 주류, 감미품 등의 음식물이나 일용품을 염가로 판매했다.

15 구일본 육군 하사관의 최하위 계급.

야마(高山) 상등병—이렇게 외치면서 한 사람씩 자리에서 일어나 자기소개를 했다.

그 군인들 한 사람 한 사람의 당당한 체격, 엄숙하고 단정한 태도, 자신만만하면서도 겸손함을 잃지 않은 표정, 그 중에서도 특히 그들의 옷깃에서 빛나는 별처럼 명랑한 눈을 보고 확고한 신념에 찬 그들의 이야기를 듣고 있자니, 송영수는 지금까지 그려왔던 바의 지원병 상(像)이 갑자기 무너져가는 것을 의식하면서 저절로 얼굴을 붉히지 않을 수 없었다. 요컨대 그가 갖고 있었던 지원병 상이라는 것은 조선의 지식인이 근 칠팔 년 전부터 품어온 불안과 회의의 그림자에 짓눌리고 또 비방과 조소로 왜곡된 모습이었다. 그런데 오늘 여기서 서로 얼굴을 마주하여 대화를 주고받는 이 열 명의 젊은이들은 어떤가. 그런 어두운 그림자나 왜곡의 흔적은 전혀 없이 그저 빛나기만 하는 군인이 아닌가. 하긴 이런 배경하에서 지원병을 보는 것이 이번이 처음이기 때문일지도 모르겠다. 그러나 그의 가슴을 절절히 때리면서 다가오는 것은 무대 효과가 아니라 한 사람 한 사람의 표정과 말에서 나타난 진실, 성실, 확신, 정열이었다.

동족의 의심과 조롱을 극복하고 여기까지 도달하기 위해 이들은 얼마나 격렬한 훈련과 악전고투의 정진을 거듭했던 것일까? 또 수많은 모험을 감수하고 이 징병제를 단행함으로써 새로운 조선[新府]의 동포를 이만큼 끌어올리기 위해서 군은 얼마나 엄격한 통제와 열렬한 애정을 준비했던 것일까. 여기까지 생각이 미치자 송영수는 저절로 고개가 숙여지는 자신을 의식했다.

이런 종류의 행사가 늘 그렇듯이 질문이 추상적으로 흐르고 그에 대한 답변이 자칫 다른 곳으로 빠지고 기계적으로 될까봐 송영수는 극심한 초조함을 느꼈다. 좀 더 다양한 이야기를 듣고 싶고 좀 더 다양한 일들에 대해 서로 깊은 대화를 해보고 싶다는 타오르는 의욕을 그는 억지로 자제해야만 했다.

그들은 전부 ○○○ 지방 출신으로서 모두 가난한 백성의 자식으로 태어나 어린아이로서는 감당하기 힘들 정도의 생활의 부담을 짊어지고 날품팔이로 혹은 토목공사판으로 혹은 만주를 방랑하며 희망 없는 나날들을 보내야만 했다. 그들이 어린 시절부터 얼마나 학교를 동경했고 또 지금까지도 학문에 대해 얼마나 열등감을 느끼고 있는지를 알게 된 송영수는 가슴이 아파오는 것을 느꼈다.

그러므로 그들에게 징병제 실시는 구세주의 출현과도 같은 것으로서, 일부의 무책임한 사람들이 생각하는 것처럼 관리나 부락의 유력자에게 강제로 강요당해서 군대에 들어간 것은 아니었다. 모친의 반대나 친구들의 비난을 받지 않은 사람은 한 명도 없었고, 그들의 반대를 극복한 이 지원병들은 이미 흔들리지 않는 확신을 갖고 훈련소의 문을 들어섰던 것이다. 그들의 이야기를 들어보니, 이 지원병들의 국은(國恩)에 대한 감사보은(感謝報恩)이라는 것이 귀로만 듣는 학문도 입으로만 떠드는 실없는 말도 아니라는 것이 저절로 이해되었다.

그러나 무엇보다 그들이 군대에 들어와 이룬 성장은 큰 것 같았다.

"지금까지 조선인은 남의 보트를 얻어 타고 온 것과 같습니다. 이제부터는 스스로 배를 저어가야만 합니다"라고 오하라 상등병이 말했다. 이것이 소학교만 마친 스물두세 살 정도의 젊은이가 할 수 있는 말인가? 이 소박한 말 속에는 그 어떤 정치가의 웅변보다도 그 어떤 시인의 글보다도 웅숭깊고 기품 있는 의미가 담겨 있었다.

또 오카와 상등병은 다음과 같은 이야기도 들려주었다.

"작년 십이월, 어머니가 돌아가셔서 처음으로 청원휴가를 얻어 집에 갔습니다. 그러자 부락사람들이 신기해하면서 찾아왔습니다. 그들 중에는 제가 아는 한 청년이 있었는데—올해 열아홉 살이 되는 남동생을 데리고 왔습니다만—그가 말하길, "네가 지원병이 되길 잘했어. 내 동생도 어차피 징병될 바에야 지원병으로 갔으면 좋았을 텐데 말이야'라고 하는 것입니다. 마을에서 꽤 똑똑하다는 그 청년조차 이런 한심한 말을 하고 있습니다. 단지 징병 때문에 지원했다는 것은 말이 안 됩니다. 뱃속까지 황국신민이 되지 않은 사람은 군대에 들어가서도 비참할 것이라고 생각합니다." 이 간단한 이야기 속에 얼마나 중대한 진리가 담겨 있는 것인가?

소학교 삼학년까지만 다녔다는 기요모토 상등병은 기탄없이 다음과 같은 의견을 말했다.

"내지인 사회가 훌륭한 것은 군대 훈련을 받기 때문이라고 생각했습니다. 아무리 학문이 뛰어나고 아무리 돈이 많다 해도 군대 훈련을 받지 않으면 제 몫을 다하는 인간이 될 수 없다고 생각합니다. 민간인[地方人]이 아무리 해봤자 군대에서처럼은 할 수 없으니까요." 이 말은 모두에게 쓴웃음을 짓게 했지만, 이 이야기는 선서식 날 보도부장이 말했던 "병영은 인생대학이다"라는 말을 실증하는 것이었다.

군대에 들어와 괴로웠던 일은 없었느냐는 질문에 대해서는 그저 미소만 지을 뿐 아무도 대답하지 않았다. 과연 그들은 그 고통을 미소로 떠올릴 정도까지 성장한 것이다. 고통 대신 감격스러웠던 경험 한두

가지 갖고 있지 않은 사람은 한 명도 없었다. 그 감격이란 요컨대 내무반이 친절했다는 것, 상관들이 내선(內鮮)의 구별 없이 대해주어서 내지 출신의 전우들과 실로 피를 나눈 형제처럼 사이좋게 지낼 수 있었다는 사실에서 비롯된 것 같았다. "나는 장래에 내지 동포와 일심동체가 되어 제일선에서 활약하고 싶다"는 가네모토 상등병의 이야기는 결국 이 열 명의 목소리이며, 또 그 소리는 내무반 생활에서 용솟음치는 자연스러운 소리임에 틀림없었다. 여기서는 모든 문제와 논의가 단순한 실천에 의해 신속하게 처리되고 있었다. 그리고 충군애국이라는 말이 하나하나의 행동으로 번역되어 확실하게 소화되어가는 것 같았다.

—동이 틀 무렵, 계곡에는 안개가 자욱했다. 허물어져가는 작은 초가집에서 일흔이 넘은 아버지가 콜록콜록 기침을 하면서 나왔다. 뒤에서는 어머니가 물동이와 바가지를 들고 나왔다. 두 사람의 얼굴은 표정이 없이 생활의 때와 주름 속에 감동을 잃어버렸다. 언덕 위에는 이미 아침 해가 비치고 있다. 군복을 입은 아들이 아침햇살을 온몸으로 쪼이며 서 있다. 늠름하고 명랑하며 강직한 조각상처럼 부동의 자세로 저 멀리 동방의 하늘을 바라보고 있다.

"자, 그럼 이것으로 좌담회를 마치겠습니다"라는 나카노 대위의 음성에 환영이 사라졌다.

밖에는 그토록 고대하던 비가 본격적으로 쏟아지고 있었다. 송영수는 새카만 어둠 속을 헤치고 목욕탕으로 가면서 뚝뚝 떨어지는 빗방울에 군복을 적시며 혼자 중얼거렸다.

"젊은 조선의 모습이 여기에 있다."

(1943년 6월 10일 作)

부싯돌

崔載瑞, 「燧石」, 『國民文學』, 1944.1

　전쟁은 많은 것을 발명했지만 또 많은 것을 부활시켰다. 부싯돌도
그 중의 하나다.

　요즘 시골에 가보면 부싯돌을 사용하는 사람들이 슬금슬금 늘어가
고 있다. 짧은 곰방대에 잘게 썬 담배를 채우고 주머니에서 손때 묻은
돌과 쇳조각, 그리고 뜸쑥을―뜸쑥이 모자랄 듯 싶으면 낡은 솜조각을
사용하는 패들도 있다―꺼내 두세 번 탁탁 치면 작은 불꽃이 뜸쑥에 옮
겨 붙는다. 그리고 나서 곧바로 뜸쑥을 든 왼손으로 원을 그리듯이 두
세 번 돌리면 뜸쑥이 연기를 내면서 빨갛게 탄다. 이렇게 해서 훌륭한
담뱃불씨가 되는 것이다. 이것은 분명 전쟁이 만든 새로운 풍경 중의
하나이기는 하지만, 결코 성냥의 대용품이라는 살풍경한 명칭으로 불
러야 할 성질의 것이 아니라 오히려 그와 반대로 일종의 수수함과 따

뜻함을 지닌 정겨운 물건이다.

그렇긴 해도 요즘 부싯돌이 다시 유행하게 된 것은 아마도 시세의 변천에 따른 것이리라. 내가 막 철이 든 소년 시절, 우리 집에는 항상 머슴이 일고여덟 명이나 있었는데, 그 중에 부싯돌을 사용했던 사람은 그때까지도 여전히 상투를 틀고 있던 할아범 한 사람뿐이었다. 내 기억에도 황린(黃燐)성냥이나, 좀 더 오래 전에는 닭 깃털 같은 얇은 나뭇조각 끝에 콩알 크기의 유황을 발라 그것을 직접 불에 태워 불꽃을 내는 불쏘시개 나무도 있었지만, 무엇보다 안전성냥의 진출이 너무나 탁월했기 때문에 할아범이 부싯돌을 꺼낼 때마다 젊은이들은 그를 놀려대곤 했다.

이런 삼십 년 전의 기억이 되살아나기도 하고, 어쨌든 부싯돌을 치는 사람들의 모습이 나에게는 더없이 정겨운 것이었다. 필요에서라기보다는 일종의 수집벽때문에, 이 기회에 이 시골에서 부싯돌 한 벌을 살 수 없는지 물어보았더니, 그런 건 경성에 얼마든지 있다고, 종로의 야시장이나 돈암정(敦岩町)의 야시장에 가면 미술적으로 만들어진 쇠와 돌들이 산처럼 쌓여 있을 것이라고 알려준 사람이 있었다. 나는 역시 그렇군 하면서, 다시 한 번 신통해하지 않을 수 없었다.

그런데 부싯돌을 사용하는 사람들 또한 단지 배급 성냥의 대용만이 아니라 나처럼 아니 나보다도 훨씬 더 강한 애착으로 이 예스러운 도구를 사용하고 있다는 사실을 발견했다. 바로 경주에서의 이야기이다.

학도 출진 명령이 내려진 지 벌써 보름, 후배들 중에 대세를 잘못 판단하여 국가의 기대에 반하는 사람이 나오면 체면이 안 선다는 이유로, 지난 22일 경성에서는 임시변통으로 학도선배단(學徒先輩團)을 꾸려 그 다음 날 아침 백여 명의 단원이 열세 반으로 나뉘어 전 조선으로 연달아 투입되었다. 나는 경상북도에 배당되었고 네 명의 단원을 인솔하여 곧장 대구로 향했다.

대구에서 도(道)의 간부들과 의논한 후, 현지의 응원에 힘입어 다시 두 반으로 나눠 제1반은 경주, 포항, 영덕으로 해안선을 따라가고, 제2 반은 안동, 의성, 영주로 경경선(京慶線)[1]을 따라 북상하기로 했다.

사흘 후 우리 제1반은 정해진 지역에서 좌담회와 호별 방문을 끝내고 본래의 장소로 되돌아와 포항에서 경주행 기차를 탔다. 말이 기차지, 그것은 예의 성냥갑만 한 좁고 작은 경편철(輕便鐵)이다. 우리가 탔을 때는 이미 만원이었는데 그나마 국민학교 아동들이 자리를 양보해 줘서 잠시나마 허리만 걸친 꼴이었다.

아무리 남선(南鮮)이라지만 시월 말인데도 이렇게 따뜻한 것은 역시 바다에서 불어오는 따뜻한 바람 때문일 것이다. 어쩐지 점점 찌는 듯한데다가 또 기차 안의 묘한 악취 때문에 코를 막고 싶었다.

기차를 탄 사람들은 대부분이 상인풍의 남자들이었지만 여자들도 약간 있었는데, 여자들은 물건을 사러 가는 부대(部隊)라는 것을 직감할 수 있었지만, 대부분의 남자들은 복장도 가지각색이어서 전혀 정체를 파악할 수가 없었다. 선반 위와 의자 밑, 그리고 출입구의 바닥 한가운데에 가마니나 상자 등 아무렇게나 놓인 큰 짐들이 비좁은 틈까지 쌓여 있었는데, 바로 그 짐들에서 악취가 뿜어져 나오는 것 같았다. 일행 중 성질이 급한 U군이 곧바로 질문의 화살을 던졌다.

"이 냄새 아주 역겨운데, 이게 도대체 뭐지?"

---

1 서울의 청량리역과 경상북도 경주 사이를 잇는 중앙선의 옛 이름.

그러자 터키풍의 젊은 남자가 게슴츠레한 눈으로 대답했다.

"갈치요."

"갈치? 그러면 당신들 암시장²에서 오는 길인가?"

"무슨 소리요? 이런 백주대낮에 암시장이라니, 농담하지 마쇼! 배고 파하는 애들 생각해서 조금 사가는 건데." 이번에는 옆에 앉아 있던 사람 좋아 보이는 중년 남자가 눈을 휘둥그렇게 뜨고 변명했다.

"이게 다 애들한테 줄 선물이라고? 식욕이 왕성하구먼."

이렇게 해서 암거래 사건은 웃음으로 얼렁뚱땅 넘어갔다. 나는 포항을 떠날 때 받았던 감 두 개를 먹었더니 졸음이 밀려와 꾸벅꾸벅 졸았다.

기차 안 한쪽 구석에서 예의 그 억센 경상도 사투리가 시끄럽게 들려와 눈을 떠보니, 어디서 탔는지 키가 큰 한 노인이 은빛 구레나룻으로 덮인 얼굴에 약간의 홍조를 띠고 지팡이로 바닥을 때리면서 대단한 기세로 뭐라고 계속 지껄여댔다. 광대뼈가 튀어나와 코가 납작하고 콧수염이 입술을 가리듯 덮은 전형적인 조선의 얼굴이었다. 전체적으로 체구는 큰 편이지만 눈은 유난히 작고 백설처럼 하얀 눈썹 밑의 눈동자는 마치 대리석 속에 박힌 흑다이아몬드처럼 날카롭고 사나운 빛을 발하고 있었다.

"부싯돌의 진가는 쇠가 아니라 돌에 있는 기라. 알긋나? 그니까 극단적으로 말하믄 말이제, 쇠는 녹만 안 슬믄 아무거나 상관없는 기라. 불을 일으키는 건 돌이니께."

그는 옆에 앉은 낡은 소프트 모자³를 쓴 터키풍의 젊은 남자에게 열

---

2   원문의 '闇'은 '闇市場(やみいちば)'의 줄임말이다.
3   하드 펠트 해트(hard felt hat : 中山帽子)에 대응하는 소프트 펠트 해트(soft felt hat)의 약어로

정적으로 말했다. 그 남자는 줄곧 뜸쑥에 불을 붙이려고 했으나 아무리 해도 불이 붙지 않자 다소 자포자기한 듯 쇠와 돌을 내팽개치듯이 내리치고 있었다.

"그렇게 무작정 때리기만 하믄 안 되지. 그건 석공(石工)이 끌로 돌을 캐는 꼴인 기라. 진짜 부싯돌이란 건 말이제, 이렇게 두 손꾸락 사이에 끼워서 살짝 살짝, 그저 스치듯 두세 번 탁탁 치야 불이 확 붙는 기라. 어디, 함 줘 봐라, 내 보여주꾸마."

라고 하면서, 그는 젊은 남자의 쇠와 돌을 낚아채듯 제 앞으로 가져왔다. 잠시 음미한 후 그는 장중한 어조로 말을 내뱉었다.

"역시 이 쇠는 잘 다듬어졌고마. 희(囍) 자 무늬도 새기 넣고, 아주 이쁘게 맹글어놨네. 근데 마, 이 돌은 잡석(雜石)이나 매 한가진 기라. 뭐니 뭐니 해도 돌에도 어엿한 혈통이 있는 긴데. ⋯⋯ 내 저 보따리 안에 좋은 기 하나 있는데, 그게 마, 아주 영물(靈物)이다. 쇠에 대기만 하믄 바로 불을 뿜어뿌린다카이"라고 말하며 그는 황홀한 눈빛으로 선반 위에 있는 보자기로 싼 보따리를 쳐다보았다.

"아무리 돌이 좋다 케도 쇠에 대기만 하믄 불을 뿜다니, 말이 너무 지나치시다 아임니까. 이 돌도 한 벌에 삼 원이나 줬구만." 이번에는 젊은이가 노인에게 납득할 수 없다는 듯이 말했다.

"뭐라꼬? 말이 너무하다꼬? 이 늙은이가 거짓부렁이라도 한다는 기가? 뭐하믄 내 꺼내서 보여줄끼구마. 대신에 내기 하자. 만약에 저 돌이 내 말대로 불을 안 뿜으믄 여기서부터 기찻삯을 내가 내주꾸마. 그라고 갖고 싶으믄 내 부싯돌도 그냥 가져가도 괘안타. 대신에 내 말대

서 중절모라고도 한다.

로 되든 어쩔래, 젊은 양반?"

지금까지 넋을 잃고 노인의 이야기를 듣고 있던 기차 안 사람들의 시선이 이번에는 일제히 젊은이 쪽으로 향하자 그는 얼굴을 붉히고 머뭇거리면서 고개를 움츠렸다.

"그 돌의 혈통이란 게 대체 뭡니까?" 갑자기 나도 그 이야기에 끌려 정중한 어조로 물어보았다.

잘 알지도 못하는데다 도회인 차림을 한 내가 질문을 하자, 이번에는 노인이 내 쪽으로 방향을 바꾸면서 만족스러운 미소를 지었다.

"야, 부싯돌에도 엄연히 혈통이란 기 있습니다. 우선에 이 부근으로 말하자믄, 의성(義城)의 밀석(密石)이라든가, 단양(丹陽)의 흑석(黑石)이라든가……. 특히 요 밀석이라는 기 참말로 신기한 놈입니더." 그는 부싯돌을 살짝 치는 시늉을 해보이면서 말을 이었다.

"내가 지금 갖고 있는 이기 바로 그 밀석입니더."

"그건 어디서 났습니까?" 나는 갑자기 수집욕이 발동해서 추궁하지 않고서는 참을 수가 없었다.

"얼마 전에 대구에서 구했심니더. 요상한 뒷골목에 부싯돌, 실패 같은 거를 이래저래 늘어놓은 가게가 있습디더. 그 앞을 지나가는데 묘하게 그을린 돌멩이가 슬쩍 눈에 띄는 게 아임니까. 어, 저게 뭐꼬 하면서 가까이 가봤더니, 이기야, 마, 참말로 깜짝 놀랐심니더. 밀석 아임니까, 에누리 없는 밀석. 이십 년이나 찾아 헤매던 밀석이 분명히 잡석 속에 굴러댕기고 있다 아임니까." 그렇게 말하는 노인의 얼굴은 반짝반짝 희열의 빛을 발하고 있었다. 그는 거기서 말을 멈추고 무언가를 생각해내려는 듯 잠시 눈을 감더니만, 이윽고 방긋 웃는 얼굴로 다시 이야기를 이어갔다.

"세상이라는 기 참말로 재미있는 기라요. 전쟁이 나니께 부싯돌이 나오고, 짚신이 유행하고, 소달구지도 마음껏 나댕기고, 참말로 고마운 세상 아임니꺼!" 그는 무릎을 치며 쾌재를 불렀다.

"저 할배, 여적 부싯돌 쓴다고 놀리던 패들이었는데 말이제, 마, 요새는 배급 성냥이 모지란다고 우는 소리를 한다니께. 또 고무신이니 지카타비(地下足袋)[4]니 하는 것들 때문에 요새 사람들은 짚신 삼는 법도 잊어뿐 말이제. 그래갖고 어데 농사꾼이라고 할 수 있나. 이천 년간 짚신 신고 댕기믄서 일했던 사람들 아이가. 게다가 소달구지는 또 어떻고. 화물차가 넘쳐나니까 소달구지는 뿌셔서 온돌 땔감으로 써뿌리는 분별없는 사람들이 우리 마을에도 두셋 정도 있습니더. 솔직히 그다지 득될 것도 없었다는데. 그란데 우리나라가 열심히 전쟁을 한다카는 때가 되니, 요런 편리한 것들이 다시 슬금슬금 나타나니께 참말로 고마운 일이고 말고……."

"근데, 거기 영감이 멍청이라서 이십 전을 주니까 그 밀석을 냉큼 던져두던걸. 아무래도 죄지은 것 같아서 뒷맛이 안 좋아." 이번에는 모두가 깜짝 놀랄 만큼 큰 소리로 깔깔 웃었다.

나는 노인이 너무나 정열적으로 이야기하는 모습에 감동을 받아 새삼 그 얼굴이 달리 보였다. 눈처럼 희고 풍성한 수염으로 덮인 붉은 얼굴은 또 반질반질 윤기가 흘렀다. 그의 활기찬 생명의 불은 밀려오는 세월의 파도를 제치고 영원히 끓어오를 것만 같았다. 또 그의 행색은

---

4   엄지발가락과 둘째 발가락 사이가 갈라진 일본의 노동자용 작업화.

평범한 농민의 그것과 다를 바 없었지만 왠지 그를 농민으로만 볼 수 없게 하는 기품, 아니 기골과도 같은 것이 온몸에 감돌고 있었다. 그렇다고 해서 이 부근 일대에서 지금까지 몇 백 년의 가통(家統)을 근근이 이어가고 있는 어느 마을의 누구 씨라는 명문 혈통이 아니라는 것은 그 말투의 억센 억양만 봐도 판가름되지 않는가. 사색이 여기까지 이르자, 나는 그의 정체가 궁금해서 일각의 유예만으로도 몹시 초조해졌다.

"영감님, 실례지만 올해 연세가 어떻게 되십니까?" 하고 물었다. 그러자 노인은 갑자기 둔감한 표정으로 고개를 갸웃거리며 귀를 기울였다. 나의 질문 방식이 지나치게 고상했나 하는 생각이 들 때 쯤, 노인이 호소하듯이 말했다.

"내가 귀가 멀어서!"

옆에 앉아 있던 터키풍의 젊은 남자가 내 질문을 경상도 사투리로 바꿔 큰 소리로 말했다.

"할배 나이를 물으신 기라예."

"……." 그는 뭐라고 중얼대며 두세 번 고개를 끄덕이더니, 이윽고 호젓한 미소를 띠우면서 오른쪽 엄지손가락을 꼽고 다른 네 손가락은 펴보였다.

"아홉입니더, 아홉. 일흔아홉."

"허!" 나는 말문이 막혔다.

"여든의 노인이잖아!" 기차 안의 사람들도 새삼스럽게 그 건강함에 놀라워하는 것 같았다.

"여든이나 묵었으니 인자 틀렸심니더. 귀도 못 쓰게 되고, 이 망할 노무 귀!" 이렇게 말하면서, 그는 야유하듯 오른손으로 자신의 귓볼을 가볍게 때렸다.

"아주 정정하신데요. 저희 같은 젊은이들이 부끄러울 정도입니다." 나는 위로할 생각으로 말했다.

"아임니더. 눈하고 다리만 그렇심니더. 이 놈은 아직 누구한테도 지지 않을 낍니더."

과연 그의 눈은 겹겹이 쌓인 세월의 구름을 뚫고 별보다도 더 예리한 빛을 발하는 것처럼 보였다. 나는 묵묵히 넋을 잃고 그 눈빛을 바라보았다. 노인도 눈치를 챘는지 방긋 웃으며 말했다.

"내가 젊었을 때 포시를 했심니더. 아마 그 덕분일 낍니더."

"포시?" 내가 못 알아듣자, 내 옆에 앉아 있던 그 지방 출신의 N 씨가,

"포수예요. 사냥꾼이요"라고 표준어로 번역해주었다.

"이것 좀 보이소. 이게 그 흔적입니더."

자세히 보니 오른쪽 눈 비스듬히 삼 센티 정도의 흉터가 있고 그 부분만 반점처럼 붉게 도드라져 있었다.

"이건 저기 토함산 산속에서 멧돼지랑 일대 일로 싸웠을 때 생긴 흉터입니더. 스물세 살 때였심더."

"허, 스무 세살 때요?"

"그렇심더. 좌우지간 열두세 살 때부터 포시 따라서 돌아댕겼심더. 내는 평생 총을 쐈다 아임니까. 그러니께 총이 없으믄 아무 것도 못 할 인간입니더."

"사냥감은 주로 뭡니까?"

"그기야 당연히 멧돼지지. 우리는 마, 노루 같은 놈은 잡지도 않았심더, 재미가 없어서. 멧돼지 사냥이 진검승부지!" 드디어 이야기가 자기

의 본령으로 들어온 듯하자, 노인은 주먹을 쥐고 무릎을 앞으로 다가앉으며 말하기 시작했다.

"이상하게 말입니다, 산에 들어가믄 우리는 곧바로 모든 걸 다 잊어뿌고 몸 전체가 들뜨믄서 다리에 날개가 돋친 거 맹키로 십 리든 이십 리든 태연하게 개를 쫓아 뛰어댕기게 됩니더. 사냥의 반은 개가 해주는데, 이놈들이 먼저 앞으로 달려가서 사냥감을 찾아내줍니더. 요새 셰퍼드맨쿠로는 못 되도, 조선 개도 길들이믄 곧잘 합니더. 사냥감 하고 맞닥뜨리믄 개 두 마리가, 멧돼지 사냥에는 두 마리가 필요합니더. 마구 짖어대믄서 오른쪽으로 달렸다 왼쪽으로 달렸다 함서 멧돼지 앞길을 방해합니더. 그라믄 멧돼지 이놈이 불같이 화를 내믄서 방향을 휙 바꿉니더. 멧돼지란 놈이 꽤 재미있는 짐승인 게, 이놈은 일직선으로 나아가는 것뿐이 모릅니더. 그게 마, 저돌맹진(猪突猛進)이라는 긴데, 옆길로 빠져서 도망가는 법을 모릅니더. 우리는 바위 뒤 같은 데에 숨어서 가만히 총을 겨누고 기다리는 거라." 그렇게 말하면서, 그는 갑자기 짚고 있던 지팡이를 치켜들고는 꼿꼿하게 무릎쏴 자세를 취했다. 한쪽 눈을 감고 왼쪽의 뜬눈으로 창 밖의 한 점을 응시하는 모습은 그 야말로 진짜 멧돼지가 저쪽에서 달려오기라도 하는 듯한 진지함이 있었다.

"그라는 동안에 부스럭부스럭하는 소리가 나는 곳에서 시커먼 덩치가 불쑥 나타나믄 그놈이 딱 조준 속에 들어온다 아임니까. 그렇게 되믄 인자 우리는 참을 수가 없심더." 노인은 흥분해서 가슴이 설레는 듯 쭈글쭈글한 얼굴에 미소를 흘리며 온몸을 부르르 떨었다.

"그래도 조준이 가장 중요한 기라. 사냥감은, 특히 요 멧돼지는 아무

데나 총알을 맞힌다고 해서 다 좋은 기 아입니다. 멧돼지는 지방층이 칠팔 분(分)이나 돼서 등이나 옆구리 같은 데 맞추믄 쉽게 안 죽심니다. 피를 질질 흘리믄서 도망가뿌리지. 마, 그 핏자국을 따라 하루건 이틀 이건 쫓아가믄 붙잡을 때도 있지만, 대부분은 거의 가망이 없심니다. 또 급소에서 빗나가뿌면 멧돼지가 필사적으로 우리 쪽으로 달려드는 일도 있슴니다. 사냥꾼이 해를 당할 때가 보통 그런 경우라. 지난번에도 시마다(島田) 나리가 상처 입은 멧돼지한테 옆구리를 받혀서 결국 돌아가셨는데, 참말로 딱한 일 아입니꺼."

경주를 방문한 적이 있는 사람이라면 누구나 알고 있는 시마다야(島田屋) 여관 주인이 네댓새 전 사냥에 나갔다가 돌연 멧돼지의 송곳니에 받혀 죽었다는 이야기는 내가 대구를 출발할 때 안내인 N 씨한테 들어서 알고 있었다. 이 모든 이야기가 너무나 생생하게 들려오는 것 같았다. 노인은 눈 밑의 상처를 가리키면서 이야기를 이어갔다.

"내가 여기를 다쳤던 것도 그런 식이었심더. 옛날 총은 지금처럼 연발식(連發式)이 아니라서 순간 장전이 안 됐심더. 아차 하는 순간 멧돼지가 온몸으로 얼굴에 부딪쳐서……. 그래도 내는 맞서서 싸웠심더. 송곳니가 뺨을 스치믄서 내를 쓰러뜨린 채 멧돼지는 멀리 도망가뿌렸지예. 그 전에도 그 후에도 실패라고는 그때 딱 한 번뿐이었심더. 덕분에 명예로운 부상을 남기고 말았심더."

"그럼 어디를 조준해야 합니까?"

"그야 물론 관자놀이지. 관자놀이만 정확히 조준해서 빵 하고 한 발만 쏘믄 놈은 빠르게 뱅뱅 돌다가 털썩 쓰러집니다. 간단하지예."

나는 시선을 창 밖으로 돌렸다. 엷은 묵색으로 어두워져가는 산봉우리들이 흡사 나라(奈良)에서 본 것과 같이 완만한 곡선을 그리며 경주를 빙 둘러싸고 있다. '경중(京中) 십칠만 팔천구백사십육 호(戶), 천삼백육십 방(坊), 오십오 리(里)'로 알려진 넓은 경주는, 나라가 그렇듯이 하나의 분지였다. 마을 서쪽에 웅크려 있는 금오산(金鰲山)을 경주의 미카사야마(三笠山)[5]라고 부른 것은 최근 삼십 년을 넘지 않은 일이지만, 그렇게 서로 닮은 산이 동쪽과 서쪽에 있다는 사실은 기이한 인연이라 하지 않을 수 없다. 그뿐만이 아니다. 나라(奈良)는 조선어로 '나라(國)' 또는 '국가의 수도(國都)'를 뜻하는 말로서, 양자의 어원이 같다는 것은 학자의 학설을 기다릴 필요도 없다. 이렇듯 국가의 수도라는 것은 고대의 두 민족에게 그 명칭에서나 관념, 또 그 이상(理想)에도 공통적이었다는 것은 무언가 큰 의미를 지니는 것으로서, 나는 이 두 지역을 방문할 때마다 항상 깊은 사색에 잠기곤 한다.

　　요즘 나라에 가면 유명한 시카요세(鹿寄せ)[6]에서 신성한 신의 세계를 그대로 보여주고 있는데, 경주에 그런 정취를 지닌 것은 없다. 그러면 고대는 어땠을까? 『삼국유사』는 신라 제1대 왕 박혁거세의 탄생을 다음과 같이 전하고 있다. "그 알을 갈라 사내 아기를 얻었다. 생김새가 단아하고 아름다웠다. 놀라고 이상히 여겨 동쪽 샘에서 목욕을 시키니 몸에서 광채가 났다. 새와 짐승들이 몰려와 춤을 추고 천지가 진동했으며 해와 달은 맑고 밝았다. 이에 이름을 혁거세라 불렀다." 역시 같은 풍경이었으리라.

5　　나라(奈良)시 동쪽에 있는 산.
6　　나라의 나라공원에서 겨울에 행해지는 행사로, 피리를 불어 사슴을 모으는 행위를 가리킨다.

경주에는 사람들이 모여든 것과 마찬가지로 짐승들도 몰려들었다. 태백산맥이 조선의 등줄기를 따라 힘차게 내달려 이곳에서 확 펼쳐진 모습이다. 인류가 무언가에 이끌려 이동해간 흔적을 그대로 짐승들이 지나가지 않았을 리가 없다. 또는 그 반대로 말해도 좋다. 어쨌든 이렇게 인간과 짐승은 경주를 중심으로 다양한 역사상의 교섭을 가졌다. 『삼국사기』를 보면, 몇 년 몇 월 며칠 금원(禁苑)에 호랑이가 나타났다는 기록들이 흡사 인간의 기록인 양 태연하게 실려 있다. 이 또한 호랑이에 대한 조선인의 경외심과 함께 친애의 정이 발현된 것으로 보아야 한다.

그러나 이러한 것들보다 더욱 우리의 흥미를 끄는 것은 불국사의 유래에 얽힌 곰 전설이다…….

가을의 절정, 한층 높아진 하늘이 청자 빛으로 깊어질수록 산의 단풍도 차츰 그 선명함을 더해간다. 오늘도 뜰 앞 나뭇가지에 앉은 새소리를 듣자, 사냥을 좋아하는 귀공자 김대성(金大城)은 더 이상 참을 수 없어 읽다 만 책을 덮고 벽에 세워둔 활을 들고는 초당(草堂)을 빠져 나와 슬그머니 뒷문으로 나갔다. 그의 목적지는 빈사(賓士)의 들판인 불국사 아래의 평원. 그저께 기어이 놓쳐버린 곰 한 마리를 좀처럼 단념할 수가 없었던 것이다.

대성은 하루 종일 토함산 기슭 일대를 분주하게 뛰어다녔다. 겨우 노리고 있던 곰을 다시 만나 단 한 발의 화살로 완벽하게 쏘아 잡았을 때는 이미 해가 완전히 저물어 경주 도읍은 한밤중이 되었다. 그러나 염원을 이룬 대성은 피로도 잊은 채 유유히 산을 내려와, 그날 밤은 지인의 민가에서 묵기로 했다. 그런데 그날 밤, 곰의 망령이 귀신이 되어 꿈에 나타났다.

"이놈 김대성, 너는 무슨 원한으로 나를 죽였느냐! 나는 반드시 네놈을 물어뜯어 죽여버릴 것이다"라고 으르렁거리며 곰이 이를 갈면서 덤벼들었다. 깜짝 놀란 대성은 필사적으로 싹싹 빌었다.

"아, 내가 잘못했다. 제발 용서해다오. 그 대신 네가 말하는 것은 뭐든지 다 하겠다."

"좋다. 그러면 절 하나를 세우고 나를 위해 명복을 빌어주어라."

"알겠다! 검을 걸고 맹세하마!" 이렇게 말하면서 머리맡에 둔 단검에 손을 얹자마자 꿈에서 깨어났다. 온몸이 땀범벅이 되어 이불이 흥건하게 젖어 있었다.

그 후 대성은 발심(發心)하여 밥보다 더 좋아하는 사냥을 딱 끊어버리고는 꿈 속에서 약속한 대로 죽은 곰을 위해서 그 곰을 쏘아 죽였던 곳에 웅수사(熊壽寺)[7]라는 절을 세우고, 또 그 곰을 처음 발견했던 장소에는 장수사(長壽寺)라는 절을 지었다.

머지않아 김대성은 부친 문량(文亮)의 뒤를 이어 신라의 재상(宰相)이 되었다. 당시 경덕왕(景德王)은 불심이 특히 두터워 직접 절들을 순례하며 경문(經文)을 익히거나 혹은 시주(施主)가 되어 공양(供養)을 바칠 정도로 열심이었다. 따라서 나라 전체에 사원을 신축하거나 개축하는 일이 잦아 그 번성함이 전대미문이라는 칭송을 얻었다.

---

[7] 원문의 '雄壽寺'는 오식. 웅수사(熊壽寺)는 김대성이 경덕왕 10년(751)에 불국사를 창건하기 이전에 세운 사찰이라고 전한다. 원래 사냥을 좋아했던 김대성은 어느 날 토함산에 올라가서 곰을 잡은 뒤 산 밑의 마을에 머물게 되었는데, 꿈에 곰의 귀신이 나타나 환생하여 원한을 갚겠다고 하므로 두려워서 용서를 빌었다. 그 후 곰의 원혼을 달래기 위하여 곰을 잡았던 곳에는 웅수사를, 꿈을 꾼 곳에는 장수사(長壽寺)를 세웠다고도 전한다.

불국사는 제23세(世) 법흥왕(法興王) 22년에 창립되었는데, 경덕왕 때에 이르러 완전히 새로운 모습으로 대대적인 개축을 시행했다. 그것은 바로 곰의 망령이 부추겨 부처에 귀의한 김대성의 발안(發案)이 있었기 때문이었다. 그것은 부모님의 장수를 기원함과 동시에 국가의 무사태평을 축복하기 위한 것이었다.

한편 김대성의 성장 내력에는 기이한 이야기가 전해진다. 대성은 원래 모량리(牟梁里) 마을에서 경조(慶祖)라는 과부 어머니의 슬하에서 가난하게 자랐다. 머리가 유난히 큰데다가 정사각형 모양을 하고 있어 마치 성(城)이 우뚝 치솟은 것 같았다. 그래서 대성(大城)이라고 불렀다. 어머니는 대성을 등에 업고 아침부터 밤까지 주인집에서 막일을 해야 했다. 어느 날 한 승려가 그 집 주인 복안(福安)의 집에 와서 보시를 청했다. 그때 승려는 노래하듯이 다음의 문구를 읊었다.

"하나를 베풀면 만 배를 얻고 안락장수(安樂長壽)하리라." 대성 소년은 그것을 듣고 곧장 집으로 달려가 호기심 어린 눈을 반짝이며 어머니에게 물었다.

"어머니, 지금 주인집에서 스님의 경(經)을 들자니, 하나를 베풀면 만 배를 얻고 안락장수할 것이라는데, 그게 정말인가요?"

"정말이고 말고! 스님의 말씀은 다 옳아요."

"그럼 우리 집에서도 스님께 뭔가를 드리는 게 어떨까요? 이렇게 집이 가난한 건 아마도 전세(前世)에 전혀 베풀지 않았기 때문이 아닐까요?"

너무나 어른스러운 아들의 말에 어머니는 어떤 불안의 그림자가 스치면서도 몹시 감탄한 눈빛으로,

"아, 좋은 생각이네요. 무엇이든 드리세요."

어머니의 승낙을 얻자 신이 난 대성은 얼마 되지도 않는 마늘을 고스란히 전부 스님께 드렸다. 그 일이 있은 후 얼마 지나지 않아 대성은 병이라고 할 만한 병치레도 없이 마치 어린 나무가 꺾이듯 덜컥 죽고 말았다.

그런데 그날 밤, 바로 같은 시각에 당시의 재상 김문량(金文亮)의 집에서는 하늘의 소리를 듣는다.

"모량리의 아이 대성이 이 집안에 다시 태어날 것이다."

즉시 사람을 보내 모량리를 조사해보자, 과연 평판이 좋았던 대성이 그날 밤에 죽었는데, 김 재상의 부인이 그때부터 임신을 했고 세월이 흘러 태어난 아이는 용모가 크고 훤칠한 사내아이였다. 어쩐 일인지 왼손을 꽉 쥐고 펴지를 않았다. 일주일이 지나 겨우 펴진 손을 보니 금빛 부적에 '대성(大城)'이라는 두 글자가 새겨 있었다. 그것으로 하늘의 계시가 적중했음을 깨닫고, 아이 이름을 대성(大城)이라 지었다. 이와 동시에 모량리에서 먼저 죽은 아들 대성 때문에 홀로 슬피 울고 있는 경조를 저택으로 맞아들여 정성껏 부양했다. 전설은 이렇게 전해지고 있다.

그러면 우리는 이 전설을 어떻게 해석하면 좋을까? 위인이나 영웅으로 불릴 정도의 사람이 한때의 장난으로 담장 안의 꽃을 꺾다가 가시에 찔려 훗날까지도 곤경에 처한다는 이야기는 예나 지금이나 계속되고 있다. 그 중에서도 특히 신라 왕조 시대에는 그런 예가 많았다. 사냥에서 돌아오는 길에 비천한 여자를 만나고 거기서 아이가 생겼다든가 하는 다양한 파문을 그린 이야기들도 영웅의 생애에 상응하는 삽화라고 한다면 안 될 것도 없는 것이다.

한편 이렇게 태어난 대성은 수양아들과도 같은 인생을 초토(草土)에

묻혀 보내기에는 그 됨됨이가 너무도 훌륭했다. 그 크고 장대한 풍모와 비범한 지력(知力)과 유난히 솔직한 마음가짐이 하나에서부터 열까지 아버지 문량의 감식안을 자극하지 않는 것이 없었다. 그리하여 김문량은 큰 결심을 하고 대성을 저택으로 불러들여 적자로 삼음과 동시에 그 생모도 유모라는 명목으로 들이기로 했다. 그리고 그 입적을 정당화해야 할 천성(天聲)의 전설을 짜내는 것을 잊지 않았다. 그러나 한편, 배 아파 낳은 아이를 내 아들이라 부를 수 없는 경조의 괴로움! 게다가 정실부인이 점차 노골적인 증오의 불길을 태우는 것과 모멸의 빛을 감춘 하인들의 눈초리! 경조의 생애는 결코 즐겁지도 화려하지도 않았다. 영리한 대성은 언제부턴가 어른들의 비밀을 다 알고 있었고, 그것을 혼자 가슴 깊이 묻어두고 있었다.

한편 재상 김대성은 국왕에 헌책하여 불국사를 중수(重修)하였다. 그때 그의 가슴 속에는 쓸쓸한 한 여성을 위해 자신의 진심을 담은 아담한 절 한 채를 세우고 싶다는 비장한 소원이 들끓고 있었다. 어린 자신을 등에 업고 매일 매일 악전고투하던 어머니의 모습, 저택으로 맞아들이기는 했지만 차가운 감시 속에서 그저 조용히 이를 악물어야만 했던 어머니의 모습! 이 어머니의 모습을 어떻게 하면 영원화할 수 있을까!

대성은 마침내 뜻을 정하고 땅을 점쳐 석불사(石佛寺)를 창건하였다. 장소는 토함산의 양지바른 산등성이로, 그곳은 흰 구름이 모이는 곳, 영천(靈泉)이 샘솟는 곳, 아침 해가 비치는 곳, 저녁달이 비추는 곳이었다. 거기에 석굴(石窟)을 마련하고 본존 석가불에 제천제불(諸天諸佛)을 배치하여 시방정토(十方淨土)의 현출(現出)을 비는 것으로 비원(悲願)의 일단을 충족했다.

이것은 우연한 기회에 입수한 『불국사고금창기(佛國寺古今創記)』[8]의 기록을 토대로 나의 상상을 제멋대로 발휘해본 공상의 세계였다.

어쨌든 장려함이 동도(東都) 제일이라 불리는 불국사를 창립하고, 또 그 불가사의한 생명의 약동을 천 년 후인 오늘날까지 전하는 석굴암을 창건한 김대성을 부처에게 이끈 것은 한 마리의 곰이었다. 이런 전설이 어떤 종교사에 있을 것인가?

그러나 생각해보면, 이것은 그렇게 기이한 일도 아니다. 왜냐하면 곰은 조선인에게 신앙의 대상이었기 때문이다. 단군 전설에 의하면, 태백산에 강림한 환웅(桓雄)이 곰의 소원을 들어주어 여자의 몸으로 만들고, 그녀와 결혼하여 단군왕검(檀君王儉)을 낳은 것으로 전해진다.

조선인의 곰 숭배는 멀리 야마토(大和)[9] 땅에도 전해져, 규슈(九州)에서는 신라와 끊임없이 왕래했던 예족(濊族)을 구마소(熊襲)라 불렀고, 또 일반적으로 한인(韓人)을 고마인(コマ人)이라고 칭하기도 했다. 아마도 태백산맥을 따라 남하해 온 예(濊), 맥(貊)족은 지금의 강릉이나 울진 근처에서 바다로 나가 일본해의 구로시오 해류(黑潮)를 타고 다지마(但馬)[10]로 건너갔고, 또 다른 일파는 남해안에서 직접 규슈로 건너갔을 것이다. 어쨌든 고조선어로 곰(熊)과 임금(君)과 신(神)은 발음이 모두 같

---

8   경주 불국사의 사적을 기록한 책으로, 『불국사고금역대기(佛國寺古今歷代記)』, 『불국사역
     대지』라고도 한다. 이 책은 영조 때의 승려 동은(東隱)이 엮은 필사본으로, 여러 사찰의 사적
     (史蹟)이 병화(兵火)로 인멸된 것을 개탄하고, 특히 서역(西域) 불교국의 절을 모방하여 창건
     한 인연을 탐구하려 하였으나 연대 및 시말(始末)을 고증할 만한 자료가 희박한 탓에 경주의
     여러 고지(古誌)를 수집하여 요점을 적기(摘記)하여 연구할 수 있도록 편성한 것이다. 이후
     1822년에 승려 유심(有心)이 당시의 경상도백(慶尙道伯) 김공(金公)의 시주(施主)로 인간하였
     다. 사료적 가치는 덜하나, 유물 · 유적에서는 가장 상세히 언급한 불국사에 대한 종합기록
     서로 평가 받고 있다.
9   '일본'의 다른 이름.
10   지금의 효고(兵庫)현 북부의 옛 지명.

을 정도로 이들은 깊은 관계에 있었다.

훗날 신라의 재상이 되었을 정도의 김대성이 이 사실을 모를 리가 없다. 왕성한 혈기로 인해 곰을 사살하기는 했지만, 그때만큼은 (아마도 그것은 그의 정신적 전환을 보여주는 중요한 순간이었을 것이다) 죽어가는 곰의 원망하는 듯한 눈빛이 계속 상기되어 밤에도 잠을 이룰 수가 없었을 것이다. 그것이 동기가 되어 그는 아직 눈 뜨지 못한 신앙심을 깨닫고 나아가 새롭게 전래된 불교를 습합(褶合)함으로써 무인(武人) 김대성의 인생행로에서 보다 험한 길을 오르기 시작한 것은 아니었을까?……

"그 시절에도 총이 있었나요?" 누군가 이런 바보 같은 질문을 하는 바람에, 나 또한 상상의 세계에서 끌려나오게 되었다. 노인을 쳐다보았더니, 기가 막혀서 말도 안 나온다는 표정.

"그건 말이제, 당신, 내지에서 조선에 처음으로 총을 보내온 게 임진란(壬辰亂) 직전이었다니께, 벌써 삼백 년이나 되었잖나. 마, 지금처럼 훌륭한 연발총은 아니었지만, 그래도 억수로 잘 맞았지. 게다가 포수라는 기 그자 단순한 사냥꾼이 아닌 기라. 위에서 부르믄 언제든지 전쟁에 나가야 안 카나. 그기 또 용병하고는 비교도 안 되게 아주 훌륭하게 봉공(奉公)했다 아이가. 그래서 조선 포수라고 하믄 그 이름이 청나라에까지 떨쳐진 거 아이가. 내는 마, 학문이 없어서 자세히는 모르겠지만, 효종(孝宗) 연간에 청국이 아라사(俄羅斯)[11]랑 흑룡강 위에서 싸웠을 때 조선에서 함경도 포수 쉰 명을 보내줘서 간신히 쫓아뿌렸다고

---

11   러시아.

안 카나. 아라사 놈들은 의외의 곳에서 총탄이 자꾸자꾸 날아와 아군을 공격하니께 겁을 먹고 도망쳤다 카대. 방약무인한 아라사 병사를 전부 해치운 기 바로 조선 포수 아이가.

그란데 다음 해에 또 다시 청국에서 조선 포수의 지원을 요청해왔다 카대. 그 당시에 아라사는 끈질기게 흑룡강 이남으로 내려오려고 했다나. 거기서 청국이 군대 일만을 보내서 아라사 근거지인 호마이성(呼瑪爾城)[12]을 포위했는데도 스무 날이 지나도 함락이 안 되니 어쩔 수 없이 돌아오게 됐지. 그란데 조선에서는 북변(北邊)의 아홉 읍(邑)의 포수 이백 명에게 군속(軍屬) 육십 명을 붙여 내보냈다 카대. 그기 영고탑(寧古塔)[13]에서 청나라 대군과 합세해서 쭉쭉 송가라강(宋加羅江)[14]을 내려왔지. 하지만 청나라 군사가 일만이나 됐다 캐도 총이 없는 기라. 애당초 싸움이 안 되는 기지. 맞부닥뜨릴 때마다 조선 포수들이 나가 다 쫓아뿌렸다고. 마지막에는 불화살로 적의 배에 있는 화약을 폭발시켜서 십여 짝이 뒤집어져서 도망친 배는 겨우 딱 한 척. 그 전투에서 적(敵)은 스테파노프라는 대장을 잃고 나니께 스르르 무너져서 종국에는 청군이 승리하게 됐다 아이가. 그래서 조선의 포수군(砲手軍)이 돌아왔을 때, '이번 전첩은 완전히 조선군 덕분이었다' 카는 감사의 말씀을 들었고, 출정한 사람들 중에는 청나라 조정에서 작위를 받은 사람도 있다 카더라. 내가 어렸을 때 이 얘기를 내 스승인 강(姜) 선생님한테 몇 번이나 들었는지 모른다."

12　하바로프스크 요새.
13　중국 헤이룽장성(黑龍江省) 닝안현성(寧安縣城)의 청나라 때 지명.
14　송화강.

66 | 최재서 일본어 소설집

이야기를 들으면 들을수록 재미있는 노인이었다. 그럼에도 방금 전 젊은이의 어이없는 질문은, 그 질문의 주체가 나 자신이기라도 한 듯한 자책감이 들어 계속 내 신경을 자극하기만 했다. 그래서 나는 사죄라도 할 요량으로 노인을 향해 말했다.

"굉장한 이야기로군요! 요즘 젊은이들이 그런 훌륭한 이야기를 점점 잃어버리게 되는 것은 참 안타까운 일입니다."

"이야기뿐만이 아임니더. 영혼도 점점 잃어가고 있는 것 같다 아임니까. 내는 지금 딸네 집에 갔다 오는 중임니다. 딸은 한포(汗浦)[15]에 살고 있지예. 남편이 제법 크게 어업을 하고 있는데, 내는 마, 사치라고 생각하지만, 아들을 경성의 전문학교에 보내고 그랍니더. 그런데 얼마 전 애국반장님이 와서, '이번에 조선의 전문대학교 학생들에게도 내지인 학생들과 똑같이 육군에 특별지원을 할 수 있는 길이 열렸다. 이번에 나가는 학생들은 바로 황군(皇軍)의 간부가 될 수 있는 자격이 주어질 테니 절호의 기회다, 조선인 학생 모두가 나가지 않는다면 잘못이다' 카고 말하는 기 아입니꺼. 내는 퍼뜩 생각이 나서, 우리 손자 놈은 어떻게 하고 있느냐고 물었더니, 글쎄 그기 확실치는 않지만, 아무래도 고향에 돌아온 모양인데, 왜 내한테는 아무런 상의도 없냐 이 말임니더. 내는 참 한심하기도 하고 울화가 치밀고 화가 나서 딸에게 편지를 보내게 했다 아임니까. 그랬더니 딸도 그다지 의지가 없는 기라, 아마 본인의 의사가 정해지지 않은 것 같다느니 어떻다느니 어떻게든 내

---

15   황해도 평산군(平山郡)에 있는 교통 취락. 예성강 하운의 소항점(溯航點)이고, 또 경의선(經義線)에 연하여 수륙 교통의 중요 지역으로 군의 문호를 이루고 있어 군내의 쌀, 잡곡, 누에고치, 신탄(薪炭), 소 등을 모아 인천 방면으로 실어나르는 이출항이다.

를 막으려고만 하데요. 뭐라고 지껄이는 긴지, 참말로, 그래서 어젯밤에 집을 나와 칠 리 길을 내달렸심더. 이래 뵈도 하루에 십이 리는 걸었던 다리 아임니까. 칠 리쯤은 길도 아니지예."

나는 저런, 저런 하면서, 겨우 여기까지 노인의 이야기를 들었더니 더 이상 잠자코 있을 수가 없었다.

"그래서 어떻게 됐습니까?"

"뭐, 하는 수 없지. 갑자기 들이닥쳐 이불을 걷어치우고는, 어쩔 테냐, 도장을 찍을 테냐, 말 테냐 카고 따지고 덤벼들었지예. 그랬더니 그놈이, 흐흐흐, 신통하게도 고개를 숙이믄서, '할아버님, 잘못했심니다. 찍겠심니다' 카대요."

"다행이네요." 나도 안심하며 환호했다.

"오밤중에 갔으니께, 한창 자고 있는 중에 습격을 당해서 다들 쩔쩔맸지예. 좀 안쓰럽더구만."

'세상의 부형(父兄)들이 모두 당신처럼 훌륭했으면 좋겠다'라는 말이 목까지 차올라왔지만, 나는 침묵해버렸다. 이 노인의 말투에는 판에 박힌 찬사 따위는 거들떠보지도 않는 그 어떤 격정적인 것이 휘몰아치고 있었다.

"어떻심니까? 선생님은 뭐든지 다 아실 것 같은데, 삼천여 명의 학생들이 모두 힘차게 나가줄 꺼 같심니까?" 노인은 침통한 표정으로 물었다.

"나갈 겁니다! 정해진 날짜까지는. 아직 취지가 철저하지 않아 우물쭈물하고 있는 사람들도 있는 것 같지만요." 나는 한편으로는 나 자신의 신념에서, 다른 한편으로는 그 노인을 실망시키지 않기 위해서 이렇게 단호히 대답했다.

"내는 무학자라 아무 것도 모르지만, 이 좋은 시대에 젊은이들이 늘

장을 부리는 것은 아무래도 재미가 없다 아임니까. 솔직히 말해서 조선의 젊은이들에게 이런 좋은 시대가 있었습니까. 내가 젊었을 때는, 우리 집이 먹고 사는 데 그리 어려운 형편도 아니었건만, 학문 같은 건 못하게 했심니더. 그렇게 편안한 건 할 수가 없었지예. 별 수 없이 사냥꾼을 따라 산에 들어갔다 아임니까. 그래서 총술도 배우고 해서, 경주의 배(裵) 포수 카믄 이름도 좀 알아줄 맨쿠로 기량이 되었지예. 그러니 어떻겠심니까. 날이믄 날마다 짐승만 상대하니, 타고난 피가 어디 가겠심니까. 그란데 다른 데서 공훈을 세우고 싶어도 공을 세울 데가 없으니 낙심했지예, 우리는. 이래 뵈도 조상을 들춰보믄 어엿한 무가(武家) 혈통입니더. 그 자손이 모처럼 총을 잡았는데, 기껏 사냥꾼 아임니까. 조상님들 뵐 낯이 없는 얘기지만." 노인은 여기서 이야기를 멈추고 조용히 눈을 감았다. 잠시 후 노인은 천천히 눈을 떴다.

"내가 서른여섯 살 때였던가, 일본 수비대가 처음으로 여기에도 왔었지예. 야무지고 단정한 군복에 번쩍번쩍 빛나는 총을 메고 척척 걸어가는 거를 보고는 너무나 부러워서 딱 한 번만이라도 저 옷을 입고 총을 쏴 보고 싶다고 정말 진지하게 생각했었는데, 하하하하."

"정말 그랬죠!" 나는 크게 수긍했다.

"그란데 이번에 우리도 그렇게 할 수 있게 된 거 아임니까. 게다가 이번에 나갈 학생들은 모두 훌륭한 군인으로 맹글어준다는 이런 고마운 얘기가 또 어디 있겠심니까. 내 손자도 이렇게 전쟁에 나가 서양 놈들의 그 높은 콧대를 꺾어 놓을 거라 생각하믄, 지는 이제야 조상님들 뵐 낯이 서는 거 같은 기분이 든다 아임니까."

어느새 쌀쌀해졌다. 그늘이 진 것이 아니라 해가 저물어가는 듯했다.

기차가 경주에 가까워진 듯하자 슬슬 내릴 채비를 하는 사람들도 있었다.

"그란데 선생님, 어디까지 가심니까? 괜찮으시믄 경주에서 하룻밤 묵고 가시지예. 경주에는 여즉 좋은 돼지고기를 먹을 수 있는 집이 있습니더. 지가 안내해드릴 테니께 경주 막걸리라도……."

"아, 고맙습니다. 하지만 저희 일행은 오늘밤 꼭 대구까지 가야 합니다."

그러는 동안 노인과 헤어져야 할 때가 왔다. 나는 노인에게 거수경례를 하고―국민복을 입었기 때문에―진심을 담아 작별인사를 했다.

"어르신, 아무쪼록 건강하게 지내십시오. 그리고 꼭 곰 한 마리 잡으십시오."

그러자 노인은 놀란 듯한 표정으로, 내가 치켜든 오른손을 두 손으로 공손히 잡으면서,

"아하하하, 멧돼지요? 야, 그라지요. 꼭 잡지요! 아하하하, 아하하하." 그의 웃음이 계속 이어졌다. 그리고 그 눈에는 반짝반짝 빛나는 것이 있었다.

쓰키시로 군의 종군

石耕, 「月城君の從軍」, 『綠旗』, 1944.2

1

　쓰키시로(月城) 군은 신참 기자다. 태어나서 처음으로 종군을 했다. 그럼에도 종군한 곳은 남방(南方) 파견군도 아니고 지나(支那) 토벌대도 아닌, 실로 호남지방의 군사 연습이다. 이미 이것으로 독자의 흥미를 끌지 못하게 될지도 모르지만, 모쪼록 마지막까지 이야기를 들어주길 바란다.

　쓰키시로 군 일행이―그 일행은 이 이야기가 진행되는 일주일 간, 조선군보도반이라는 위압적인 명칭으로 불리고 있지만―두 대의 트럭으로 금구리(金溝里)[1]에 들어갔을 때는 눈에 띄게 짧아진 늦가을의 태양이

---

[1]　전라북도 김제시에 위치한 지역으로서, 1914년 행정구역 개편에 따라 성길리, 장교리, 상학

산 뒤편으로 떨어지고 다소 희미한 그림자가 부락의 처마 끝에 닿을 무렵이었다. 통감부가 설치한 XX국민학교는 시골의 국민학교가 대개 그렇듯이 묘하게 휑뎅그렁한 운동장 구석에, 이 역시 실제 이상으로 낮아 보이는 단층집의 교사(校舍)가 길게 누워 있고 운동장과 사람들 사이에는 울타리도 뭣도 없는 듯 매우 살풍경한 곳이었다.

그러나 이렇게 으스스하게 추운 학교 건물이 어느새 완전하게 무장을 했다는 것은 놀라운 일이었다. 교문 안쪽에 위병소(衛兵所)가 설치된 것은 물론이요, 그 뒤쪽에는 잎이 전부 떨어진 세 그루의 아카시아 밑에 천막을 치고 두 명의 전신병(電信兵)이 송신기 키를 두드리며 교사와 직각을 이루고 있고, 병참부(兵站部)의 차고에는 일고여덟 대의 자동화차(自動貨車)가 죽 늘어서서 엔진을 이쪽으로 향한 채 대기 자세에 있으며, 그 맞은편의 큰 느티나무 가지에는 '병마수용반(病馬收容班)'이라는 작은 깃발이 달려 있고 그 주변에는 여물이 산처럼 쌓여 있다. 또한 거기서 더 떨어진 안쪽 구석에는 우물 끝에 대여섯 개의 가마솥이 죽 늘어서 맹렬히 수증기를 뿜어대고, 그 앞에는 소매를 걷어 올린 대여섯 명의 취사병이 판자문 같은 것 위에다 산처럼 쌓인 배추를 열심히 썰고 있다.

교사 쪽을 보면 방마다 '장교실', '통신반', '의료반' 등의 게시문이 있고 가운데는 어두침침했다. 그들 삼십여 명의 보도반원이 안내를 받아 들어간 방은 통신반과 의료반 사이에 있는 넓은 교실로, 가운데 마루 위에 돗자리만 깔아놓은 황량함, 더욱이 여기저기 유리가 깨진 창문에서는 바람이 들어오고 있었다.

———
리를 병합하여 금구리라 하였다.

중앙으로 들어가 신발을 벗고 장비를 내려놓자 지도관인 노가미(野上) 대위가 나타나,

"장비를 내려놓고 나면 각 반에서 취사 당번을 뽑아 즉시 식사를 하시오. 오늘밤 이리(裡里)까지 가는 연락용(連絡用) 자동화차를 한 대 뺄 테니까 본사에 전보를 칠 사람은 신청하시오. 아홉 시에 출발할 예정이오. 연습 상황과 내일 행동에 대해서는 추후에 지시하겠소. XXX는 물론이거니와 이런 자리니 만큼 화기에는 특별히 주의하도록, 게다가 오늘밤은 추워질지도 모르니 감기에 걸리지 않도록 각자 주의하시오."

그리고 나서 옆에 서 있던 하사에게 작은 소리로,

"오늘밤 모포는 지급했지?"라고 묻고,

"옛, 한 장씩 나눠주었습니다."

라는 보고를 듣자 크게 고개를 끄덕이면서, "그럼 즉시 식사 준비 하시오"라고 전하고 나가버렸다.

삼십여 명의 반원이 등에 짊어진 보따리 속에서 반합을 꺼냈는데 특히 전합(前盒)과 중합(中盒)을 풀어서 반합 속에 넣는 소음은 일시에 방안을 요동시켰다. 쓰키시로는 창가 쪽 희미한 빛이 있는 곳으로 가서 손목시계를 들여다보았다. 벌써 일곱 시가 넘어가고 있다. 식사를 끝내면 일곱 시 반, 아홉 시까지는 한 시간 반밖에 남지 않았다. 그 안에 원고를 쓸 수 있을까? 그런 것을 걱정하고 있을 때 그는 취사 당번으로 호명되었다. 그는 키가 컸던 것이다.

낙심을 하기는 했지만 잠자코 일어나 신발을 신고 두 손 가득 반합을 들고 밖으로 나갔다. 밖은 이미 어두웠고 다만 취찬소(炊饌所)에 세워져 있는 두 개의 큰 초롱만 멍하니 빛을 내고 있었다.

반합을 닦기 위해 우물까지 간 여섯 명의 취사 당번은 갑자기 곤혹스러워했다. 두레박 대신 석유통에 동여맨 줄이 끊어져 도무지 손이 닿지 않았고 주변에도 사람이 없어서 그 편리한 조선식 두레박을 빌릴 곳도 없었다. 동료들 중에는 투덜투덜 불만을 꺼내며 어쩔 수 없으니 그대로 돌아가자고 하는 자도 있었다. 쓰키시로도 조금 불평해보고 싶었지만, 이것이 전쟁이라고 생각하고 침묵해버렸다. 전혀 아무 것도 할 수 없다 손치더라도 무언가 해내야 하는 것이 전쟁에서의 임무가 아닌가?

그는 취찬소에 가서 사정을 말했다. 그러자 흔쾌히 군대용 두레박을 빌려줘서 그것으로 삼십 개가 넘는 반합에 물을 채울 수 있었다. 그 다음에는 수세미가 없다고 해서 또 다시 작업을 멈추었다. 그는 또 다시 취찬소에 가서 새끼줄을 주워 모아 그것을 풀어서 사람들에게 나눠주었다.

마침내 삼십여 명의 반원에게 분배할 단계가 되자 또 다시 큰 곤란에 직면해야 했다. 첫째로 주걱도 국자도 없다. 그런 것이 없다 해도 어쩔 수 없는 것이다. 주걱 대신 중합을, 국자 대신 전합을 사용한다 해도 삼십 개가 넘는 반합에 일일이 공평하게 나누는 것은 시간이 많이 걸리기 때문에 밥은 세 명 당 하나의 반합에 담아 각자 나눠 먹도록 하는 등 우여곡절 끝에 이런 어둠 속에서 세 명씩 한데 모여 식사가 시작되었다. 그러나 뜨거움에도 불구하고 걸쭉한 기름기가 도는 사쓰마시루(薩摩汁)[2]가 춥고 배고픈 몸에 들어가니 맛이 있었다.

저녁 식사를 마치고 다시 우물에 가서 반합을 닦고 돌아오자 벌써

---

2   돼지고기나 닭고기에 우엉, 당근, 무, 파, 토란 등을 넣고 끓인 된장국.

여기저기서 코를 고는 사람이 있다. 시계를 보니 여덟 시가 지나고 있다. 쓰키시로도 차가운 속에 따뜻한 밥을 급히 먹었더니 갑자기 졸음이 몰려왔다. 그러나 여기서 잠들어버리면 오늘 통신을 보낼 수 없다. 전쟁에는 내일이 없는 법. 그 날 그 날, 그 순간 그 순간이 더할 나위 없이 중요한 빠듯한 기회다. 보도도 마찬가지다. 좀 더 자세히 조사한다든가 좀 더 진정된 후에 하게 되면 전투는 그냥 지나가 버리고 다음 행동이 전개된다. 전쟁은 후퇴를 모르며 전진만 있을 뿐이다—이렇게 생각하면서 쓰키시로는 허물어질 듯한 기운을 다시 세워 피곤한 몸을 억지로 일으켜 방 한쪽 구석에 한 사람 분의 공간을 찾아냈다.

그는 손전등을 꺾어 베갯머리에 세워두고 엎드려서 원고지를 폈다. 그는 특별히 보도반원에게만 배포된 연습 계획의 약도(略圖)를 꺼내 그것과 비교해보면서, 오늘 있었던 군보도부 현지 발표 메모를 다시 한번 천천히 읽어본 후 오늘 하루의 전쟁터를 상기해보았다. 이제 무엇을 써야 좋을지 뒤에서 되살아나는 감동의 파도에 떠밀려 그의 펜은 잘 나가지 않았다. 자칫 머리를 쳐드는 묘사욕(描寫慾)을 누르고 눌러 간신히 완성한 원고는 다음과 같다.

이번 전황(戰況)은 남방, 북지(北支), 대륙 제일선의 치열한 사투를 그대로 이곳 호남의 들판에 옮겨놓은 듯, 십구 일 오후 전국(戰局)은 오전 중의 조우전(遭遇戰)을 전기(轉機)로 돌연 추격전으로 바뀌어 보는 사람으로 하여금 손에 땀을 쥐게 했다. 즉 동군(東軍) 하야시(林) 지대(支隊)[3]는 신태인리(新泰仁里) 부근의 결전(決戰)을 피해 사단의 주력인 전주(全

---

3 본대(本隊)에서 갈라져 나가 본대의 지휘 아래 있으나 독립적인 행동을 하는 작은 부대.

州) 진출을 엄호하기 위해 신리(新里) 부근으로 군대를 이동하여 새로운 임무를 띠고 열두 시 삼십 분에 신태인리, 원평리(院坪里), 상신리(上新里) 가도(街道)를 따라 상신리 동북쪽을 향해 행동을 개시했다. 이에 반해 서군(西軍) 기시모토(岸本) 지대는 신태인리 부근에서 전투를 유리하게 진전시키고 동군의 이동에 편승하여 신속히 이를 포착 섬멸할 수 있도록 열세 시, 신태리에서보다 맹렬하고 과감한 추격을 개시했다. 이 지대의 행군은 이미 열 시간에 달해 부하의 피로는 말로 다 할 수 없었음에도 불구하고, 지휘관은 매우 공고한 의지로 최후의 승리를 완수하기 위해 한 뜻으로 추격을 감행했던 것이다. 동군은 또 사단 주력 진출 엄호라는 중대 임무를 띠고 가능한 한 손상을 낮추고 일각이라도 빨리 주력 부대를 이동시키기 위해 회암리(回岩里)에 일부 병력을 남기고 수용진지(收容陣地)를 설치하여 서군의 추격을 저지하면서 한 뜻으로 상신리 방면으로 매진했다. 이렇게 진격군도 퇴각군도 완전히 맹렬한 기세로 전장의 제일선을 방불케 하는 격전을 도처에서 전개하면서 사십 킬로의 전선에 걸쳐 미영(米英)을 격퇴할 때까지 멈추지 않는 맹렬한 의기를 타오르게 했다.

이렇게 해서 오후 두 시 반경 동군의 주력 부대가 원평리 지구에 다다르자 서군의 철우(鐵牛) 부대가 갑자기 그 앞으로 힘차게 뛰어나와 자신 있게 치고 들어가는 전법(戰法)을 구사했기 때문에 여기에 아수라의 분전(奮戰)을 일으켰다. 이것은 매우 호방한 전법으로서 각 지휘관의 독단과 전행이 가장 많이 요구되는 추격전의 전형적 전투라고 해야 할 것이다.

십오 시 삼십 분, 금구리 부근까지 내려온 동군은 금구리 바로 앞 선락리(仙落里) 고지에 진지를 구축하고 서군의 야습에 대비했다. 여기에

약 ○개 대대, 연사포(連射砲)와 연대포(聯隊砲)를 주진지(主陣地)에 설치하고, 또 우산리(牛山里) 남쪽에는 ○개 중대를 경계 진지로 설치하여 서군의 추격에 대비했다. 이것은 물론 내일 전주로 떠나야 할 사단 주력을 엄호하기 위한 것으로서, 서군 쪽으로 펼쳐진 평야 일대를 경계하고 도로에는 대전차(對戰車) 방비를 위해 이미 공병(工兵)[4]이 지뢰도 깔아놓았다.

단 이런 행동은 엄밀히 말해 적을 감시한다기보다는 은폐를 요하는 것이므로 모두 야음을 기다렸다가 처음 놓았던 것이다. 그리하여 금구 지구 일대의 산그늘에는 사람과 말이 넘치고 어수선한 와중에도 규율이 정돈되었으며 착착 전투 준비가 진척되어 야음과 함께 살기가 넘쳐 여기저기에 반합을 내려놓고 차가운 밥을 근근이 먹고 있는 병사의 모습이 우리의 망막에 각인되었다.

완성된 글을 보니 자기가 보아도 역겨운 글이었다. 연습 보도를 소위 삼면 기사 식의 경박한 글로 대충 쓰는 것은 스스로도 용서할 수 없는 일이었다. 그러나 그가 방금 완성한 원고와 그가 오늘 하루 종일 봐왔던 병대(兵隊)의 진지함과 노고 사이에 큰 차이가 있다는 것은 어쩔 수가 없었다. 저 긴장한 병대의 마음을 포착한다는 것은, 그러나 보도 기사로는 필경 불가능한 일이었다.

그가 본사에 전화를 걸고 돌아왔을 때는 열두 시가 가까웠다. 칠흑 같은 어둠 속에서 손을 더듬어 자기 자리를 찾아 한 장의 모포를 덮자 덜덜 떨려서 몸을 쭉 펴고 가슴과 다리에 힘을 주었다.

---

4   전황에 따라 도로, 교량, 철도, 비행장, 지뢰원 등의 건설이나 부설 또는 폭파를 위해 필요한 기술·자재를 가지고 있는 육군 병과의 하나.

2

다음 날 아침 네 시 반에 일어나 보니, 오늘 아침 한 시경 제2반의 취사반이 준비했다면서 이인 분의 밥과 오차(お茶)가 전부 채워졌다. 캄캄한 어둠 속에서 세수도 못한 채 아침식사를 했다. 보도반은 오늘 아침 금구지구에 갔다가 불효전(拂曉戰)[5]에 맞춰 새벽이 되기 전에 숙사(宿舍)를 출발해야 했다.

하현달은 기울어가고 새벽 전의 냉기는 뼛속 깊이 스며들었다. 완전히 벌거숭이가 된 논밭이 달빛 속에서 적막하게 펼쳐지고 논두렁에 흐드러진 데이지의 순백만이 눈에 들어왔다. 삼십여 명의 보도반원은 저마다 흰 숨을 내쉬면서 엄숙하게 행진을 계속했다. 이따금 발밑에서 가냘픈 벌레 울음소리가 들려왔다.

도대체 우리는 어느 쪽으로 가고 있는 것일까? 언제, 어떤 경우에도 자신이 서 있는 위치를 모르면 견딜 수 없는 불안에 휩싸이는 쓰키시로는 오른쪽 손목에 채워진 자침(磁針)을 들여다보았다. 그러나 이 정도의 달빛으로 자침의 눈금을 읽을 수 있을 리가 만무했다. 그러나 성냥을 켜는 것은 조심해야 할 것만 같은 그런 삼엄함이었다.

사십여 분 남짓 이런 불안한 행진을 계속하자 논가에 띄엄띄엄—소나무가 자라고 있는 구릉지대에 접어들었다. 이제는 제법 밝아져서 길가의 웅덩이나 봉분을 한 무덤 그림자에 장구를 맨 채 웅크리고 앉았거나 누워 있는 병대의 모습이 보일 정도가 되었다. 병대들은 아마도

---

[5]   새벽에 하는 전투.

그 자세로 밤새도록 서리를 맞으면서 혹독한 임무를 띠고 뜬 눈으로 밤을 지샜을 것이다! 이렇게 생각하자 그들 병사들의 몸에서 후광이 비추는 것만 같아 쓰키시로는 그냥 그대로 그 앞을 지나칠 수 없을 것 같은 생각이 드는 것이었다.

소나무 숲 속에서 그들은 잠깐 동안의 휴식 명령을 받았다. 그 동안에 지휘관 노가미 대위는 정황을 조사하기 위해 칼을 차고 뛰어나갔다. 쓰키시로는 나침반을 들여다보고 그들이 금구리의 서북쪽으로 사십오 분 동안 걸어왔다는 것을 확인하자 왠지 모르게 편안한 기분이들어 미도리[6]에 불을 붙였다. 잠시 후 노가미 대위가 돌아오고, 그들은 다시 행진을 계속했다.

이번에는 왔을 때와는 달리 완전히 왼쪽 방향을 잡아 척척 논의 살얼음을 밟으면서 나아갔다. 이렇게 해서 골짜기를 가로질러 드문드문 인가가 있는 언덕을 넘자, 갑자기 시야가 열리고 조금씩 밝아지는 만경평야를 한눈에 조망할 수 있었다. 병대가 우왕좌왕하고 있는 사이 소나무숲 끝까지 전진하자 때마침 기관총을 지휘하는 ○○ 중대장과 딱 마주쳤다. 바야흐로 전쟁이 일어날 듯한 기운이 무르익은 듯했고 중대장의 늠름한 명령에 따라 등을 구부린 병사들이 기민하게 움직였다. 그러나 여기에 서 있으면 공격군의 목표가 되기 때문에 보도반은 후방으로 물러나 조망하기에 유리한 높은 곳을 점령하여 총칼과 철포의 아침인사를 기다렸다.

이곳은 정확히 동군의 경계진지를 배치한 우산리라는 것을 알았다.

---

6   조선총독부 전매국이 1940년 전후에 생산했던 담배의 상표.

오른쪽 산에 ○개 대대, 왼쪽 산에 ○개 중대 정도의 병력이 있고 그 중간에 있는 평야를 따라 올 공격군의 출현을 이제나저제나 하고 기다리고 있었다.

일곱 시경부터 총성이 들리기 시작했다. 무한한 저력을 지닌 울림이 아침 냉기를 뚫고 산골짜기마다 메아리쳤다. 어제 조우전에서 들었던 연대포 소리가 머리에서 울렸던 것에 비해 소총 소리는 배에서 울린다는 것이 기묘했다.

공격군은 어젯밤 상신리에서 서북쪽을 우회하여 옥성리(玉成里) 방면으로 진출할 것이고, 아직 새벽녘의 희미한 어둠이 완전히 가시지 않은 송림의 곳곳에서 번쩍이는 기관총 불빛이 보이기 시작했다. 한 개, 두 개, 세 개, 적군도 네 개 정도씩 서로 쏘는 것 같았다.

그러는 동안 밤이 완전히 밝아오자 논 안에 산개(散開)하여 포복 전진해온 공격군의 모습이 보이고 서쪽 도로상에는 이미 그 주력(主力)이 밀고 들어왔다. 그것을 보는 동안 반대쪽에서 동군의 전차대(戰車隊)가 매진하면서 전면의 화기진(火器陣)을 짓밟았다.

바로 그때였다. 오른쪽 산에서 돌격의 함성이 연속적으로 일어났다. 서군의 주력은 어느새 오른쪽 산까지 진출하고 각 진지에서 기관총과 소총이 마치 이때라는 듯이 치고 나가자 주위의 공기도 이제 막 발화점에 이르렀다고 생각한 순간 갑자기 맑고 선명한 정전(停戰) 나팔이 울려 퍼지면서 산야는 매우 고요한 정적으로 되돌아왔다.

참으로 엄숙한 순간이었다. 기총병(機銃兵)은 목표물을 겨냥하고 돌격병(突擊兵)은 총검 태세를 갖추고 적군과 대치하면서 가만히 미동도 하지 않고 그들에게 내려진 심판을 순순히 받고 있는 것이었다. 사력을 다해 임무를 완수하고 나중에는 상부의 공정한 심판에 맡기는 청순함이 모든 병사의 얼굴에 넘쳐흘렀다.

참으로 깔끔한 느낌이다. 약 한 시간의 배관(陪觀)을 마치고 귀로에 오른 쓰키시로는 가는 도중에 이런 깔끔한 기분에 사로잡혀 자신의 직업을 반성하지 않고서는 견딜 수가 없었다.

어떤 신문사든 사단(師團) 연습에는 노련한 기자를 파견하는 것이 관례이다. 그런 것을 들어간 지 얼마 되지도 않은 쓰키시로가 보도반원으로 파견된 데에는 사회부장의 추천도 있었지만, 평소 지원병이나 징병제에 대한 그의 두터운 관심이 사내에 널리 인식되어 있었기 때문에 이번에 특별 예우로 발탁되었음에도 아무도 이것을 이상하게 여긴 사람은 없었다. 그러한 사실만으로 쓰키시로는 이번의 새 임무에 대해 어떤 자기다운 것을 껴안고 나아가려고 했다. 그런데 마침내 사단 사령부에 배속되어 연습을 보고 돌아오는 날이 거듭될수록 그 자신이 급속히 무너져가는 것을 어찌할 수가 없었다.

그것은 반드시 그가 병기(兵器) 지식이 부족하다든가 또는 미처 관전(觀戰)을 잘 이해하지 못했다든가와 같은 외면적인 원인에서만 오는 것은 아니었다. 게다가 지휘관이 세 명이나 붙어 있어서 어떤 일이든지 친절하게 배울 수 있는 편의가 있었다.

쓰키시로가 이따금 문득 의식하는 절망감은 그런 것이 아니라 좀 더 내면적인 것, 그것은 자기혐오와도 같은 일종의 공허감이었다. 요컨대 자신은 싸우는 병대들을 구경하는 데 지나지 않는 기분, 지금 이 순간에도 감당할 수 없는 기분을 그는 어찌해야 할지 몰랐다. 특히 그들이 탄 트럭이 걷잡을 수 없이 모래먼지를 일으키며 피로에 지쳐 행군하고 있는 주위의 병대들에게 사정없이 먼지를 뒤집어씌울 때, 그는 완전히 방해꾼과 같은 기분이 들어서 잠시도 그대로 타고 있을 수 없을 것 같은 안타까움을 느끼는 것이었다.

그로서도 보도 임무의 중대성을 모를 리가 없다. 보도전사(報道戰士)라는 말이 단지 시국에 편승한 용어나 상투적인 문구가 아니라는 자각과 포부도 충분히 갖출 생각이었다. 그러나 병대의 실제적인 활동에 직면하면 그것이 도무지 미지근하여 존재감이 없다는 것을 알게 되는 것이었다. 하물며 이것이 제일선의 전투나 되었다면 과연 어떻게 될 것인가?

잠정적으로 총후의 신문기자라는 자기의 지위와 직책을 분명히 의식하고 있다 해도 그는 역시 안심할 수 없었다.

이번 보도반은 말할 것도 없이 국방사상 보급을 위해 편제된 것이다. 그렇다면 그는 자신의 붓으로 과연 얼마만큼 국방사상을 보급할 수 있을 것인가? 아직 군대에 대해 이해를 못하고 있고, 또 조선 민중을 상대로 했을 때 그저 정에 치우친 형용사를 끈적끈적하게 붙인 보도 기사를 보내면 그것으로 국방사상의 보급이 될 수 있는 것인가? 결코, 결코 그렇지 않다는 것을 쓰키시로는 잘 알고 있었다.

병대들이 얼마나 임무에 충실한가? 또 무기를 갖고 일어날 때는 얼마나 지고지순한 감정인가? 그 충의심이라는 것은 어떻게 길러지는 것인가?

요컨대 황군은 왜 이다지도 강한 것인가 하는, 조선의 일반 민중이 품는 의문과 경이로운 마음에 대해 명쾌한 해답을 주는 강력한 추진이 될 만한 것을 제공하지 못한다면 의미가 없을 것이다. 이런 임무에 대해 그가 현재 하고 있는 것은 어느 정도까지 접근한 것일까. 그가 항상 절망에 가까운 공허에 빠지는 것은 이런 점에서였다.

오늘 아침 불효전을 전기(轉機)로 연습은 완전히 새로운 단계에 들어섰다. 이번에는 완전히 새로운 부대로 편제된 남북 양군 사이에 전혀 새로운 상상에 의거한 전투가 개시되었다. 남군인 스가(須賀) 지대는 이십 일 아침 이래 태인리와 신태인리 방향을 따라 병력이 거의 동등한 적과 조우전투 중에 있는 사단 주력을 추적해야 했으며, 상신리 방면에 도달하면 신속히 김제 방면으로 전진하고 군산 방면으로 상륙하여 남진(南進) 중에 있는 적을 격멸해야 하는 임무를 띠고 아홉 시 삼십 분에 행동을 개시했다.

한편 어제 십구 일 밤 군산 방면에 상륙한 다카다(高田) 지대는 신속하게 김제 방면에서 적의 우측 뒷편을 위협했고, 오늘 이십 일 이후에는 태인리와 신태인리 방향을 따라 병력이 거의 동등한 적과 조우격전 중인 사단 주력의 작전을 용이하게 해야 하는 임무를 띠고 아홉 시 삼십 분경 만경대교를 통과해서 씩씩하게 김제를 목표로 하여 전진하고 있었다.

오늘의 결전장이 된 김제 북방지구 일대는 밀림도 있고 빈 터도 있어서 지형상 전혀 갈피를 잡을 수가 없어 싸우는 장병에게는 매우 힘든 장소였을 뿐만 아니라 관람하는 보도반으로서도 포착하기 어려운 전국(戰局)이었다. 요컨대 이런 지형에서는 먼저 공격 요점을 취하는 쪽이 이기기 때문에 양군의 선견(先遣)부대는 김제 북측의 45.9 고지를 목표로 처절히 싸우는 격전을 반복했다. 그러나 같은 장소에만 계속 서 있으면 양쪽 군대의 움직임이 그저 국부적으로만 관찰되기 때문에 보도반은 여기서 자유 취재를 허용받아 각자 희망하는 방향으로 갔다.

쓰키시로는 따로 이렇다 할 만한 이유가 있는 것은 아니었지만, 단지 격렬한 총성이 있는 쪽을 향해 뛰어갔다. 질퍽거리는 논을 곧장 가로질러 덤불을 헤집고 나아가 사과밭으로 들어갔다. 그 앞은 언덕이었고 그것을 넘으면 완만한 구릉을 이루고 있어 드문드문 소나무가 자라고 있었다. 그곳은 바로 주전장(主戰場)이었다.

거기에 마침 전면 도로 위에 전차대가 그 용맹스러운 모습을 드러냈다. 남군인 철우(鐵牛)부대이다. 이렇게 해서 그 오른쪽에 쐐기를 박은 북군은 조금도 겁내지 않고 결국 치열한 공격을 가하여 여기에서 전차대와 중화기진(重火器陣)의 일대일 대결이 되었다. 이미 도착지에서는 백병전(白兵戰)[7]을 치르고 있는 듯 돌격의 함성이 산야를 압도했다.

3

오후부터 날씨가 잔뜩 흐려서 트럭 위에는 뼛속까지 추위가 스며들었다. 김제에서 곧바로 이리로 나가 마을 오른편을 보면서 그대로 임피(臨陂)로 들어갔다. 가는 길은 시야를 가로막는 어떤 것도 없고 풍부한 이삭이 그야말로 만경(萬頃)을 이루어 흘러넘치고 있다. 그들이 서 있는 가도의 서쪽에는 가로수 대신 코스모스가 심어져 있어서 하얗고 빨간 꽃들이 끝없이 청초한 빛을 발하며 마치 오늘의 진로를 장식하는 것 같다. 얌전하게 줄지어 선 히노마루(日の丸)의 작은 깃발을 흔들면서

---

7   칼이나 창, 총검 따위와 같은 무기를 가지고 적과 직접 몸으로 맞붙어서 싸움.

만세를 부르는 국민학교 아동들과 일손을 멈추고 손을 흔드는 백의(白衣)의 백성들과 그저 무턱대고 기이한 함성을 지르면서 즐거워하는 아이들의 모습, 이런 모습들은 몇 번을 접해도 감격하지 않을 수 없는 모습이었다. 그렇게 해서 무언가가 격렬한 기세로 달리는 것을 온몸으로 느끼면서, 쓰키시로는 트럭 위에 꼿꼿이 서서 돌풍을 정면으로 맞았다.

그들의 트럭이 오늘밤의 숙영지(宿營地)인 서수리(瑞穗里)에 도착했을 때는 해가 이미 저물어 집집마다 불이 밝혀져 있었다. 그들은 병참부(兵站部)에서 쌀과 채소 외에 고기, 된장, 설탕 등을 얻어 다시 옥하리(玉下里)까지 차로 달렸다. 옥하리라는 곳은 논의 바다 속에서 생긴 작은 섬과 같은 곳으로서, 여기의 농장주인 이이다(飯田) 씨의 저택을 중심으로 삼사십 호의 민가로 구성된 부락이었다.

농장에 도착해 보니 숙사 할당은 끝난 듯 보였고, 각 숙사에서 한 명씩 국어[8]를 할 수 있는 안내자가 와서 기다리고 있었다. 여기서 보도반원은 다섯 채의 숙사에 나뉘어 한 채의 숙사 당 한 명의 숙사장(宿舍長)이 배정되었다. 쓰키시로는 제2 숙사장을 명받아 제반 사항에 대한 연락(連絡) 임무를 맡아야 했다.

인원 점호가 끝나자 노가미 대위의 간단한 현지 발표나 앞으로의 숙영에 대해 자세한 주의가 있었다. 온돌은 가스가 들어오기 쉬우므로 가끔 문 여는 것을 잊지 않도록, 그리고 주인의 호의로 술이 나오는 일이 있어도 보도반원의 신분을 망각한 부절제한 행동이 없도록. 마지막으로 쌀이 지급되자 각 반은 안내자의 뒤에 붙어서 어둠 속으로 사라

---

8   여기서는 일본어를 가리킨다.

졌다.

연습지(演習地)에 와서 민가에 묵을 수 있으리라고는 예상도 못했던 일이라 모두는 뭔가 훈훈함을 발밑으로 느끼면서 발길을 서둘렀다. 수확이 끝난 농촌은 어디나 그렇듯이 애처로울 정도로 고요하기 마련이다. 특히 요즘은 주민의 자숙이 철저하다는 것, 그리고 또 하나는 석유 절약 때문에 밖으로 샐 정도로 불을 켜지 않아서 마을은 어쩐지 무서울 정도로 조용하다. 쓰키시로는 소년 시절, 이런 밤이면 자주 친구와 참새 집을 찾아 걸었던 일 등을 떠올리며 가슴 설렘을 느끼는 것이었다.

그들에게 배당된 숙소는 시골치고는 제법 훌륭한 집이었다. 제대로 된 대문이 있고 마당의 외곽에는 외양간과 곳간이 나란히 있어서 그것이 유복한 농가임을 짐작케 할 만했다. 집은 정원보다 한 층 높은 돌 위에 세워져 있고 사랑채는 기와지붕이었다. 거기에 붙어 있는 부엌에서는 희미한 불빛 속에서 서너 명의 부인이 밥 지을 준비를 하는 듯 바쁘고 부지런히 움직이고 있다.

쓰키시로는 우선 쌀이 들어 있는 반합을 쌓아 부엌 앞으로 가서 쌀을 건네면서 오늘의 숙영에 대해 정중히 감사의 말을 전했다.

오십이 가까운 할머니가 나와 자꾸만 치맛자락으로 젖은 손을 닦으면서,

"이런 궁벽한 곳까지, 정말 수고가 많으십니다……. 그런데 이게 뭔가요? 쌀은 이미 내일 아침 분까지 준비해뒀는데요!"

"아니, 그건 천황께서 주신 것입니다. 부디 소중히 간직해주십시오. 뭐, 이런 건 말할 필요도 없겠지만, 저희는 이런 식으로 연습에 참가하면서 완전한 병대라는 생각으로 왔으니까 특별한 대접이라든가 그런 건 모두 빼버리고, 그저 묵을 수 있도록 해주신 것만으로도 고맙습니

다. 게다가 내일은 아침 네 시 반에 출발해야 해서 걱정인데, 아무쪼록 잘 부탁드립니다."

"그런 걸 분부하시니 오히려 부끄럽습니다. 정말 아무 것도 없어서 ……. 다만 내일 아침은 걱정하지 않으셔도 됩니다. 그것 때문에 이렇게 이웃 사람들이 도와주러 왔으니까요."

고개를 숙여서 낮은 목소리이기는 했지만 확실하고도 품위 있는 말이었다. 쓰키시로는 의외의 감동을 받으면서 더운 물을 얻어 이틀 만에 이를 닦고 세수를 한 뒤 개운한 기분으로 방에 들어갔다.

두 칸으로 이어진 사랑채를 분리하여 한가운데에 램프를 새빨갛게 밝히고 있었다. 태어나서 처음으로 마루 위에서 하룻밤을 보내고 하루종일 트럭 위에서 으스스 추운 바람을 맞고 온 쓰키시로는 편안하고 훈훈한 온돌이 너무도 고마워서 잠시 누워 뼈마디들을 펴면서 달고 황홀한 잠 속으로 빠져들었다.

깨어나 보니 이미 네 명의 반원이 식탁을 둘러싸고 그가 일어나기를 기다리고 있었다. 자리에서 일어나면서 식탁을 슬쩍 쳐다 본 쓰키시로는 으음 하고 소리를 내버렸다. 그것은 도저히 경성 부근에서는 상상도 할 수 없는 진수성찬이었기 때문이다.

편육에 돼지 불고기에 삶은 달걀 등 이제는 고전(古典)이 된 이런 종류들이 접시마다 수북이 담기고, 큰 냄비에는 영계백숙인지 포동포동 살찐 닭 두 마리가 털이 다 뽑힌 몸통 채 그대로 떠 있었다. 또한 식탁 옆에 자리 잡은 큰 항아리는 누가 말하지 않아도 잘 알고 있을 탁주였다.

"이거, 흡사 옛날의 의병 대장 그대로의 대접 아닌가." 술 좋아하는 R 반원이 너무나 감격해 했다.

"우리가 군복을 입고 있는 것만으로 이런 대접을 받는다는 것은 좀 과분한걸." 쓰키시로는 엄숙한 표정을 지었다.

탁주가 가득 담긴 잔이 두세 번 돌자 주인은 좀처럼 자리에 앉지 못했다. 이 집에서 국어를 할 수 있는 유일한 주인은 이와 동시에 시중도 겸해야 했다.

잠시 자리에 도착한 주인을 초청한 쓰키시로는,

"이런 물자 부족 시대에 이런 대접을 받는 것은 더더욱 송구스럽군요."

"뭘요. 저희들이 뭘 할 수 있겠습니까. 이건 모든 면에서 특별 배급입니다. 단지 쌀만큼은 우리 손으로 만든 것인데, 이게 좀 자랑이 될지도 모르겠습니다. 특히 올해는 수확이 좋아서 군수님께서도 칭찬해주셨습니다."

과연 밥은 그릇이 불결해 보일 정도로 새하얗고 반질반질했다.

"그래도 이것이 다 특별 배급이지 않겠습니까. 무엇보다 이번 연습으로 여러분 지방 거주자들이 보여준 성숙이라는 것은 중요한 것으로서, 윗분들께도 그것이 충분히 전해질 것이라고 생각합니다."

주인은 당치도 않은 말일 뿐이라며 손을 내흔들면서,

"너무나 뜻밖이어서. 선생님 같은 분들이 이런 궁벽한 곳까지 들러주신다는 건 전혀 의외였기 때문에 아무런 준비도 못했습니다. 단지 저희 모두가 적으나마 이런 일이라도 해서, 이번 연습에 뭔가 도움이 되고 싶어 하는 마음은 모두 갖고 있습니다." 그리고 나서 차분한 어조로 바꾸면서, "실제로 제 남동생도 재작년에 지원병으로 들어가 지금은 평양 부대에 가 있습니다만, 이렇게 되고 보니 군대라는 것이, 뭐랄까요. 이제는 저희들 일처럼 생각이 돼서."

"아!"

"남동생이."

"정말."

모두 새삼스러운 듯이 눈을 크게 뜨고 저마다 찬탄하는 소리를 냈다. 그 이후 탁주 잔이 더욱 빈번하게 돌고 그 낯선 용사를 중심으로 이야기는 활기를 띠어갔다.

실제로 이번 연습에서 길가에 우르르 몰려든 마을 사람들을 목격한 사람이라면 조선인들의 마음속에 큰 변화가 급격히 진행되고 있다는 사실을 깨달았을 것임에 틀림없다. 연맹의 간부나 경방단(警防團)[9] 청년들 또는 국민학교 아동들처럼 제대로 제복을 몸에 걸친 사람들이 그렇게 열심인 것은 말할 것도 없거니와, 일반인들이 산을 가득 채웠다고 해도 결코 과장이 아닐 정도로 주민들의 관심에는, 오히려 우리 쪽에서 큰 관심을 가지지 않고서는 견딜 수 없는 것이 있었다. 그만큼의 사람들이 전부 그 마을 근처에서 나왔을 리는 만무하므로 당연히 일이 리 길을 걸어 온 사람들이라고 할 수 있다. 마치 팔 월 십오 일 추석에 조상에 성묘를 지낼 때와 마찬가지로 흰 나들이옷을 입고 떡인지 뭔지를 도시락 대신 지참하고, 개중에는 할아버지와 할머니를 동행하고 나온 사람도 있었다.

이제 그 어느 때처럼 군대를 보면 슬금슬금 도망가는 그들이 아니었다. 물론 그렇다고 해서 단순히 어떤 신기함 때문에 모여든 사람들도 아니었다. 행군이나 전투 상황을 바라보는 그들의 얼굴에는 깊은 경탄과 동시에 무한한 친애의 정이 나타났다. 그것은 결국 손자나 아들이

---

9   식민지 말기, 치안 강화를 위해 소방대와 방호단을 통합한 단체.

의지하게 될 군대이자, 한 사람의 중년으로서 "우리 일이나 마찬가지라는 생각이 들어서 ……"라고 말하게 한 군대이다.

또 장갑차에 열광하는 순박함에도 큰 시대의 변화가 보였다. 쓰키시로는 이런 수많은 장면들에 숨이 막힐 정도로 감격을 느끼면서 묵묵히 동료들의 이야기에 귀를 기울였다.

그러나 술을 잘 마시지 못하는 쓰키시로는 계속 상대하는 것이 힘들어져서 맛있는 밥을 재빨리 먹고 기사를 정리하러 가야겠다고 말하고 나서 별실로 돌아왔다.

쓰키시로는 별실로 들어가자 익숙하지 않은 탁주에 취했는지 심한 두통을 느껴 그대로 누워서 앞뒤 구별도 못하고 잠에 빠져버렸다. 주인이 들어와 바닥에 이부자리를 펴준 것도 비몽사몽간이었다. 그리고 나서 얼마 후, 온돌을 너무 데운 탓인지 맹렬한 갈증 때문에 한밤중에 눈을 떴다. 배게 옆에 놓아둔 찬물을 마신 김에 소변을 볼 생각으로 밖으로 나왔다.

별이 아름다운 하늘이었다. 바람이 싸늘하게 불어와 단번에 졸음을 날려버렸다. 커다란 군화를 끌고 넓은 마당으로 가서 볼일을 보고 돌아가려 할 때 갑자기 탕탕하고 연이은 소총 소리가 어둠 속에서 울려왔다. 그는 전기라도 맞은 듯 깜짝 놀라 멈춰 서서 어둠의 틈을 뚫듯 가만히 주시하고 있자, 이번에는 반대 방면에서 또 탕탕하면서 저력 있는 총소리가 들려왔다. 그 순간 그는 "제군들이 자고 있는 사이에도 병사는 움직인다"라고 말했던 노가미 지휘관의 말씀을 떠올리며 어둠 속에서도 입술을 꽉 깨물었다. 그러자 뜨거운 눈물이 실로 저도 모르게 주르륵 두 뺨을 타고 흘러내렸다.

방안으로 돌아와서도 신경이 날카로워져서 도무지 잠을 이룰 수가 없었다. 그래서 자리에서 일어나 그는 초에 불을 켜고 우두커니 천정을 바라보았다. 자기가 왜 울었던 것일까? 그런 의문이 솟았다. 그러나 자기 자신으로서도 설명이 불가능한 이상한 기분이 들었다.

감격의 눈물이었을까. 감격이었음에 틀림없다. 그러나 전쟁에는 으레 따르기 마련인 감격이라는 편리한 말도 지금 그의 기분을 정확하게 표현해주는 것으로는 생각되지 않았다.

가을날 오후의 한없이 맑은 하늘을 바라볼 때 또는 아침에 일어나 나갔더니 큰 눈이 온 세상을 새하얗게 덮었을 때 또는 운동회에서 국민학교 일 학년 정도의 아이가 이를 악물고 달리는 것을 볼 때, 사람은 종종 아무 이유도 없이 눈물이 어리는 경우가 있다. 이런 순수한, 장엄한 또는 진정한 것을 대면했을 때, 저절로 사람이 깊은 깨달음을 얻었을 때의 마음의 전율과도 같은 그런 기분이었다. 연습 때문에 병대가 야간 행동을 한다는 것은 군대에서 평범한 일인지도 모른다. 그러나 술을 마시고 고기를 배부르게 먹고 온돌 위에서 갈증을 느껴 잠에서 깬 쓰키시로에게는 그것을 비유할 예가 없었다. 순수하고 아름다운 것으로 생각되었다.

우두커니 천정을 바라보던 중 쓰키시로는 무언가 큰 암시에 부딪힌 것만 같은 기분이 들었다. 이렇게 진지한 국민의 머리 위에 최후의 승리의 영관(榮冠)을 받을 수 있다는 것은 참으로 자연스러운 일이 아닐까. 암시는 이런 이야기였다. 일본이 강하다는 것은 그 국민이 여전히 조야(粗野)하기 때문이라는 적들의 선전이 전혀 엉뚱한 자기만족적인 이론에 불과하다는 것은 물론이지만, 또 한편 일본은 신국(神國)이기 때문에 강하다고 말하는 순수론 또한 여전히 설득력이 미치지 않을 우려가 있는 것은 아닌지. 황군이 강한 것은, 결국 실전과 연습 사이에서 거의 일발(一髮)을 허용하지 않는 그 깊은 진지함과 맹렬함에 있는 것은 아닌지, 그렇게도 반성이 되었다.

서리가 내린 초원 위에 밤새도록 총을 들고 가만히 어둠을 응시하는 병사의 모습을 쓰키시로는 졸음이 쏟아지는 와중에도 그림을 그려보려고 했다.

그러나 아무리 노력해보아도 그런 얼굴은 영웅의 얼굴이 되지 않았다. 하물며 독일의 전쟁영화에 자주 나오는 이른바 강철인의 얼굴도 아니었다. 어떤 때는 명확하게, 어떤 때는 어렴풋이 떠오르는 하나하나의 얼굴은 그것이 그 자신의 동료거나 회사원 풍의 남자거나 바로 며칠 전 막 전쟁터로 간 여동생의 학교 선생님이거나 혹은 본 적도 없고 알지도 못하는 농촌 청년이기도 해서, 어쨌든 친근감이 들기 쉽고 겸손한, 그리고 단순 소박한 얼굴이었다. 그러나 그 소박한 얼굴이 일단 군복을 입고 총을 들고 행동을 개시하면 세계무비의 정력적이고 강한 군대가 되는 것은 무슨 이유일까? 그것은 과연 적국 사람들이 기꺼이 말하는 것처럼 일본인들이 목숨을 아끼지 않기 때문일까? 쓰키시로는 그렇게 생각되지는 않았다. 그렇게나 자연을 사랑하고 예술을 존중하며 생활을 즐기는 내지인들이 생명을 소홀히 하는 것처럼 말하는 것은 있을 수 없는 일이었다.

천황의 위광, 그렇다! 천황의 위광에 비춰졌을 때, 내지인은 자신을 잊는 것이다. 폐하의 명령에 대한 절대 순종, 단지 임무 수행만이 있을 뿐이므로 생이 없으면 죽음도 없다는 그런 심경, 그것은 의무라든가 복종이라는 말로는 결코 설명할 수 없는 심경이다. 부모를 사랑하는 젖먹이의 심리와는 다른 것일까. 어쨌든 천황의 마음을 마음으로서 오직 그렇게 하도록 하사해주신 것을 몸소 실행하는 바로 그것이 충의라고, 더 한층 쓰키시로는 그 자신만의 사색을 거쳐 여기까지 왔다. 그러나 그것은 높은 산에 올라서 볼 수 있는 장엄한 해돋이를 맞이할 때와 같은 상쾌한 기분을 동반한 사색이었다.

두 번 닭이 울었다. 이제 반장들을 깨워야 할 시각이었다.

(舊名 최재서)

제때 피지 못한 꽃

石田耕人, 「非時の花」, 『國民文學』, 1944.5~8

1

올해도 문천(蚊川)[1]에 모래 역류가 시작되었다.

문천 상류는 사등이천(史等伊川)이라고 불렀는데, 불국사가 있는 토함산에서 나와 북으로 북으로 흘러 명활산(明活山)과 남산(南山) 사이를 빠져 나오면 탁 트인 경주의 심장부로 곧장 나아간다. 그리고 일정교(日精橋) 부근에서 정북쪽을 향해 그것이 월성(月城) 근처로 오면 마치 이 금원(禁苑)을 호위하듯 한 바퀴 빙 돌아 서쪽으로 흘러 천경림(天鏡林) 기슭을 씻겨내면서 그대로 서천(西川)으로 흐르는 것이다.

---

[1] 경상북도 경주시 남천(南川)의 신라시대의 이름으로 모천(牟川), 사천(沙川), 모래내라고도 한다.

참쌀가루를 깔아놓은 듯한 미세한 모래 강바닥, 완만하게 흘러서 특히 그것이 월성의 수로가에 이르면 푸른 물은 고즈넉이 선회하면서 흘러가 눈에 보이지 않는다. 그런 까닭으로 초여름 무렵이 되면 말라비틀어진 강 둔치의 모래가 수면 위로 떠올라 물의 흐름과 반대 방향으로 서서히 흘러가는 것이다. 말하자면 별 것도 아니지만, 만물을 잘 감지하는 신라인들은 그것이 도읍의 성의 신비를 상징하는 어떤 불가사의한 일이기라도 한 듯 신기해하여 '문천도사(蚊川倒砂)' 등으로 부르면서 계림팔괴(鷄林八怪)의 하나로 꼽았던 것이다.

그래서 육칠월 경이 되면 수천 명의 남녀가 이 강변을 매일같이 우르르 밀려들곤 하지만, 실제로는 흐르는 물에 몸을 담구고 천진난만하게 희희낙락하는 알몸의 군상(群像)을 즐기기 위함일는지도 모른다.

문무왕(文武王) 십이 년 칠월, 오른쪽 벼랑의 소나무 숲속에 우뚝 솟아 있는 김유신(金庾信)의 본가 재매정택(財買井宅)[2]은 이러한 희락도(戲樂圖)와는 달리 강렬한 여름 햇빛이 청록색 기와에 반사되어 한적하고 조용했다.

청기와를 이고 당장이라도 날아오를 듯한 높은 처마, 뭉게구름처럼 일고 있는 듯한 서까래, 여자의 허리를 연상케 하는 추녀기둥, 그리고 소나무 사이에서 더더욱 정갈해 보이는 흰 벽, 이것은 물론 저 멀리 동북쪽 월성 숲에 진좌하고 있는 왕궁에는 비할 바가 못 되지만, 과연 사십팔 호화로운 저택 중 단연 최고로 불릴 만큼 얌전하면서도 극도의 세련미와 우아함이 엿보인다.

발(簾)을 투과하여 눈에 한가득 녹음이 스미는 중당(中堂)에서 김유신

---

2   신라 전성기의 경주에 있던 저택의 한 형태로, 집안에 우물이 있는 부잣집을 가리킨다.

은 바닥에 정좌한 채 안절부절 못하고 있는 표정이다. 김유신도 이제 일흔여덟이다. 넓은 이마, 빛나는 눈동자, 수려한 광대뼈, 한일자(一)로 꽉 다문 큰 입과 위엄 있는 턱, 그것은 일찍이 고구려의 보장왕(寶藏王)으로 하여금 신라를 위협하는 일이 도리에 어긋남을 깨닫게 했으며, 또한 백제의 의자(義慈) 도성(都城)에서 당군(唐軍) 대총관(大總管) 소정방(蘇定方)의 우장(右將)인 동보량(董寶亮)을 전율케 한 얼굴 바로 그 자체였다. 그러나 백발과 은빛 수염으로 뒤덮인 얼굴은 사십 년에 걸친 전장(戰場)의 주름살이 그의 무훈의 개수만큼이나 새겨져 있을 뿐만 아니라 안쓰러울 정도로 수척해 보였다.

작년 소정방의 고구려 원정군이 적지에 깊이 들어가 보급로가 끊기면서 십만 대군이 아사(餓死) 상태에 빠졌을 때, 유신은 "신(臣)이 지금까지 큰 은혜를 입어 중대한 임무를 맡게 된 것을 황송하게 생각합니다. 국가에 목숨을 바치는 일이라면 그 어떤 것도 피하지 않겠습니다. 오늘은 이 노신하의 절개를 다하는 날이 될 것입니다"라고 하여 문무왕을 감동시켰던 것이다. 이렇게 하여 유신은 부장(副將) 아홉 명을 거느리고 수레 이천 대에 쌀 사천 석과 조(租) 이천이백 석을 실어 평양으로 향했던 것인데, 때는 마침 음력 섣달 초입으로 길은 빙설로 묶이고 눈보라가 산야를 뒤덮어 지척을 분간할 수 없는 상황. 말은 발굽이 미끄러져 무릎을 꿇고, 병졸은 길가에 흙덩이처럼 웅크렸다. 이때, 곧 예순아홉 살을 맞이할 대장군(大將軍) 김유신은 군복을 벗고 어깨를 드러낸 채 채찍을 휘둘러 말을 선두에서 몰았다. 이것을 본 장병들은 기운을 떨치고 일어나 땀을 흘리면서 끝내 추위를 입에 올리는 사람이 없었다.

그러나 이런 섣달의 행군은 예순여덟 살의 노장군으로는 역시 무리였다. 아침에 마루에서 잠을 깨면 양 다리가 마구 부서질 것만 같은 느낌이 들어 아연실색했다. 어쩌다 한밤중에 잠에서 깨어 허리가 아파 다시 잠들 수가 없을 때는 혼자서 깊은 한숨을 쉬곤 했다.

"나도 나이를 먹었구나!"

이것이 확실한 병으로 자각된 것은 작년 봄 무렵부터였다. 등은 마치 고약이라도 붙인 듯 살갗이 죄어들고 허리 밑까지 뼈 마디마디가 아팠다. 특히 비라도 내릴 것 같은 날이면 온몸이 세게 죄는 듯하여 어디라고 가리킬 수 없이 통증이 시작되자 그는 앉을 수도 설 수도 없을 만큼 초조함을 느꼈다. 약사는 풍병(風病)이라고 진단했다. ……

그는 가끔씩 해일처럼 찾아오는 통증을 꾹 참는 듯 찌푸린 얼굴로 귀를 기울였다. 그는 무언가를 애타게 기다리면서 당장이라도 뛰쳐나올 듯이 안절부절 못했다.

2

말굽소리가 가까이 다가오고 곧 대문 안으로 들어온 듯하자 마부가 뛰어 들어오는 발자국 소리도 들려왔다. 그런데 말은 한 필이 아니라 세 필인 듯하다. 복명(復命)에 따르면 아우인 흠순(欽純) 혼자서만 올 예정이었는데 의아하다 ……. 유신은 무슨 영문인지 몰라 불안함을 느꼈다.

이윽고 동복(童僕)에게 안내를 받아 들어온 것을 보니, 아우 흠순 그리고 청년 장군 효천(曉川)과 의문(義文)이었다. 유신은 마루 위에 앉은 채 세 사람을 맞이했다.

세 사람이 자리에 앉자 유신은 그 빛나는 눈으로 아우 흠순 쪽을 바라보았다. 결과가 어떤가를 묻는 표정인 것이다. 흠순은 어떻게 말을 꺼내야 할지 망설이는 듯 잠시 동안 맥없이 고개를 떨구었다가 마침내 침묵을 깨뜨렸다.

"결국 임금님의 결정에 대항할 수 없었습니다."

"나의 고충을 빠짐없이 말씀드렸는가."

"예, 이 일 년 동안 국론 통일을 위해 형님이 얼마나 애를 쓰셨는지, 또 그에 따른 책임을 진다는 의미에서라도 반드시 출진을 결정하였으니 최후의 어봉공(御奉公)을 받들고 싶다는 말씀을 올렸던바, 상감마마께서는 '유신공은 삼국의 보배다. 그런데 지금 병상에 누워 있다. 적진에서 만약 무슨 일이 생긴다면 그것은 국가의 중대사다'라고 말씀하셨습니다."

"아아, 성은이 망극하옵니다. 이 늙은 몸을 그토록이나……."

유신은 정좌를 하고 조용히 눈을 감았다. 세 사람은 죄여오는 침묵 속에서 바짝 긴장하여 이마의 땀을 훔쳤다.

"그런데 이번 출병이 다소 의심스럽습니다만." 이번에도 침묵을 깨뜨린 것은 흠순이었다.

"뭐야, 의심스럽다?" 유신의 눈이 괴이하게 빛났다.

"중시(中侍)가 줄곧 자중론(自重論)을 버리지 않아서."

"중시가 반대하시는 이유는 무엇인가?"

"천자(天子)의 나라에 칼을 겨누게 된다는 것이겠지요." 이번에는 의문이 갑자기 고개를 들면서 토로하듯이 말했다. 그 애띤 얼굴은 모멸과 고뇌로 심하게 일그러져 있다.

"그러나 당나라의 야망을 꺾겠다는 것은 이미 조정 회의에서 결정된 것이거늘." 유신은 힐문하는 듯한 눈빛으로 가만히 아우의 얼굴을 응시했다.

"그게 말입니다. 아드님이 반대하는 것을 보면 상감마마께서도 다소 처리하기 어려우실 것입니다. 하물며 뭇 신하들이야 더하겠지요. 속으로는 어떻게 생각하든지간에 입 밖으로 정론(正論)을 말하는 자는 한 사람도 없었을 것입니다."

삼국을 통일한 대신라의 내정과 외교를 적절히 처리해야 할 중시로 왕의 다섯 번째 아들인 지경(智鏡)이 취임한 것은 문무왕 팔 년 삼 월, 지금으로부터 사 년 전이었다. 그런데 그 지경은 생애의 거의 대부분을 당나라의 수도 장안(長安)에서 보냈고, 고구려 정벌 당시에는 당 고종(高宗)의 칙명에 따라 요동(遼東) 장군으로 임명되었으며, 이윽고 신라 본국에 돌아와서는 파진찬(波珍湌)이라는 요직에 올랐다. 그가 특별히 신라에 충성스럽지 못한 것은 아니지만, 당나라에 대해서는 잘 알고 신라에 대해서는 잘 몰랐기 때문에 하나에서부터 열까지 당나라를 모방하지 않을 수가 없었다는 점에서, 그는 당시의 거침없는 신라 관료의 기풍을 몸소 대표하는 인물이었다. 위로는 조정의 의식(儀式)과 관직에서부터 아래로는 사서민(士庶民)의 복색(服色)에 이르기까지 온통 당나라 일색으로 칠해진다는 것은, 그것이 외교상의 필요에서 어쩔 수 없는 것이라고 말하면서도 김유신은 항상 이것을 신선하게 생각하고 있었다. 특히 신묘(神廟)를 멸시하면서 국조(國祖)의 영령에 제사를 지내지 말고 천지산천을 공경하라고 말한 데까지 이른 것은 이제 도무지 뭐가 될지 모르게 된 것이었다.

"지경공은 당나라 귀공자니까." 유신은 조용히 눈을 뜨고는 술회하듯 이렇게 중얼거렸다.

"그런데 상감마마의 의중은?"

"글쎄요" 흠순의 궁색한 소리다. "어쨌든 아드님인 인문공(仁問公)이 지금 당에 가서 신라 왕으로 옹립케 하고, 인질도 마찬가지로 해야 합니다."

"우애심이 각별히 두터운 상감마마시니, 그러시는 것도 무리가 아니시겠지요."

"더욱이 야비한 당나라를 물리쳐서 과연 신라가 성공할 가망성이 있는지, 상감마마의 염원은 한결같이 이를 바라시는데." 지금까지 침묵하고 있던 효천이 진상을 파헤칠 심산으로 이렇게 말을 꺼냈다.

"그런 것은 듣지 못했다. 군주가 약하다는 것은 곧 신하가 약하기 때문이 아닌가. 어째서 모두가 임금님의 결단을 확고히 받들지 않는가." 유신의 어조는 끝까지 평안하고 고요했지만, 마음 속 깊은 곳에는 듣는 사람들의 폐부를 찌르는 것이 있었다.

"참으로 부끄럽습니다. 지금까지 어리석은 저희들은 수없이 많은 전장을 밟았지만 죄다 태대각간(太大角干)[3] 총관(摠管)의 지휘하에서 아무런 불안도 없이 나라를 받들어 모셨습니다. 오늘날 이런 어려운 때를 당하여 약관(若冠)의 단신(單身)으로 적지에 들어가게 되면 어쩐지 불안한 기분에 사로잡혀서……. 뭔가 좋은 방책이라도 없으십니까."

---

3 신라 17등 관계에서 가장 높은 계급은 각간(角干 : 伊伐湌)이었으나, 660년 백제를 멸하는 데 공을 세운 김유신에게 기존 위계(位階) 위에 대각간의 벼슬을 주었고, 668년에는 고구려를 멸하는 데 공을 세웠다 해서 김유신에게 다시 태대각간의 벼슬을 내렸다.

"전혀 두렵지 않다." 유신은 한 마디로 말을 잘라버리고 다시 말을 이었다.

"무릇 장수라는 것은 나라를 만드는 간성(干城)⁴이자 군주가 가장 믿는 심복이다. 그러므로 승부를 전쟁으로 결정한다는 것은, 위로는 하늘의 도(道)를 얻고 아래로는 땅의 이치를 얻으며 가운데서는 사람의 마음을 얻어야 하는 것이다. 그런 후에야 비로소 성공할 수 있다. 지금 우리나라는 충신으로 인해 존재하지만, 백제는 오만으로 망했고 고구려 역시 교만한 전철을 밟아 지금에 이른 것이다. 더욱이 나의 거짓 없는 마음으로 그들의 잘못된 점을 쳐부수고 뜻을 얻어야 할 도리를 밝혀야 하지 않겠는가. 결코 병력의 대소만으로는 안 된다. 이것을 마음 속 깊이 새겨서 부디 애써 노력해달라."

"……." 효천과 의문 두 사람은 힘없이 고개를 깊이 떨구는 것으로 대답을 대신했다.

유신은 정좌를 하고 앉아 잠시 상반신을 앞뒤로 흔들다가 이어 최후의 결론에 도달한 듯 단호한 어조로 흠순에게 말을 건넸다.

"시위는 이미 당겨졌다. 이제 와서 자중할 수도 없다. 이렇게 된 이상 당나라에 보낼 답장을 국내외에 선포하여 백성의 나아가야 할 바를 보여주어야 한다. 강수(强首) 선생께 수고를 부탁하되, 하고 싶은 말은 내 마음 속에 있다. 단지 이런 몸으로는 내 쪽에서 나서겠다고 할 수가 없구나."

"형님, 그거 참 좋은 생각이십니다. 조속히 부르도록 하십시오." 흠

---

4   국가나 국왕을 지키기 위한 방패와 성.

순은 구원받을 수 있다는 기대로 일어서려고 하는데, 유신이 그것을 손으로 제지하면서,

"잠깐 기다려라. 한 가지 더 할 말이 있다. 이번 출병은 내가 제안한 것이다. 그렇게 해서 나는 이것을 최후의 어봉공(御奉公)으로 하여 이 늙은 몸을 전쟁터에 버릴 작정이었다. 그러나 정 허락하시지 않는다면 어쩔 수 없지. 이렇게 된 이상 나대신 원술(元述) 녀석을 바치겠다. 아직 어린 아이지만 부디 잘 부탁한다."

세 사람은 번개라도 맞은 듯이 서로 얼굴을 바라보기만 할 뿐. 십육 세 미소년의 얼굴이 떠올라 세 사람의 눈가에는 뜨거운 것이 흘러내렸다.

3

문천을 건너온 바람은 한낮의 뜨거운 열기를 완전히 잊게 할 정도로 서늘했다. 재매정택의 사랑에는 이미 등불이 켜졌고, 주객(主客) 세 사람은 조촐한 주안상을 둘러싸고 있다. 주인공 김유신은 의관을 단정히 하고 있었으나 이따금 옆으로 기댄 채 술잔을 앞에 두었다.

그와 마주 앉아 있는 사람은 오늘의 손님인 강수 선생. 흠순이 따른 큰 술잔을 사양하지 않고 몇 번이고 계속 입으로 가져가는데, 성기게 짠 베를 두른 그 장대한 풍모는 여전히 근엄 그 자체였다. 후두부에 돌출된 큰 혹, 소의 그것을 연상케 하는 굵고 다부진 목, 그리고 그 왼쪽 귀 밑에 달린 큰 검정 사마귀, 이러한 풍모의 소유자를 '강수 선생'이라

명명한 무열왕(武烈王)은 과연 혜안을 가졌다고 할 수 있으리라.

본래 그의 부친은 임나(任那)의 귀화족(歸化族)으로서 사량(沙梁)의 하급관리였다. 태어난 아이의 생김새가 매우 괴이하여 부친이 관상쟁이에게 보여줄 정도였는데, 다행히 머리가 좋아 혼자서 읽고 쓰기를 익히게 되었다. 어느 날 아버지 석체(昔諦)가, "너는 불가의 도를 배우겠느냐, 유가의 도를 배우겠느냐" 하고 물으니, "불도는 속세를 떠난 곳의 가르침입니다. 저는 인간의 삶을 살고 있는 자이므로 유학자의 도를 배우겠습니다"라고 말할 정도였다.

과연 비범한 인물이었다. 장성함에 따라 그의 학식은 나라에서 모르는 사람이 없었다. 무열왕이 즉위할 때였다. 당나라에서 사자(使者)가 와서 왕에게 칙서를 전했다. 그러나 그 안에 난해한 글귀가 있어 아무도 읽을 수가 없었다. 김유신은 같은 임나 귀화족으로서 평소 잘 알고 지냈기 때문에 그를 추천했다. 그는 왕의 앞으로 나아가 한 번 보고는 줄줄 해독하여 막히는 곳이 없었다. 왕은 매우 만족하여, "어찌하여 지금까지 만나지 못했던고" 하며 뒤늦게 만나게 된 것을 유감스러워 하면서 정중하게 그 이름을 물었다.

"신은 원래 임나가량(任那加良)[5] 사람으로, 이름은 소머리(牛頭)[6]라고 하옵니다."

"허허, 소머리라, 재미있는 이름이로고. 과연 경(卿)의 두골을 보니 그도 그렇군. 그런데 소머리라, 너무 비속하지 않는가. 어떤가, 강수라 부르면."

---

5   경상북도 고령 일대.
6   원문은 '牛頭(ソモリ)'.

이렇게 말하면서 왕은 좌우를 둘러보며 강수 선생이라 부르도록 명하고 즉시 당나라에 사표문(謝表文)을 쓰도록 했는데, 그 문장이 정교하기 이를 데가 없고 뜻에 진력을 다하여 빈틈없는 정성이 있었다.

그 후 당나라 왕에게 올리는 글은 물론이고 모든 외교문서가 그의 붓끝에서 흘러나왔다. 삼한 통일의 대업은 무열과 문무 두 왕의 영민함과 총명함에 기인했던 것은 물론이지만, 이 두 왕을 잘 보좌했던 김유신의 무용(武勇)과 원효(元曉)의 지략, 그리고 강수의 문장의 공 또한 결코 빼놓을 수 없다는 점은 세상 사람들도 익히 잘 알고 있었다.

그러나 김유신이 강수 선생을 깊이 인정하게 된 것은 단지 그러한 글재주 때문만은 아니었다. 지조가 견고하고 의지를 겸비함이 높으며 명예와 이익을 가벼이 여기고 청빈함을 기쁨으로 알았으니, 그 인품에 대해 경복하는 마음이 있었다. 공사(公私)를 불문하고 어려운 일이 생길 때면 유신은 언제나 강수 선생을 자택의 중당으로 모셔 이렇게 술을 나누면서 조용히 그 예지에 귀를 기울였던 것이다.

"무릇 출병이란 대의명분이 서지 않으면 안 될 것으로 압니다만……."
주인의 이야기를 대략 듣고 나서 강수는 이렇게 말을 꺼냈다.

"그것은 충분히 넘쳐날 정도입니다. 당이 분에 넘치는 희망을 갖고 있다는 것은 요즘 삼척동자도 다 아는 사실입니다." 유신은 무릎을 앞으로 당기면서 말을 꺼냈다.

"지난 술신년(戌申年)에 선왕께서 당나라에 청원사절로 조정에 들어가셨을 때, 태종 황제는 도리를 잘 분별해 주셨습니다. '짐이 지금 고구려를 치려는 것은 다른 이유가 있어서가 아니다. 그대 신라가 (고구려와 백제) 양국에 핍박을 당하고 매양 침략과 약탈을 당해 편안한 날이 없음을 애달피 여김이니, 산천 토지는 나의 탐하는 바가 아니며 보배와 자녀(子女) 또한 나는 충분히 가지고 있다. 내가 두 나라를 평정하면 평양 이남과 백제 땅을 병합하여 모두 그대 신라에게 주어 오래도록 편안케 하려 함이다'라고."

"이것이 당시 태종 황제의 거짓 없는 마음이었던 것입니다. 신라가 특별히 원해서 외국에 원조를 구했던 것은 아니었으나 당시의 신라로서는 실로 사정이 부득이했습니다. 신라는 오랫동안 동남쪽의 한 구석에 틀어박혀 그 풍부한 천성을 다 펼칠 여지가 없었습니다. 그뿐만 아니라 백제와 고구려는 바다에서 육지까지 당으로 가는 통로를 막아 당과 우리의 문물 교역을 방해할 것입니다. 그렇게 된다면 신라는 숨이 끊길 것입니다.

그래서 저희들이 스스로 혈로를 개척한 것입니다. 몇 번이나 백제와 싸우고 피로써 맹약을 맺었습니다. 그러나 백제는 간교한 음모를 항상 반복해마지 않았습니다. 이래서는 아까운 장병의 목숨만 해칠 뿐이라는 것을 깨닫고 백제 토벌을 깊이 결의하기에 이른 것입니다. 고구려는 매우 방약무인하여 영토 확장 외에는 아무 것도 없는 완미한 나라입니다. 이것은 당에서도 잘 알고 있을 터. 그런데 태종이 죽고 고종이 즉위하자 정말 모든 방식이 변했습니다. 군대의 식량과 말은 모두 우리나라에서 현지 조달케 하고, 전쟁도 위험한 곳에는 우리 군사를 보내고 손을 놓고 있다가 좋은 결과가 걸려들기를 기다리는 식이었지요. 고구려 토벌이 그렇게 변변찮게 끝난 것은 다 그 때문입니다."

"하지만 머지않아 저는 깨닫게 되었습니다. 당은 처음부터 신라를 돕고자 했던 것이 아니라 결국 신라 그 자체를 노리고 있었다는 것을.

정확히 백제가 멸망한 경신년(庚申年)[7]이었습니다. 사비성(泗沘城) 누각에서 활활 검은 연기가 피어오르는 소란한 와중에 소정방(蘇定方)은 뻔뻔스럽게도 군대의 사절을 이쪽으로 보내, 저와 인문공(仁問公)과 양도(良圖)에게 포상으로 백제의 옛 땅을 나눠갖자고 말했습니다. 그래서 저는 정중히 거절하였습니다. '이번의 전승은 과군(寡君)[8]과 온 나라의 백성이 기뻐할 일입니다. 그러하거늘 우리들만 포상을 받아 자신의 이익을 도모하는 것은 그 도리에 어긋납니다'라고 말했습니다. 과연 소(蘇) 선생도 얼굴을 붉히며 쓴웃음을 지을 수밖에요. 핫핫하."

김유신은 처음으로 껄껄 웃었다. 강수도 거기에 맞춰 후후후 웃었다.

"그런데 속이는 패가 효력이 없어 보이자 이번에는 위협하는 패를 내놓았습니다. 정확히 칠월 구일 당군의 진영에 범상치 않은 일이 일어났다고 해서 가보았더니, 우리 군대가 예정된 회합의 기일에 늦게 왔다고 해서 우리 독군(督軍) 김문영(金文穎)의 목을 베겠다고 하지 않겠습니까. 어처구니없는 일에 저도 벌컥 화가 나서 그 주변에 있던 큰 도끼를 치켜들고 군문(軍門) 기둥을 찍어 부러뜨리며 호통을 쳤습니다. "대장군은 황산(黃山) 전투는 보지도 않고 단지 기일에 늦었다는 것만 책망하고 계십니다. 저는 지은 죄도 없이 치욕을 당할 이유가 없습니다. 기필코 당군과의 한바탕 싸움을 치르고 나서 그 후에 백제를 무찌를 것입니다.' 라고 했더니, 그 경박한 동보량(董寶亮) 놈이 발을 동동 구르면서, '신라군이 장차 변란을 일으킬 것 같다' 하고 큰 소리로 외치니 소정방도 당황하여 김문영을 놓아주었다고 합니다."

---

7   서기 660년.
8   다른 나라의 임금이나 고관을 상대하여 자기 나라의 왕을 가리키는 말

"하지만 말하자면 그런 건 아이들 장난과도 같은 것. 백제가 평정되고 나면 급격히 신라의 장래가 불안해지지 않겠습니까. 또 그때가 되면 당군은 신라의 허점만 노릴 것입니다. 가령 열심히 함선을 수리해 놓고, 그것이 일본군의 침공에 대비하기 위해서라고 말합니다. 그러나 실제로는 신라에 맞서 칼을 갈고 있다는 것쯤은 모두가 알고 있는 것입니다. 그 때문에 우리 진영 내에서는 근심이 되어 조심하고 있는 상태입니다. 다행히 그때는 다미공(多美公)의 헌책으로 기선을 제압하여 무사할 수 있었지만."

"이건 나중에 들은 이야기인데, 소정방이 유인원(劉仁願)을 주둔시키고 당으로 귀국하자 태종은 역정을 내며 왜 신라 따위를 치지 못했느냐고 책망하였습니다. 그러자 소정방이 대답하기를, '신라는 그 임금이 인(仁)으로써 백성을 사랑하고, 그 신하는 충으로써 나라를 섬깁니다. 비록 작은 나라이기는 하지만 계략을 써서 속일 수 없습니다'라고. 과연 대답이 훌륭하지 않습니까?"

"하하하." 강수는 또 다시 유쾌한 듯이 웃었다.

"하지만 그 이후 당이 하고 있는 것을 보면 아주 이러지도 저러지도 못하고 있다고 합니다. 고구려를 멸망시키기는 해야겠는데, 통일 후 신라가 강대해지는 것은 두려운 일일 테지요. 그런 이유로 서둘러 계림도독부(鷄林都督府)를 설치하여 우리나라[震域]⁹를 당의 군현(郡縣)으로 삼으려는 수작입니다. 아니, 이미 고구려까지 망해버린 지금에 와서는 당이 공공연하게 신라를 치러 온다는 것은 각본대로일 것입니다. 지난

---

9   동쪽에 있는 나라라는 뜻으로, 우리나라를 달리 이르는 말.

해 백제의 사비성이 함락되었을 때 의자왕이 맥없이 무너져 소정방에게 술을 따르자, 한자리에 나란히 앉아 있던 백제의 신하들이 소리 높여 울던 모습이 지금도 눈에 선합니다. 그 비참한 광경이 우리에게도 찾아오지 않으리라는 것도 보증할 수 없겠지요. …… 자, 이제 그런 불길한 이야기는 그만둡시다."

"우리로서는 당의 원조로 인해 숙적 두 나라를 무너뜨린 것이므로 그 은혜와 의리는 충분히 마음에 새기고 있습니다. 그렇기 때문에 신라의 백성이 굶을지언정 당의 군영에는 병량(兵糧)과 의복 보내기를 십 년간이나 해왔던 겁니다. 그 뿐만 아니라 우리 군은 여러 번 사지(死地)에 뛰어들어 당군을 위급에서 구해주었습니다. 당의 은혜도 크지만 신라의 정성 또한 눈물겹다고 말하지 않을 수 없습니다."

"그런데도 당은 무엇으로 이 정성에 보답하였습니까. 사죄하러 간 사절인 양도(良圖)를 타향에서 옥사케 하고, 아무 이유도 없이 팔만 병사를 요동(遼東)으로 보내고 게다가 그 파계승임윤(琳潤)을 말함[10]으로 하여금 무례하기 짝이없는 문책서(問責書)를 내밀게 했습니다."

"애당초 작년 그 불쾌한 문책서를 받았을 때 즉시 반박서를 보내 확일격을 가했어야 했습니다. 그 중대한 임무가 끝나자 훌륭한 장수들이 모두 당으로 끌려가서 나중에는 힘없는 관리들이 당나라 장수의 눈치를 살피는 데만도 하루가 부족할 형편이었습니다. 이번에야말로 선생의 명문(名文)을 수단으로 삼아 정정당당하게 논진(論陳)을 펼쳐서 이쪽에서 먼저 그들에게 책망을 가해야 한다고 저는 깊이 다짐하였습니다

---

10 당의 장군 설인귀가 신라를 힐책하는 서신을 왕에게 보낼 때 승려 임윤(琳潤)이 그 역할을 담당하였다.

만."

말을 끝낸 김유신은 잠시 상대의 얼굴을 응시했다. 강수는 오랜 침묵 속에서 겨우 눈을 뜨고는 한숨인지 감복인지 구별되지 않는 큰 숨을 쉬며,

"잘 알겠습니다. ○○[11] 이 기회에 태대각간의 의중을 삼가 들어두려 는 것은, 설인귀(薛仁貴)가 요동군을 요격했으니 물론 성공할 승산이 충 분히 있다고 해야겠지요."

"말할 필요도 없습니다. 훌륭한 장군들이 각지로 흩어졌다 해도 청 년 장군들은 지금도 필승의 신념을 불태우고 있습니다. 강적 백제를 섬멸하고 고구려를 무너뜨렸으니 그 의기도 더욱 강해졌습니다. 그것 은 어쨌든 고마운 일입니다. 게다가 또 하나, 몇 해 전에 고구려가 멸망 하고 나서 그 유민들은 한창 말갈로 이동하고 있습니다. 그들은 패기 가 높은 백성이기 때문에 기필코 북방에 나라를 세워 그 설욕의 전쟁 에 맞설 것입니다. 그렇게 되면 당으로서는 발등에 불이 떨어진 격이 므로 도저히 이곳 남방에까지 손을 뻗지 못할 것입니다. 우리로서는 그 사이에 삼한을 통일하면 그것으로 만족스러운 일입니다."

"과연! 북방 방비는 그것으로 됐고, 남방은 어떻게 합니까?"

"남방이라면, 일본을 말씀하시는 것입니까?"

"그렇지요!"

"……." 김유신은 침묵해버렸다.

사실 일본을 생각하면 김유신은 항상 마음이 개운하지가 않았다. 이 는 단지 김유신뿐만이 아니라 국왕 문무왕도 같은 심리였음에 틀림없다.

---

11   원문에는 '不明'으로 표기되어 있다.

백제를 평정하고 나서 소정방이 의자왕을 비롯하여 왕비 은고(恩古), 왕자 융(隆), 대좌평(大佐平) 천복국(千福國) 이하 장수와 병졸 팔십구 명, 백성 약 일만 삼천 명을 포로로 당에 압송한 후, 홀로 남은 좌평(佐平) 복신(福信)은 좌평 귀지(貴地) 등으로 하여금 일본 조정(미카토)에 구원을 요청하게 하였다. 그 청구장(請求狀)에는, '백제국, 멀리서나마 천황(스메라미코토)의 은혜에 의지하여 다시 사람들을 모아 나라를 세우고자 합니다'라고 쓰여 있었다. 그리고 그 취지는 앞서 인질로 일본에 끌려간 왕자 풍장(豊璋)을 맞아들여 왕으로 옹립하려는 것이었다.

당시의 백제로서는 의지할 곳도 호소할 곳도 없었기 때문에 오래 전부터 특별한 은고(恩顧)를 받아왔던 일본에 간절히 하소연한 것으로서, 이를테면 그것은 매우 자연스러운 결과였다. 그러나 진의를 헤아릴 수 없었던 것은 일본 조정의 의사였다. 이미 그 국토는 구석구석까지 황폐되고 사직(社稷)이 완전히 기운 백제에게 특별히 위험을 무릅쓰면서까지 구원군을 보내는 것은 어떤 의도일까. 어쨌든 일본 조정의 백제 구원에 대한 열의에는 예사롭지 않은 점이 있었다.

아무튼 사이메이 천황(齊明天皇)은 육 년[12] 시월 조서를 내려 단연 백제 구원을 위해 나아간다는 방침을 천명했다. "군대(이쿠사)를 부탁하여 구원을 청했다는 것, 이것은 오래 전에 들었도다. 위험을 도와 끊어진 것을 다시 잇는 것은 항전(恒典)[13]에 기록되어 있도다."

이렇게 해서 천황은 스루가(駿河)[14]에 출병 준비를 명령하여 배를 만

---

12 사이메이 천황 6년은 서기 660년이다.
13 일정한 법령에 의거한 정례(定例)의 은전.
14 현 시즈오카현(静岡縣)의 일부.

들게 함과 동시에 군대를 정비하셨다. 이듬해 칠 년 정월 황태자 나카
노오에(中大兄) 황자(皇子)는 백제를 구원할 목적으로 천황의 연세 예순
일흔 살에 바다를 건너신 한편 여제(女帝)이신 천황을 받들어 서쪽 정
벌의 길에 들어섰으며, 삼월에는 치쿠젠(筑前)[15]으로 가서서 아사쿠라
궁(朝倉宮)을 대본영(大本營)으로 하셨으나, 불행히도 천황께서 병환이
들어 결국 칠월에 붕어하셨다. 그리하여 나카노오에 황자는 상복을 입
으신 채 전쟁 국가를 통치하시매, 어디까지나 천황의 유지(遺志)를 달
성하기 위해 아즈미 히라부(阿曇比羅夫)[16] 등으로 하여금 수군(水軍) 백
칠십 척을 인솔하여 풍장을 백제국에 돌려보내고 이어 칙서를 내려서
풍장이 그 자리를 계승토록 하였다.

　이 출병은 말할 것도 없이 신라 한 나라만을 상대로 하는 것이 아니
라 실로 세계 제일의 대국인 당과 신라의 연합군을 상대로 한다는 의
미이기도 했다. 이것은 일본에게 있어 바로 운명을 건 승부라는 대전
쟁임에 틀림없었다. 그렇다면 일본이 이러한 희생을 치르고 난 뒤에
원하는 것은 대체 무엇일까? 합종연형(合縱連衡)에 관해서는 본가(本家)
인 지나(支那)와 맞먹는 수준의 신라의 정치가도 이 질문에 이르면 고
개를 갸우뚱하지 않을 수 없었다.

　그 후 풍장은 발끈하여 마음 깊이 신임하던 신하인 복신(福神)을 참
혹한 형벌에 처하고 백제 진영은 내부적으로 붕괴했기 때문에 신라는
쉽게 편승할 수 있었게 되었으며, 머지않아 원조하러 온 일본의 수군

15　현 후쿠오카(福岡)현 북부.
16　당시 왜국(倭國) 최상의 해상세력인 기타규슈 지방 연안의 수령으로서, 히라부(比羅夫)는 고
　　유명사가 아니라 군장(軍將)을 의미하는 보통명사이다.

도 백촌강(白村江) 전투에서 패하자 풍장은 겨우 두서너 명의 신하를 데리고 배에 올라 고구려로 탈출하였다. 이로써 백제의 이름은 영원히 역사상에서 소멸하게 된 것이다.

이렇게 해서 신라는 숙원의 일단을 달성했으나, 이렇게 되고 보니 일본 군대의 보복이 마치 강박관념처럼 짓눌러 신라의 모든 백성은 평안할 수 없는 형편이었다. 그러나 일본 조정은 그러한 기색도 보이지 않았다. 그로부터 십 년 가까운 세월이 흘렀지만 신라에 대한 응징의 목소리는 끝내 바다를 건너오지 않았다. 다만 그 동안 백제의 남은 신하들에게 그 공에 따라 상을 주고, 망명한 남녀 사백여 명을 오오미쿠니(近江國) 가무카사군(神前郡)[17]에 두고 융숭하게 보호했을 뿐 여전히 영문을 알 수 없는 침묵이 계속되고 있었다.

'일본(야마토)는 무슨 생각을 하고 있는 것일까?' 이것은 신라의 상하를 불문하고 모든 사람들이 알고 싶어 하는 바였다.

그리하여 문무왕 칠 년, 어쨌든 신라는 사절을 파견하게 되었다. 그곳에는 마침 그해 정월 텐지천황(天智天皇)의 즉위식이 있었기 때문에 거기에 축하 사절이 되면 일본조정(미카토)의 진의를 탐색하는 데 더할 나위 없이 좋은 기회였다.

축하 사절로는 특별히 김유신의 손자에 해당하는 사록(沙喙) 급찬 김동엄(金東嚴)을 천거하여 충분한 성의를 피력하고, 이렇게 해서 구월 십이 일에 일행은 여러 가지 공물(調, 미쓰기모노)을 일본 조정에 바쳤다. 이에 대해 나카토미(中臣)인 우치노마에쓰키미(內臣)는 승려 호오벤(法

---

17   현재의 시가현(滋賀縣).

弁)과 신히쓰(秦筆)로 하여금 대접을 하게 하여 시종 정중하기 그지없는 접대로 인해 일행을 매우 기쁘게 하였다.

그뿐만이 아니었다. 일행이 도착한 지 얼마 되지 않은 이십이 일에는 신라의 상대등 대각간(大角干) 김유신에게 하사할 배 한 척을 가져왔고, 이십구 일에는 다시 후세노오미 미미마로(布勢臣耳麻呂)를 시켜 문무왕에게 조공으로 보낼 배 한 척을 하사했으며, 게다가 십일월 초하루에 또다시 문무왕에게 비단 오십 필, 면 오백 근, 가죽 백 장을, 그리고 김동엄 본인에게도 여러 가지 선물을 하사하였다. 이렇게 되자 일찍이 일본의 신라에 대한 호의와 신뢰의 정은 의심할 수조차 없었고, 이에 일행은 다소 김이 빠지는 느낌이 들기도 했지만 그저 감격해 하면서 십일월 오 일 귀로에 올랐는데, 그때는 또 고야마게 미치모리노마로(小山下道守臣麻呂)와 요시노도고기로(吉士小鮪)를 동행케 함으로써 마지막 순간까지 예의를 벗어나지 않았다.

이렇게까지 되고 보니 도리어 응어리가 남아 김유신은 줄곧 기분이 개운치가 않았다. 일본 조정(미카토)의 의지는 지금까지도 풀리지 않는 수수께끼였다. ……오랫동안 김유신이 침묵으로 일관하자, 강수가 또다시 입을 열었다.

"일본의 진의는 이제 의심하지 않아도 될 것 같습니다만."

"그것이 말입니다" 하고 김유신은 무거운 어조로 말을 꺼냈다. "작년에 동엄이 녀석이 사절에서 돌아온 이후라 저로서는 아무래도 수수께끼 같아서, 일본은 대체 무슨 생각을 하고 있는 것일까요?"

"그건 우구일가(宇區一家), 천하안정이라는 것이겠지요. 특별히 다른 뜻은 없을 겁니다. 우리나라가 당의 힘을 빌려 백제를 멸했다는 것은 미울 테지요. 하지만 백제가 이미 멸망한 지금, 만약 그 대신 신라가 잘 다스린다면 그것도 좋다는 그런 사고방식일 겁니다. 예로부터 일본에서는 우리나라를 진역(震域)이라고 불렀는데, 그것은 우리 영토가 튼튼하지 않으면 언제 동해가 황폐화될지 모르기 때문입니다."

"흐음." 유신은 뭔가 속이 시원해지는 기분이 들었다.

"그럼에도 일본은 이상한 나라입니다. 먼 옛날부터 일계(一系)의 천황이 통치하는 나라, 또한 백성은 천황을 살아 있는 신으로 숭배하고 있습니다. 옛날부터 그들의 땅으로 건너간 한인(韓人)과 중국인은 셀 수 없을 정도로 많았지만 모두들 잘 살고 생업을 낙으로 삼으며 그 자손도 번창하고 있습니다. 틀림없이 천황께는 신의 공덕이 있으실 겁니다. 구구하고 얼마 안 되는 작은 논밭이 아니라 널리 모든 나라를 일가(一家)로 하는 원대한 예려(叡慮),[18] 그것이 그분의 백제 구원이라는 비장함으로 군사를 일으킨 것으로 사료됩니다. 그러므로 신라는 일본과 깊이 결속해야만 합니다. 그리하여 근본의 나라가 견고해지면 당은 감히 동방을 넘보지 못할 것입니다. 하물며 다른 오랑캐들이야 올 수 있겠습니까. 그렇게 되면 그들과 우리의 문물 교역도 순조롭게 되어 찬연한 개명(開明) 세상이 도래하여 신라의 천분(天分)을 신장시킬 여지도 생기리라 생각합니다만."

강수가 말을 끝내기도 전에 유신은 그의 두 손을 꼭 잡으면서 외쳤다.

"선생, 지금 하신 말씀을 좀 더 일찍 해주셨더라면 좋았을 것을……. 다 잘 알겠습니다."

18 　왕의 걱정을 높여 이르는 말.

"속히 사절을 보내주십시오. 그리하여 남방을 견고하게 구축해야만 합니다."

"옳은 일은 서둘러야지요. 누구를 보낼까요."

"이번 사절은 일반 축하 사절과는 다릅니다. 이전 선왕이 보내셨을 때보다 더욱 중대한 때입니다. 반드시 왕자 충원공(忠元公)을 보내시길 바랍니다."

"그게 좋겠지요. 그 다음은 대감(大監) 급찬(級湌) 김비소(金比蘇), 대감 내말(奈末) 김천충(金天沖), 제감(弟監) 대마(大麻) 박무마(朴武麻), 제감 대사(大舍) 김락수(金洛水) 정도겠지요."

김유신은 이미 사절단 편제에 대해 그 예리한 두뇌를 움직이고 있었다.

강수는 할 말이 끝났으면 그 나머지는 더 필요 없다는 듯 의연히 재매정택 문을 나와 밖으로 나갔다. 이슬을 머금은 밤바람이 달아오른 양 뺨을 상쾌하게 스쳐지나갔다.

4

무한(無限)을 상기시키는 가을 하늘에 동동동 아침부터 큰북 소리가 들려왔다. 소리는 금오산(金鰲山) 북쪽 기슭 신궁(神宮)이 있는 숲에서 울려왔다. 큰북 소리를 듣자 사람들은 아침식사도 하는 둥 마는 둥하고 준비해둔 외출복을 차려 입고는 집을 나섰다. 문천교에 다다르자 이미 앞이 꽉 막힌 채 인파가 천천히 멀리까지 이어져 있다.

올해는 봄부터 날씨가 좋아서 근래에 없는 풍작이었다. 오랜 기간 굶주렸던 백성은 올해야말로 뱃속에 기름기를 채울 수 있겠다고 생각하자 비로소 허리띠를 느슨하게 풀었다. 어느 날 사관(詞官)이 이 일을 왕에게 아뢰었다.

"올해는 문자 그대로 시화연풍(時和年豊)하여 백성들이 격앙가(擊壤歌)를 부르고 있다고 합니다. 밖으로는 상석을 밀하여 국위를 떨쳤고 안으로는 풍년을 이루어 백성을 살찌우니, 모두가 성덕(聖德)이 아니었다면 아뢰옵기 황송했을 것이옵니다."

"어찌 과인의 덕일고. 모든 것은 조종(朝宗)의 신령한 가호(加護) 덕분이오."라고 말하면서 왕은 조용히 눈을 감았다. 잠시 후 눈을 뜨면서,

"금년에는 한 번 모쪼록 성대한 화랑경기(花郞競技)를 치르도록 합시다. 십 수 년간의 전쟁으로 인해 경기 봉납(奉納) 의식이 끊긴지도 벌써 오래되었으니 신(神)들도 필시 적적하셨을 것이오."

그리하여 중추가절, 팔월 십오일의 가배절(嘉俳節)을 기해 금오산 기슭에서 화랑단 대항 경기가 펼쳐졌던 것이다.

가윗날은 일월 십오일 대보름과 함께 신라의 이대 명절이다. 이것은 단순한 민간의 연중행사일 뿐만 아니라, 실로 국가 제사를 지내는 중요한 날이다. 이 날 왕은 친히 문무백관(文武百官)을 거느리고 신묘에 추수감사의 봉고(奉告)를 행함과 동시에 국내의 평안을 기원하고, 낮 동안에는 관인(官人)과 화랑경기를 관람하시고 늦은 밤에는 진골(眞骨) 처녀들을 모아 길쌈으로 흥을 돋우었다.

금년 가배절에 이렇게 황송하옵게도 왕의 분부가 내려진 것은 그저 단순히 가을날 아름다운 한때를 백성과 함께 즐겁게 보낸다는 무사태

평한 생각에서만은 아니다. 태대각간의 진언(進言)을 받아들인 문무왕은 더더욱 당군 격퇴를 단단히 결심했는데, 이렇게 결심하자 새삼스럽게 청년의 분기(奮起)에 대한 의사가 절실했다. 훌륭한 장군 쯤 되는 사람 중 일부는 죽거나 은퇴해서 도움이 될 만한 사람들은 거의 남아 있지 않았다. 삼한 통일의 대업도 일단락이 되면서 새로운 건설기에 들어섰으므로, 그와 함께 청신한 인물로 교체되는 것이 당연한 정세였다. 그런 까닭으로 예부터 행해졌던 화랑경기를 부활하여 훌륭한 청년의 사기를 고무하는 한편, 그 실제의 기량에 따라 국가의 간성이 될 능력 있는 인재를 가늠해보는 것은 과연 현명한 책략이라 하지 않을 수 없었다.

그러나 그것이 전부였을까? 어쩌면 이런 깊은 개입에서 본다면 왕이 몹시 서두르고 있음에 틀림없을 것이다. 왕의 심중에는 오늘의 경기에 대해 또 하나의 즐거운 기대가 크게 작용했기 때문이다. 왕녀 남해(南海) 공주의 부마(駙馬)가 될 인물이 어쩌면 오늘의 우승자 중에서 선택될 수도 있다지 않는가…….

신묘 제사를 끝낸 왕은 가을의 화창한 태양에 일각도 아쉬운 듯 탈것을 거절하고 평온한 걸음으로 외원(外苑)을 향해 발길을 옮겼다. 뒤에는 전중성(殿中省) 사신(私臣) 한 명, 시위부(侍衛府) 대감 한 명, 국학(國學) 시강(侍講) 두 명 외에 서너 명의 중신이 몸을 굽히고 수행했다. 모두들 최근에 막 채용된 듯 당 복제에 따른 휘황찬란한 예복차림으로 위의(威儀)를 바르게 하고 매우 밝은 안색이다. 그러나 왕의 머리 위에서 유연하게 춤추는 금관에 비하면 그들의 외래식 복식은 어쩐지 어색하기만 하다.

금관은 황금 띠로 테를 두르고 거기서부터 다시 황금으로 만든 다섯 개의 장식화[立華][19]가 솟아 있다. 앞쪽의 세 개는 다시 쌍을 이룬 작은 가지를 내고 뒤쪽의 두 개는 파도가 춤을 추는 듯한 곡선을 드러내며 그 작은 가지 끝은 양쪽 모두 구슬 모양으로 볼록했다. 이런 식으로 그 장식화와 관테의 전면에 걸쳐 동그란 금조각의 영락(瓔珞)[20]과 비취처럼 사랑스러운 곡옥(勾玉)[21]이 달려 있었는데 그 수는 그 누구도 헤아릴 수가 없었다. 그러나 어림잡아 아마도 이백 개 이상은 될 것이다.

그 외관(外冠) 안에는 다시 매우 정교한 황금제(黃金製)의 내관이 있고, 그 아래의 정수리에는 전면에 비늘 모양의 타출세공(打出細工)[22]을 덧붙였으며, 그 위에는 경쾌한 새의 날개 모양 장식이 날아오를 듯하고, 전면에는 당초(唐草) 무늬가 투조(透彫)되어 눈을 깜박일 때마다 다채롭게 변했다. 또한 그 위에는 무한한 변화를 더할 양으로 이백 개 가량의 영락이 붙어 있다.

금조각과 비취구슬만으로 이루어진 왕관은, 그러나 그 이름에 걸맞게 위엄 있고 장중하며 가냘프고 맵시 있는 구조와 경쾌하고 교묘한 곡선 안에 무한한 섬세함과 변화를 감춘 미묘한 생물처럼 항상 생동하였다. 보통 그 관을 쓴 사람은 탄식과 분노와 근심으로 떨고, 어떤 작은 마음의 동요조차 그냥 두지 않는 그 무수한 영락은 오늘 밝은 곳으로 나온 왕의 머리 위에서 신나게 요동쳐 거의 경련하는 것처럼 보였다.

쨍쨍 내리쬐는 가을 태양 속에서 이 무수한 금조각과 영락과 곡옥은

---

19 꽃꽂이 양식의 하나로, 중심이 되는 가지를 중앙에 세우고 여기에 7개의 가지를 배치하여 전체로서 자연의 양상을 구성한 것.
20 구슬을 꿰어 만든 장신구.
21 상고시대에 옥을 반달 모양으로 다듬어 끈에 꿰어 장식으로 쓰던 구슬.
22 철판 밑에 모형을 대고 두드려 그 모형과 같은 모양이 겉으로 나오게 함.

움직일 때마다 빛과 조화되어 색채의 교향악이 주위에 넘쳐흘렀다. 어떤 것은 반짝반짝 빛을 내고 어떤 것은 음영을 드리우면서 그 사이로 수많은 것들이 거의 구분되지 않는 뉘앙스를 만들었다. 더욱 신기한 것은 그 예리한 금속성의 광휘 속에 뒤섞여 유연하게 부드러운 빛을 주위로 뿜어내는 비취의 곡옥이었다. 가령 깔끔하고 야무지게 연주하는 기악의 가락에 맞춰 조용히 노래가 나오는 아름다운 육성처럼, 그것은 참으로 미묘한 변화와 깊은 고요함을 주었다.

광선과 색채가 그 작은 관 위에서 온갖 예술을 펼치는 것 같았다. 낯익은 중신들에게도 이 관은 항상 새로운 경탄의 기분을 환기하였고, 또 우주의 신비라는 것을 떠올리게 했다.

마침내 참고 있던 전중성(殿中省) 사신이 한 걸음 왕 옆으로 다가가면서,

"날씨가 최상으로 좋으니 하늘도 오늘의 경사를 축복해주시는가 봅니다."

"으음, 좋은 날씨로군."

그러자 시위부 대감도 따라붙어 허리를 굽히면서,

"백성들이 이른 아침부터 저렇게 가득 모여서 상감마마의 행차를 기다리고 있사옵니다. 소신(小臣)들은 이 경사를 당하여 성은(聖恩)을 생각하옵니다."

"모두 경(卿)들이 노력해준 덕분이오. 백성들도 오늘은 마음껏 즐기니 좋구료. 그런데 오늘 출전하는 화랑도는 얼마나 되는가?"

"모두 일곱 명이옵니다. 중국에서도 이름난 낭도뿐입니다."

"경기 종목은?"

"활쏘기에 경마, 검술 기술 등등이옵니다."

"역시 가장 인기 종목은 활쏘기겠군."

"예, 그렇겠지요."

그때 제방 위에서 큰북 소리와 함께 취라(吹螺) 소리가 울려퍼지자 군중은 파도소리처럼 술렁거렸다.

"상감마마 행차요."

5

이미 태양은 중천에 떠올랐고, 이 산의 북쪽 양지의 이슬도 모두 말라버렸다. 그래도 팔월 십오일은 역시 최상의 가을로, 나뭇잎이 바람에 바삭바삭 소리를 내며 상쾌하고 서늘한 기운을 품고 있다. 사람들은 바위 위든 산 지면이든 나무가 드문 곳을 찾아 이삼십 명씩 모여들었다. 그렇게 산 중턱 한 쪽에 널리 퍼져 있어서 멀리서 보면 마치 싸리나 들국화가 흐드러지게 피어 있는 것 같았다. 그뿐만 아니라 조금 큰 나무에는 기둥부터 가지 끝까지 사람들이 주렁주렁 매달려 있었다. 사람들은 이렇듯 멀어서 잘 보이지 않는 소나무 숲의 궁술 경기장에서 울려오는 지화자 노래를 조마조마하게 기다리며 대기하고 있었다.

이 산 중턱과 직각을 이루는 송림 한 구역의 나무를 벤 곳에 관사당(觀射堂)을 지었고, 그 관사당에서 돌계난을 내려오면 바로 있는 그 둑이 궁술 경기장이었다. 그 아래는 절벽이고 골짜기 시냇물에 접한 강을 건너면 갯버들과 가시나무가 빽빽하게 자란 물결모양의 지대로서 그것이 멀리 앞쪽의 밋밋한 구릉지대까지 완연히 이어져 있다. 초원이 무성해서 하얀 구릉을 배경으로, 가운데에 십(十)이라고 까맣게 쓴 나무로 만든 큰 표적이 마치 흰 벽에 붙은 액자처럼 선명히 드러나 있다.

물론 산 위에서는 송림 속에 감춰진 관사당의 내부와 그 주위를 둘러싸고 있는 관리들과 연주자들이 선명히 보이지는 않을 것이다. 그들은 그저 나뭇가지 틈 사이로 간간이 적색이나 자주색 혹은 황색 관복을 포착하여 제멋대로 이리저리 상상만할 뿐이다. 그러나 민중의 수군거림이나 상상이라는 것은 그 근원이 애매하기는 해도 제법 정확히 들어맞는 것이 있는 법이다.

"저기 좀 봐봐, 저 관사당 안에 단정하게 앉아 있는 아름다운 분이 계실 텐데. 그분이 남해 공주님이야." 키가 크고 젊은 한 남자가 말했다.

"와, 오늘은 남해 공주님이 직접 행차하셨나?" 누추한 차림을 한 작은 남자가 눈을 게슴츠레 뜨고 상대편 남자를 쳐다보았다. 그러자 예의 그 남자는 입을 삐쭉거리며 경멸의 빛을 보이면서,

"뭐야, 당신 여태 몰랐나? 남해 공주님과 오늘의 화랑 주인공에 대한 거?"

"그럼 뭐, 오늘 장원(우승)한 화랑은 공주가 직접 꽃을 꽂아준다는 건가?"

"그렇고말고. 그뿐만 아니라 그 화랑은 즉시 공주의 부마가 될 계획인걸."

"당신, 그게 정말인가?"

"정말이고말고! 그렇지 않으면 장안의 사람들이 이렇게나 우르르 몰려왔겠나?"

"그 행운의 주인공은 누굴까?"

"……." 키 큰 남자는 송림 쪽으로 고개를 돌리면서 어깨를 움츠렸다.

"용호도(龍虎徒)의 천림공(天林公)으로 결정되겠지." 지금까지 푸른 하늘을 바라보고 있던 중년배의 남자가 전과 다름없는 자세로 대충 단정했다.

"당치도 않소!" 키다리는 정색을 하며 반대했다.

"천림공은 특히 적과 맞붙어 싸우는 데는 뛰어날지 모르지만, 활은 힘이 없으면 안 되잖는가."

"천림공이 활 솜씨는 좋지 않다고들 하던데."

"그건 화향후(華香後)의 원술공(元述公)이 제격인데 말이야."

"원술공이! 그 새하얀 귀공자가 활을 당길 수나 있겠나? 활은 여자 소맷부리를 잡아당기는 것과는 다르지."

"어이, 그만 해, 담릉(淡凌)이 오고 있어."

키 작은 사람의 말에 모두가 뒤를 돌아보니 키작은 소나무 뒤에 담릉의 큰 눈동자가 흰 빛을 뿜어내고 있었다.

그 와중에도 나무 사이를 누비고 다니는 행상이 엿, 면조아(綿棗兒) 꿀절임, 대추가 들어 있는 찐떡, 각종 전과(煎果) 등을 소리 높이 외치며 다녔다.

"올해 면조아는 좀 맛이 없는 걸."

하고 중얼거리면서 중년 남자는 허리를 세우고 훌쩍 가버렸다.

두꺼비 담릉으로 잘 알려진 그였다. 키보다는 허리둘레가 굵고, 또 땅딸막한 목 위에 삼각의 머리가 얹혀져 있고 두 눈동자는 꼭 두꺼비의 그것마냥 튀어나왔으며 이상하게 하얗다. 그래서 서울 사람들은 두꺼비 담릉이라 부르며 두려워 했지만, 그는 그 괴력을 주인인 원술의 신변을 보호하는 이외에는 단 한 번도 발휘한 적이 없었다.

훌륭한 젊은이들을 모아 학문을 닦고 무(武)를 수련함으로써 국가에 도움이 되는 인재를 양성함과 동시에 국왕이 친히 인물을 선택하는 무대에 서보면 일예일능(一藝一能)한 사람들이 도별로 모여 각자 좋아하는 화랑도에 투신한다는 것은 조금도 이상한 일이 아니다.

담릉은 특별히 일예일능한 정도는 아니지만, 언제부턴가 김유신의 집안을 드나들면서 타고난 괴력과 그 우직함을 인정받아 대각간 저택의 하인도 식객도 아닌 애매한 생활을 수년간 지속해오다가 마침내 어조자(御曹子)23 원술공이 한번 화랑도를 조직해보니 담릉의 존재가 비로소 빛을 발했다.

화랑도는 그 이름에서 보이는 것처럼 그렇게 아름다운 모습만 지닌 것은 아니었다. 경기가 끝나면 자주 싸움이 있었다. 시비를 걸어오는 싸움에 상대도 해야 하고, 또 누차 부정과 불의의 잘못에 제재를 가하는 것도 화랑도의 명예를 지키는 데 필요한 것이었다. 특히 화랑도와 부랑단(浮浪團)의 격투는 길 한복판에서 피를 흘리지 않고서는 끝나지 않는 적이 많았다. 그때마다 담릉이 뛰쳐나갔다. 그의 손에 걸리면 대부분의 경우 다리가 부러지든가 머리가 깨지곤 했지만, 어쨌든 대개는 수습이 되었다. "두꺼비 담릉!" 이것은 싸움을 일삼는 도시의 부랑배들에게는 섬뜩한 공포를 주는 이름이었다.

그러나 그는 그 괴력을 별반 자랑하는 모습도 보이지 않았다. 평소에는 주인이 가는 곳마다 꼭 그림자처럼 붙어다니면서 두꺼비와 같은 큰 눈을 감추고 있지만, 일단 주인의 신변이 위급해지면 그 돌출된 눈

23 　귀족 집안의 아직 독립하지 않은 아들을 높여 이르는 말.

이 기이한 빛을 띠면서 볼품없는 사지가 천둥 번개처럼 움직였다. 오늘도 그는 매섭게 쏘아보면서 상대가 슬금슬금 달아나자 묵묵히 나무 그늘로 재빨리 모습을 감춰버렸다. ……

그때 소나무 숲 관사당 쪽에서 큰북 소리가 둥 하고 울리고 떡갈나무 판이 달각달각하는 소리가 맑은 가을 하늘에 울려 퍼지자, 마치 그 자취에서 솟구치는 듯 현금(玄琴), 가야금, 비파 삼현(三絃)이 울려나오고 그 사이에서 대금(大笒), 중금(中笒), 소금(小笒)도 능란하게 차례로 힘차게 울려퍼졌다. 그러자 두 명의 무희가 '지화~자 지화~자' 하고 노래를 부르면서 자줏빛 긴 소매를 휘날려 힘차게 뛰어나오는 것이 보였다. 누군가가 과녁을 맞힌 것이다. 군중은 매혹당한 듯 넋을 잃었다.

활쏘기가 진척되면서 이윽고 주장(主將)들의 경쟁이 되었다. 일곱 조 중에서 이미 네 조는 떨어졌고, 세 조의 주장이 사람들의 주목을 받으면서 제방 위에 섰다. 한 회에 세 번씩 쏘아 삼 회 승부로서 도합 한 사람이 아홉 개의 화살로 승부가 결정된다.

그 중에 유독 젊은 한 무사가 나왔다. 나이는 대략 십육칠 세, 뺨에서 턱 주위까지 아직 천진난만한 소년의 모습이 남아 있다. 그러나 머리띠를 꽉 묶고 겉옷자락을 제비 꼬리처럼 걷어 올리고 전방의 과녁을 쏘아보는 것은 훌륭한 무사의 자세다.

그는 왼손에 활을 치켜들고는 심호흡을 하고 오른손 세째 손가락으로 줄을 당겼다. 저 우아한 몸의 어디에 힘이 잠재되어 있는 것일까를 생각하고 있을 즈음, 활이 쭉쭉 당겨져 예리한 화살촉과 그의 시선이 정확히 일치될 때까지 활시위가 오른쪽 귓불과 닿을락 말락 하면서 가만히 정지했다. 사람들이 숨을 죽이고 있는 동안 부릉 하고 활시위가 떨리면서 화살이 푸른 하늘로 날았다. 그리고 사람들이 불안과 호기심 속에서 눈을 의심하고 있을 때 멀리 전방의 표적 앞에서 새빨간 깃발이 불쑥 튀어나와 세 번 크게 곡선을 그렸다. 관사당에서는 즉시 삼현삼죽(三絃三竹)에 무희들의 노래로 거기에 화답했다.

그는 음악과 사람들의 찬탄 소리에 힘입어 축복하는 음악이 끝나기를 기다렸다가 다음 화살과 또 그 다음 화살을 쏘았다. 화살은 마치 손바닥을 찌르는 손가락처럼 정확히 과녁에 맞았고 또 다시 새로운 음악과 춤이 일었다. 아까부터 황홀하게 관람하고 있던 남해 공주는 조용히 옆에 있는 시녀에게 물었다.

"저 사람은 누구지?"

"저 분이 그 유명한 원술공입니다. 태대각의 아드님이시지요."

시녀는 슬쩍 공주의 안색을 살피면서 덧붙였다.

"훌륭하시지요? 꼭 공주님처럼요! 그런데 어디서 저런 힘이 나는 것일까요?"

"원술공!" 공주는 낮게 중얼거리며 줄곧 그 유쾌한 여운을 입속에서 맛보았다.

아홉 개 중에 세 개가 빗나가고 여섯 개가 적중하는 이례적인 성적으로 결국 원술이 우승했다. 초대를 받고 당상에 오른 원술은 숨이 차서 애써 어깨를 진정시키면서 왕 앞에 무릎을 꿇었다.

남해 공주는 재빨리 일어나 원술 앞으로 나아가 시녀가 바친 백 송이의 백합 꽃다발을 받아 그 중 한 송이를 젊은 무사의 머리에 장식해 주었다. 산백합이 가냘프게 머리에서 떨린 것은 공주의 손 때문이었을까, 아니면 젊은이의 가슴 떨림 때문이었을까.

원술이 감격하여 양 볼에 홍조를 띠면서 물러나려 하자 왕은 손을 들어 지긋이 제지했다.

"원술, 오늘의 훌륭한 무예를 특별히 기리어 후세에 남기고저. 대저 자네는 명문가의 자제다. 옛 백제의 명농왕(明農王)이 고리산(古利山)에 계실 때, 내가 나라를 범했던 적이 있다. 그때 자네의 증조부 무력각간(武力角干)이 장수로서 결국 그들을 격퇴했다. 승리에 편승한 왕과 재상 네 사람, 기타 다수의 병사를 포로로 하여 위세를 떨쳤네. 또 자네의 조부 서현소판(舒玄蘇判)은 양주(良州) 총관이 되어 수차례 백제와 싸워 그 기세를 꺾음으로써 결국 백제는 당시 그 도저히 이룰 수 없는 희망을 체념할 수밖에 없었다. 그때 백성은 농사와 양잠 일을 편안히 할 수 있었고, 군신들 모두 밤낮 나라 걱정에 골몰하지 않게 된 것은 전부 자네 조부의 덕택이었네. 또 자네의 부친 김유신 태대각간은 돌아가신 조부의 업을 이어 사직의 신하가 되어, 밖으로는 장수로 안으로는 재상으로 그 공적이 매우 높았다. 만약 김유신공의 가문에 의지하지 않았더라면 국가의 흥망을 알 수 없었을 것이다. 이런 이야기는 자네도 잘 알고 있겠지만, 오늘의 훌륭한 무예를 보니 또 새로이 믿고 의지할 마음을 얻게 되었네. 국가가 다난한 때, 스스로 애써 노력하여 그 선조의 유풍을 현창(顯彰)하는 깊은 마음을 갖게." ……

해가 저물 무렵 원술이 혼자 무리에서 떨어져 나와 귀로를 걷고 있을 때, 어느새 담릉이 바짝 다가와 말을 걸었다.

"오늘 도련님의 활 쏘는 모습은 유달리 능숙했습니다."

깜짝 놀란 원술이 뒤돌아보면서,

"담릉이군! 하루 종일 어디에 갔다 온 건가?"

그러나 담릉은 거기에는 대답하지 않고,

　"줄지어 있는 대관(大官)들은 도련님의 뛰어난 기술에 완전히 도취한 모양이던데, 특히 공주님의 애쓰는 모습을 보고 있자니 안쓰러울 지경이었습니다. 도련님이 활을 당기는 동안 몸을 앞으로 내밀고 새끼손가락 끝이 마치 경련이라도 일듯이 떨리더니, 과녁 쪽에서 붉은 깃발이 흔들리자 무릎을 치며 기뻐하셨습니다. 아마도 공주님 자신은 전혀 모르시는 것 같았습니다."

　동요하지 않는 원술이 무뚝뚝하게 걷기만 하자, 담릉은 다소 맥이 빠졌지만 그럼에도 불구하고 히죽 웃으면서,

　"그런데 꽃 꽂을 때 도련님 얼굴이요, 아니, 왜 그렇게 해맑아지셨어요? 마치 향을 피울 때의 여래(如來) 같더군요."

　"담릉, 억지를 부리는구나!"

　"아니요, 억지를 부리는 게 아닙니다. 도련님이 공주님의 부마가 된다는 소문이 있는걸요."

　"그만 해라! 너까지 나를 난처하게 할 셈이냐?"

　웬일인지 원술의 질책에는 진심으로 화가 난 듯한 어투가 담겨 있었다. 담릉은 영문도 모른 채 주인의 안색을 살피기만 할 뿐. 그러나 원술은 천연덕스럽게 다 잊었다는 듯이,

　"빨리 돌아가야겠다. 아버님께서 기다리고 계실 텐데."

　저녁 노을 속에 수많은 고추잠자리들이 날아다니고 있다. 하루의 행락에 지친 사람들의 더딘 행렬이 남긴 한 줄기의 긴 먼지가 끝없이 이어졌다.

6

"약속된 공주의 부마는 어떻게 됐습니까?"

자의왕후(慈儀王后)가 물었을 때, 왕은 즉석에서 대답하지 않고 우물
쭈물 거렸다. 가배절 날 원술이 공주에게 직접 꽃을 받은 지도 어느덧
보름이 되어가고 있었다. 원술은 용모가 수려하고 기골이 장대하며 무
예와 학문에서 당대 화랑 중의 제 일등이었을 뿐만 아니라, 그의 어머
니인 지소(智炤) 부인은 현 왕의 누이였으며, 또 왕모(王母)인 만명(萬明)
부인은 김유신의 누이로서 왕실과 김유신 집안은 혈연적으로도 뗄레
야 뗄 수 없는 친척관계이다.

원래 김유신 집안은 멀리 수로왕(首露王)을 시조로 하는 금관국(金冠國)
의 왕족이다. 금관국은 나라 자체는 작지만 낙동강 유역을 점하고 있는
기름진 땅일 뿐만 아니라 예부터 황금 생산지로 알려져 있어 이웃인 신
라와 백제의 각축장을 제공했다. 백제가 침입하면 신라가 공격해오고,
신라가 접근해오면 백제가 거세게 항의했다. 금관국으로서는 보물을 품
고 있어서 재앙을 낳았다는 속담 그대로, 도무지 편안할 날이 없는 상태
였다. 김유신의 증조부인 김구해(金仇亥)의 시대, 어차피 사직을 보존할
전망이 없다는 것을 깨달은 왕은 불합리한 독립을 과감히 청산하고 영
토와 백성의 영원한 보전을 도모할 것을 결의했다. 그리고 나서 신라에
투신하셨다. 그리하여 신라 법흥왕(法興王) 십구 년, 금관국의 왕 김구해
는 왕비 및 세 아들과 함께 국고 보물을 갖고 와서 신라에 복종했다. 신
라 왕은 두터운 예로써 이들을 맞이하고 구해에게 상등 지위를 주어 그
본국을 다스리도록 하였다. 그의 아들 무력(武力)은 각간(角干)으로 일하

고, 또 그 아들 서현(舒玄)은 소판(蘇判)이 되어 대대로 신라 왕조에 충성을 맹세했으나, 김유신에 이르러 신라를 배후에 둔 큰 기둥으로서 이제는 귀화족(歸化族)과 같은 말은 어울리지 않을 만큼 되었다.

그렇기 때문에 남해 공주와 원술이라면 어떤 점에서 보더라도 손색이 없는, 실로 이상적으로 적절한 만남이라고 자의왕후는 생각했던 것이다. 그것만으로는 왕의 침묵이 풀리지 않는다.

왕이 너무 다망한 탓에 잠시 잊어버린 것일까? 그러나 한 번 처녀의 가슴 속에 떨어진 사랑의 씨앗은 밤낮으로 그 성장을 멈추지 않았다. 싹을 틔우고 뿌리를 내려 이제는 더 이상 어떻게 할 수 없다는 것을 왕비는 잘 알고 있었다.

"공주는 요즘 무언가 골똘히 생각에 잠겨 침식조차 편치 않은 모양입니다만……."

"그게 참, 난처하게 되었구려." 왕은 먼 곳을 바라보면서 혼잣말처럼 중얼거렸다.

"무슨 문제라도-?"

"원술이 근간에 출병한다오."

왕 자신으로서도 이 인선(人選)에 홀로 흐뭇한 미소가 새어나오려는 찰나였다. 여기에 김유신은 왕의 속마음을 아는지 모르는지 마치 자신의 입을 틀어막기라도 한듯 미리 선수를 쳐서 원술의 출병을 청원했다. 자기를 대신하여 아들을 전쟁터에 내보내고 싶다는 것이었다. 물론 훌륭한 일이었다. 왕으로서는 그 충용을 칭송할밖에 더 할 말이 없다. 그에 비한다면 부마의 일이란 일개 사사로운 일이 아니던가. 보류해야 한다고 왕은 생각했다.

"유신공의 뜻이니, 물론 다른 뜻이 있을 리가 없소. 나라를 위해 목숨을 바치는 지극한 충정에서 나오는 것일 터이니. 그런 만큼 나로서는 그저 아무 말도 할 수가 없었소."

"그러셨습니까." 이 말을 듣자 왕비도 한숨을 쉴 수밖에 없었다.

"그런데 공주가 요즘 몹시 근심에 잠겨 있다고요?"

"예, 옆에서 보기에도 애처로울 정도입니다. 상감마마께서 무슨 반가운 말씀이라도 하실까 하고, 그것만 기다리며 지내는 모양입니다."

"안타까운 일이로군!"

"정말 그렇습니다. 이렇게 되리라고는 꿈에도 생각지 못했습니다."

"하지만 별 수 없지 않소. 단념하라고 하면 안 되겠소?"

"글쎄, 그건 어려울 것 같습니다. 성격을 잘 아시잖습니까. 만약 그렇게 말씀하시면 공주의 신상에 어떤 문제가 생길지 ……."

왕의 위세로도 어찌 할 수 없는 이 혈육의 운명이라는 얄궂음에 두 사람은 한숨만 내쉴 뿐이다. 오랜 침묵 끝에 왕은,

"자, 아무튼 만나서 이야기를 해보겠소. 불러주시오."

"예, 그러시는 편이 좋겠습니다. 그 불쌍한 공주가 기운을 낼 수 있도록 타일러 주십시오."

어머니를 따라 나온 공주는, 그런 마음으로 본 탓인지 슬퍼보이기도 하고 허리 주변이 더 홀쭉해진 것 같기도 했다. 자애로운 눈으로 잠시 딸을 바라보던 왕은 가능한 한 가벼운 어조로 이야기를 꺼냈다.

"원술에 대해서 말인데, 너는 그 청년을 평생의 배우자로 마음의 결정을 한 것이냐?"

"예, 평생을 섬길 분으로 마음 속 깊이 정하고 있습니다."

대답은 너무나도 분명했다. 그 의연한 여운에 부왕은 낭패감을 감추지 못하고 잠시 자신을 수습하느라 난처해했다.

"그러냐, 그런데 원술은 출병하기로 되었는데."

"네?" 치켜든 공주의 얼굴이 당황하여 두 눈을 크게 뜨고 허공을 헤맸다.

"그것도 머지않아 곧."

망연히 부왕의 얼굴을 바라보던 눈동자가 이윽고 가늘게 감기는가 싶더니, 그것이 눈물로 변하는 것이 아니라 오히려 입가에 미소를 참으면서 단호하게 말했다.

"기쁘게 생각하옵니다. 출병은 신라 남아의 명예이지요."

두 번째의 낭패다. 왕은 엄청난 괴로움을 홀로 삭여야 했다.

"그런데 네 몸이 너무나 가여워 마음이 아프구나."

"……."

"신라에는 원술과 비교해도 뒤지지 않을 남자가 아직 얼마든지 있을 것이다만. 어떠냐, 이번에 다시 고려해보는 것은……."

"아뢰옵기 황송하오나…… 출병이 신라 남아의 명예라면, 지아비의 귀가를 기다리는 것은 신라 여아의 노력이라고 알고 있습니다." 이렇게 말하고, 남해 공주는 퍼뜩 정신이 들었다. 원술공이 언제 자기의 남편이 되었다는 것인가. 이야기의 여세에 몰려 한 말로서, 아무래도 상스럽게 생각되어 공주는 귀밑까지 새빨갛게 물들어 고개를 숙여버렸다.

"알았다. 네가 그 정도로 생각하고 있다면, 나 역시 다시 잘 생각해보마."

왕은 이렇게 해서 딸의 괴로운 입장을 구해주었다.

7

　왕실의 고민과 낭패는 그렇다 치고, 재매정택에서는 아들의 출병을
위해 온갖 준비가 차분한 가운데서도 정확히 진행되고 있었다. 아침저
녁으로 부쩍 가을바람이 부는 구월의 어느 저녁, 드디어 아버지와 아
들 사이에 정식적인 대면이 있었다.

　"드디어 너의 출병이 허락되었다."

　"옛, 삼가 명령을 받들겠습니다." 그 목소리는 마치 종을 치듯이 쟁
쟁하게 울렸다.

　"지금까지의 너의 수업이 이 일로 나라에 도움이 될 것이다. 아비도
진심으로 기쁘게 생각한다."

　"아버지, 정말로 오랫동안 여러 가지로 감사했습니다. 이렇게 된 바
에는 공훈을 세워서 은혜의 만분의 일이라도 갚고 싶사옵니다."

　"말 잘 하는구나. 그래야 내 아들이지."

　김유신은 이때가 되어서 훌륭하게 각오를 말하는 아들이 사람들에
게 보여주고 싶을 정도로 믿음직스럽고 귀여워서 잠시 묵묵히 바라보
았다. 이윽고 말을 이으면서,

　"하지만 나라의 은혜에 비하면 아비의 은혜라는 건 아무 것도 아니
다. 단지 잠시 맡아 둔 것이지, 오늘까지 너를 키운 가장 중요한 것은
나라의 은혜다. 네가 어렸을 때부터 우리 두 사람에게 정성껏 효도를
해준 사실은 우리 두 사람 모두 마음 속 깊이 새기고 있다. 하지만 효도
는 충군을 떠나서 따로 있는 것이 아니다. 임금에 충성을 다하고 나라
에 목숨을 바치는 것이 곧 최고의 효도인 것이다. 알겠느냐, 원광법사

의 세속오계에도 임금을 섬김에 충으로, 부모를 섬김에 효로써 한다고, 충군을 제일 앞에 두고 있다. 또한 전쟁에서는 물러섬이 없어야 할 것이라고 끝맺고 있다. 그 의미를 곱씹지 않으면 안 된다. 부모에게 효행을 다하는 것이 곧 충군애국으로 이어지고, 또 충군애국에 의해 효도도 비로소 완성되는 것이다. 이것이 신라의 국가정신이다. 이것을 잊으면 어떤 무장도 어떤 지략이 있다 해도 신라의 용사라고 할 수 없을 것이다. 그런데 이번 전투는 무엇을 위한 것인지 알고 있느냐?"

"예, 당의 야망을 꺾기 위해서입니다."

"흐음. 그래서 당의 야망을 꺾어서 어떻게 할 것이냐?"

"……." 소년은 뭐라고 대답하면 좋을지 몰라 잠자코 있었다.

"거기까지는 생각하지 않았느냐? 좋다, 그럼 간략하게 말해두마. 이번 출병의 목적은 말하자면, 삼한 통일의 완성이다. 신라는 지금까지 당나라의 힘을 빌어 백제를 무너뜨리고 고구려를 멸했다. 이것으로 삼한 통일의 기초가 성립되었던 것이다. 그렇지만 여기까지 이르자 당은 결코 가만히 있지 않았다. 지금 신라를 심하게 꾸짖으면서 우리 진역을 그대로 삼키려는 속셈에 있지. 이것은 언젠가는 다가오고야 말 운명, 그것이 너희들 세대에 온 것이다.

우리는 뼈가 가루가 될지언정 삼한을 통일해서 이 진역을 굳건히 해야 한다. 그것이 신라국이 탄생한 의미이자 우리가 이 세상에 삶을 누리고 있는 사명인 것이다. 우리 신라가 삼한을 통일하지 않는 한 이 땅에는 오랜 동란의 세상이 이어져 개명의 빛을 보지 못할 것이다. 우리 신라족으로서도 백제족으로서도 또 고구려족으로서도 그 천분이 결코 당이나 천축(天竺)[24]의 그것에 뒤떨어질 리 만무하다. 단 이 세 나라가

서로 싸우게 된다면 비단 그 천분을 연장할 기회도 없어질 뿐만 아니라 외적에게 유린되어 식민지[蠻土]가 될 수밖에 없다. 무슨 일이 있어도 삼한이 굳건히 결속해야 한다."

자신이 말한 것이 일일이 아들에게 잘 이해되고 있는 것을 보고 김유신은 더할 나위 없이 만족했다. 그는 한층 얼굴에 웃음을 띠우면서,

"너, 저기 벽에 걸려 있는 화살통을 가져오너라."

하고 돌연 아들에게 명령했다. 원술은 무엇 때문에 아버지가 이렇게 명령하시는지 의미를 잘 모르면서도 명령대로 화살통을 갖고 와서 아버지 앞에 놓았다. 그러자 부친은,

"너, 그 화살을 하나 빼서 꺾어보아라."

라고 말했다. 아버지는 자신의 힘을 시험해보려나 보다고 생각하고, 이 정도쯤이야 하고 쉽게 꺾어보았다.

"허허, 대단한 힘이다. 이번에는 두 개를 한꺼번에 꺾어보아라."

라고 아버지는 또 다시 명했다. 원술은 이번에도 어렵지 않게 꺾을 수 있었다.

"장하다. 그럼 세 개를 한 번에 꺾어보아라."

원술은 세 개의 화살을 다발로 묶어 꺾으려고 했지만 꿈쩍도 하지 않았다. 이럴 리가 없다고 생각하고, 이번에는 무릎 위에 걸쳐놓고 두 팔에 힘을 줘 세게 꺾어보았지만 세 개의 대나무는 역시 끄떡도 없었다. 두 번째도 세 번째도 헛된 노력을 한 원술은 도저히 꺾을 수 없다는 것을 깨달았다.

---

24 고대 중국에서 인도 또는 인도 방면에 대해 부르던 호칭.

"이건 꺾을 수 없습니다." 화살을 아버지 앞에 놓으면서 그는 솔직히 말했다.

"세 개는 꺾을 수 없구나. 핫핫하." 아버지는 유쾌한 듯 웃었지만 이내 정색을 하면서,

"한 개나 두 개의 화살은 어렵지 않게 꺾을 수 있다. 그것이 세 개가 되면 꺾을 수 없지. 모든 게 다 그런 것이다. 삼한 통일의 의미를 잘 알겠지."

원술은 의외의 일에는 의외의 의미가 있다는 것을 이제야 사무치게 느끼면서 힘없이 고개를 숙였다.

"그뿐만이 아니다." 아버지는 다시 말을 이었다.

"결속이라는 것은 전쟁터에서도 성공의 비결이다. 병사와 병사, 병사와 장군, 병사와 장군은 서로 존경하는 마음들이 따로따로 흩어져서는 싸움을 할 수 없다. 대장군 밑에서 전 군사가 일치 결속해야만이 비로소 적을 무찌를 수 있는 것이다. 이것을 잊으면 반드시 후회할 것이다. 알겠느냐?"

김유신은 마지막 말에 특히 힘을 주었다. 원술도 여러 번 들었던 교훈이건만 오늘만은 그것이 전적으로 청신함과 강렬함으로 다가오는 것에 새삼 놀랐다.

이야기가 끝나자 김유신은 협실(脇室)에서 고풍스러운 칼 한 자루를 꺼내와 원술 앞에 놓으면서,

"이건 대대로 우리 집안에 전해 내려온 보검이다. 오늘의 출병을 축하하여 특별히 너에게 줄 것이다. 항상 소중하게 몸에 지니고 있으면 조부의 영혼도 결코 무심하시지는 않을 것이다. 이걸 지니고 어머니께

도 인사하러 가거라."

원술은 명도(銘刀)를 받들고 자리에서 물러났다. 그러자 아버지는 그를 제지해두고 잠시 묵묵히 있더니,

"하나 더 말해두고 싶은 것이 있다. 너도 들었을지 모르겠다만, 너를 남해 공주의 부마로 삼는다는 말이 있는데, 너는 어떻게 생각하느냐?"

뜻밖의 말에 원술은 얼굴을 붉히면서 잠시 고개를 숙였다가, 이윽고 단호하게 대답했다.

"저는 지금 왕명을 받들고 전쟁터에 나가는 몸입니다. 외적을 무찌르고 임금님을 평안케 해드리는 것 이외에는 아무 것도 생각하고 싶지 않습니다."

"내 생각도 그렇다. 그러면 됐다. 하지만 상대는 공주다. 실수가 있어서는 안 된다. 언행에 깊이 조심하는 것이 좋겠구나. 어서 어머니께 가보거라."

원술은 여러 가지 복잡한 감정으로 가슴이 꽉 차서 아버지 앞에서 물러났다.

8

지소부인은 군장(軍裝) 한 벌을 꺼내 아들이 인사하러 오기를 기다리고 있었다. 원술이 들어와 아버지에게 받은 보검[寶刀]을 앞에 놓으면서 절을 하자, 지소부인도 엄숙한 표정으로 답례하면서,

"이번 일은 축하합니다. 이 어미도 진심으로 축하합니다."

그러더니 못 보던 군장 한 벌을 손가락으로 가리키면서,

"이것은 그대의 군장 한 벌. 언젠가는 그대가 입을 날이 있을까 해서 손수 만들어두었던 것입니다. 방으로 가지고 들어가 입어보세요."

원술은 가슴에서 뜨거운 것이 복받쳐 목이 메었지만 꾹 참으면서 옷을 품에 안고 자기 방으로 물러갔다. 붉은 술이 달린 검은 전립(戰笠), 파란 바지에 자색 상의, 남색 전복(戰服)에 진홍색 허리띠, 흰 삼베로 만든 각반, 이것들을 차례차례 몸에 걸치자 자신이 진짜 무사가 된 듯한 기분이 들어 원술은 갑자기 자신의 키도 커진 것처럼 느껴졌다. 이렇게 군장으로 몸을 두루고 보검을 허리에 찬 뒤 어머니 앞에 나타났다.

확연히 달라진 아들의 모습을 슬쩍 보고 지소부인은 눈이 부신 듯 눈을 깜박거리면서,

"아, 훌륭하십니다. 잘 어울리네요. 젊은 시절의 아버지를 꼭 닮았네."

그녀는 넋을 잃은 눈빛으로 아들의 차림새를 보고 또 보면서 거듭 감탄사를 연발하고는, 곧 아들을 자리에 앉혀놓고 자기도 그 앞에 앉았다.

"이제 그대도 훌륭한 신라의 무사, 이 어리석은 어미가 무슨 할 말이 있겠습니까. 그래도 오늘은 전별의 의미로 아버지의 젊은 시절 이야기나 들려드릴까요?"

이렇게 해서 그녀의 긴 이야기가 시작되었다.

*

아버지는 어릴 때부터 대단히 신심(信心)이 깊은 분이었습니다. 아버지가 딱 그대 만했던 시절, 신라는 서쪽에서는 백제가, 북쪽에서는 고

구려와 말갈이 끊임없이 공격해 와서 하루도 편안할 날이 없었습니다. 그때 아버지는 화랑도를 이끌고 매일같이 무예와 학문에 몰두하셨는데, 국운(國運)이 하루하루 사위는 것을 보고 비분강개하여, 어느 날 혈혈단신으로 단석산(斷石山)에 들어가셨습니다. 거기서 재계(齋戒)를 하고 오직 하늘에 기도하기를, 적을 멸하고 재앙을 뿌리 뽑을 것을 맹세했습니다. "무도한 적국은 범과 이리처럼 우리 땅을 침범하니 편안할 날이 없는 형편입니다. 소인은 일개 신하에 불과한 자이오나, 여기에 저의 능력을 헤아리지 않고 감히 재난을 진압할 뜻을 세웠습니다. 바라옵건대 하늘이시여, 강림하시어 재게 힘을 내려주시옵소서."

라고 하면서 그렇게 나흘간 산 속에서 계셨습니다. 그러자 홀연히 한 노인이 갈의(褐衣)를 입고 나타나 말하기를,

"여기는 독사와 맹수의 소굴이오. 귀 소년은 여기에 와서 홀로 무엇을 하고 있소?"

"당신이야말로 어디에서 오셨습니까? 존함을 알려주실 수 있으십니까."

"나는 그 어디에도 거처가 없는 사람으로, 가는 곳도 머무는 곳도 그저 인연에 따르고 있소. 이름은 난승(難勝)이라 하오."

그래서 아버지는 그 사람이 범인이 아니라는 것을 알고 두 번 절하고 앞으로 나아가,

"저는 신라 사람입니다. 거듭되는 나라의 원수를 참을 수 없어 이렇게 하늘에 기도를 드리러 왔습니다. 바라옵건대, 저의 정성스런 마음을 가련히 여기시어 부디 방술(方術)을 가르쳐 주십시오."

"……."

노인은 아무런 대답이 없었습니다. 아버지는 눈물을 흘리며 부탁했

습니다. 그렇게 육칠 일 동안이나 계속했습니다. 그러자 노인도 드디어 말을 하기를,

"자네는 어린 나이에도 벌써 삼국 합병에 뜻을 두었소. 그 마음이 어찌 장하지 않으리오."

라고 하면서 비법을 알려주었습니다. 그리고 나서 마지막으로,

"이 비법을 함부로 다른 사람에게 말해서는 안 되오. 또 만약 그것을 불의에 사용한다면 오히려 화를 입게 될 것이오. 반드시 주의하시오."

말이 끝나자 노인은 떠났습니다. 아버지는 뒤를 쫓아갔지만 이 리 정도를 가자 노인의 모습이 홀연히 자취를 감추었습니다. 다만 산 위에 찬란한 오색 빛이 반짝일 뿐이었습니다.

그런 기이한 일은 그 후에도 몇 번 있었습니다. 그 일이 있은 지 일 년, 마침내 적이 국경에 육박해 왔습니다. 아버지는 분격의 마음을 품고 보검을 들고 홀로 인박산(咽薄山)으로 들어갔습니다. 향을 피우고 하늘에 기도하는 일을 이전처럼 똑같이 했습니다. 그러자 하늘에서 스르르 빛이 내려와 딱 보검 위에 멈췄습니다. 계속해서 기도를 하자 정확히 사흘째 밤, 도미테보시(とみて星)와 스보시(すぼし)[25] 두 개의 별이 꼬리를 그리면서 마찬가지로 검 위에 멈췄습니다. 그러자 검이 저절로 손에서 짤랑짤랑 울기 시작했습니다.

"그대는 이 일들이 모두 있을 수 없는, 만들어낸 것이라고 생각하겠지요. 만약 그렇다면 그대는 기도하는 마음을 모르는 불행한 인간입니

---

25 고대 중국 천문학에서는 별들을 28속으로 별자리로 분류했다. 그 중에 도미테보시(とみて星)는 '虛'를 뜻하며, 물병자리β와 조랑말자리α로 구성된다. 특히 물병자리β는 '행운 중의 행운'을 의미한다. 스보시(すぼし)는 '角'을 뜻하며, 처녀자리α와 처녀자리ζ로 구성된다. 처녀자리α는 처녀자리 중에서도 가장 밝게 빛나는 으뜸별이다.

다. 전쟁터에 나가 사람의 목숨을 빼앗는 것은 이미 인간의 업이 아닙니다. 자기를 비우려는 자만이 적을 쓰러뜨릴 수 있습니다. 자기를 비우고 자기를 버린다, 그것은 신령님께 의지하지 않고서는 할 수 없는 일입니다. 하물며 나라와 나라가 싸움을 해서 그 운명을 결정한다는 것은 결코 인위에 따르는 것이 아닙니다. 이기는 것도 지는 것도 모두 신의 뜻에 따르는 것입니다. 그렇기 때문에 아버지는 기도를 드렸던 것이지요, 몇 번이고 몇 번이고. 게다가 그대도 잘 알고 있듯이 기이한 현상을 보여준 그 검은 결코 단순한 검이 아닙니다. 그대의 멀고 먼 선조님이신 수로왕 시절부터 가락국의 궁중 깊이 전해져 온 신검(神劍)으로, 그대의 고조부님이 나라를 일제히 신라에 귀화하도록 하셨을 때 많은 보물과 함께 그것을 법흥왕(法興王)께 바쳤습니다. 그러자 왕께서, 이 검은 가락국과는 특별히 인연이 깊은 검이니 그것만은 가보로 길이 길이 자손에게 전하라고 하셨던 고마운 사연이 있어 그동안 우리 집안에 전해졌던 것입니다.

아버지는 나라가 위태롭다고 여겨서 보검을 들고 혼자서 산 속에 들어가 한결같은 마음으로 기도를 드렸던 겁니다. 어찌 조종의 혼령이 감동하지 않을 수 있었겠습니까. 모든 것이 그런 겁니다. 국가의 중대사를 행하는 것은 오직 신령님께 의지해서 항상 그 가호를 우러러보지 않으면 안 됩니다. 그렇게 아버지는 자신을 완전히 버렸기 때문에 언제나 나라를 위해 목숨을 바칠 수가 있었습니다. 그 일생은 완전히 신라에 바친 평생이었습니다. 아버지의 마음에는 신라의 국운을 신장시키는 일 외에는 아무 것도 없습니다. 그렇게 하기 위해서 자신은 말할 것도 없고 부모 자식 형제 가정조차 완전히 잊어버리는 식이었습니다.

선덕왕(宣德王) 십삼 년, 아버지가 소판을 뵌 지 얼마 안 되어 왕께서 아버지에게 명하시어 백제를 치라고 하셨습니다. 아버지는 백제의 가혜성(加兮城), 성열성(省熱城), 동화성(同火城) 등 약 일곱 개가량의 성을 함락시키는 큰 공훈을 세우고, 이듬해 정월 전쟁에서 이기고 돌아오셨습니다. 그런데 돌아와서 미처 왕을 뵙지도 못한 와중에 국경의 관리가 황급히 달려와 백제 대군이 우리의 매리포성(買利浦城)[26]을 공격하고 있다는 급보가 있었습니다. 왕께서는 다시 아버지를 상장군(上將軍)으로 임명하시고 백제 대군을 방어하라고 하셔서 아버지는 어명을 받들어 그대로 가마 머리를 돌려 전쟁터로 되돌아가셨는데, 그때 아버지는 부모 형제도 없는 사람처럼 집안일은 한 마디도 묻지 않으셨다고 합니다. 그 전쟁에서도 아버지는 적의 머리 이천여 개를 베고 큰 승리를 거두셨습니다. 삼월에 개선(凱旋)하시고 곧바로 입궐하여 전투 결과를 보고하던 중, 다시금 백제군이 국경을 침범한다는 급보가 있었습니다. 어떻게든 백제 대군이 국경을 넘기 전에 그것을 방어해야 했기 때문에 왕께서는 대단히 미안해하시면서 또 다시 아버지께 전쟁터에 나갈 것을 청하셨습니다. 아버지는 이번에도 집에 들르지 않으시고 곧바로 서쪽으로 향하셨습니다. 이번에는 집안사람들도 하도 참을 수가 없어서 모두들 밖으로 나가 아버지의 행차를 기다렸습니다. 그런데 어찌된 일인지 아버지는 그대로 지나치고 뒤도 돌아보지 않으셨습니다. 그렇게 대문 앞을 오십 보 정도 지났을 때 말을 세우시고 병사를 시켜 집안의 재매정(財買井) 물을 떠오게 해서 그걸 말 위에서 마신 다음, "우리집 물

26 지금의 경상남도 거창.

은 역시 엣맛 그대로구나"라고 말씀하신 채 그대로 가버리셨습니다. 그때는 모두들 소리 높여 울었습니다. 나중에 들으니 병사들이 이 모습을 보고, "대장군도 역시 저와 같거늘, 우리는 어째서 혈육과의 이별을 원망하는가"라고 하면서 모두 떨쳐 일어났기 때문에 백제의 병사들이 그 위세에 밀려 감히 공격해 올 수가 없었다고 합니다.

아버지가 작은 병력을 거느리고도 언제나 씨움을 승리로 이끌었던 것은 이렇게 자기를 잊고 솔선하여 말을 진두(陳頭)에서 몰았던 그 용감하고도 고귀한 정신에서 유래한 것이라고 생각합니다. 이것은 젊었을 때부터 아버지의 신조였습니다. 아버지가 꼭 서른네 살이 되던 해, 진평왕께서는 그 당시 아직 신하이셨던 저의 조부님[金龍春]과 그대의 조부님[金舒玄]을 대장군으로 명하시고, 고구려의 낭비성(娘臂城)을 공격하라고 하셨던 적이 있습니다. 이때 아버지는 부장군으로 전쟁에 나가셨습니다. 그런데 우리 군이 아직 도착도 하지 않았는데 고구려인은 성을 나와 진을 쌓고 그 기세가 아주 왕성하여 우리 쪽에서 모두 벌벌 떨며 앞으로 나아가지를 못했습니다. 그러자 중당(中幢)²⁷의 당주(幢主)로 계셨던 아버지는 대장군인 조부님 앞으로 나아가 투구를 벗고 말씀드렸습니다. "이대로는 우리 군이 패할 수밖에 없습니다. 생각건대 옷깃[領]을 매만져 의복을 바로 하고, 벼리[綱]를 들어 그물[網]을 당긴다고 했습니다. 소자는 평생 충효를 몸소 각오한 자, 전쟁에 임하여 용기를 발휘하지 않으면 어떻게 충효의 도를 다할 수 있겠습니까. 오늘 소자는 감히 그 옷깃이 되고 벼리가 되겠습니다"라고, 말이 채 끝나기도 전에 말에 올라 검을 뽑아들고 곧장 적군을 향해 달려 나갔습니다. 세 번 나아가고 세 번 물러나고, 나아갈 때마다 적장의 머리를 베거나 적의 군기를 빼앗았습니다. 이것을 본 아군의 장졸들은, 바로 지금이라며 북을 울리고 싸우는 소리를 높이며 바싹 쳐들어가 마침내 적의 머리 오십여 개를 베고 성을 함락시켰습니다. 아무리 힘이 강하다거나 지혜가 뛰어나다고 한들 장군 혼자서 싸울 수 있는 게 아닙니다. 위로는 당주에서부터 아래로는 좌졸(佐卒)에 이르기까지 한 몸이 되어 자신의 수족처럼 움직여주지 않으면 싸움은 할 수 없는 것입니다. 그 많은 사람들을 뜻대로 움직이기 위해서 위에 있는 사람은 사심을 가져서는 안 됩니다. 자신을 버리고 언제라도 대의를 취할 각오를 드러내지 않으면 군사들은 따라오지 않습니다.

그대는 사람들의 위에 있어야 할 운명을 지닌 사람입니다. 그때 입으로 사람을 움직이려고 해서는 안 됩니다. 반드시 그대의 몸으로 사람을 움직이세요. 인간은 지위가 높아지면 몸을 괴롭히는 것이 결코 쉽지 않습니다. 그러나 그렇게 하지 않으면 나라가 그대에게 기대하는 봉공(奉公)은 불가능하다고 생각하세요.

나는 이것을 아버지의 일생에서 터득했습니다. 쉽게 얘기해서, 그대도 알고 있는 당나라 군대에 병량을 보낸 건 결코 아버지가 말 위에서 명령하여 완수한 일이 아닙니다. 음력 섣달의 진군, 대방(帶方)28은 산이 많은 나라입니다. 길은 얼고 날마다 눈보라는 사납고 말발굽은 미끄러지고 병졸들은 돌멩이처럼 움츠러들어 움직일 수 없었습니다. 그

---

28 낙랑국(樂浪國)의 남쪽 백제와의 사이, 지금의 황해도 봉산(鳳山) 일대에 있던 옛 나라.

게 당연하지요, 인간이니까요. 그러나 거기서 주저앉으면, 밖으로는 당군에 대한 신의를 잃게 되고 안으로는 국왕에 대한 충성을 깨뜨리게 됩니다. 아버지는 예순여덟의 고령임에도 군복을 벗어 어깨를 드러내고 지휘봉을 휘둘러 모두의 기운을 복돋았습니다. 대장군이 그렇게 하면 부하들도 잠자코 있을 수 없습니다. 인간이니까요. 모두들 분기해서, 오히려 그렇게 해서 눈 속에서도 땀이 나고 귀중한 병량이 무시히 당의 진영에 도착해 신라는 신의의 나라라는 명예를 실추하지 않고 해결할 수 있었습니다.

그대는 아직 젊지만 그대의 두 어깨에는 아버지의 이런 수많은 명예가 무겁게 짓누르고 있습니다. 그 명예를 훼손하지 않도록 제대로 싸워주세요.

어머니의 긴 이야기가 끝났을 때는 어느덧 밤도 깊어 집안 사람들이 모두 잠든 재매정택의 넓은 정원에는 이따금 아련한 귀뚜라미 소리가 밤의 정적을 깰 뿐이었다.

9

아들과의 대면도 끝나고 이제 모든 것이 끝났을 김유신에게 여전히 한 가지 마음에 걸리는 일이 있었지만, 그것도 적당한 시기에 좋은 결말이 났기 때문에 병석에 있는 노장군은 매우 기뻐했다. 그것은 원원사(遠願寺)의 낙성(落成)이다. 매일같이 사람을 고용해 재촉해 왔던 원원사의 공사가 대충 끝이 나서 근일 중에 낙성 법회를 열 때까지는 일을 진행한다는 보고가 있었다. 원원사는 김유신이 적국 항복, 진호(鎭護) 국가의 비원(悲願)을 담아 중신 김종술(金宗述), 김의원(金義元) 등과 함께 의논하여 먼 변방의 땅 모화(毛火)[29]에게 건립한 밀교의 사찰이었다.

아도화상(阿道和尙)에 의해 처음 불교가 이 나라에 전해졌을 때도 나날이 증가하면서 이상한 호기심과 열광을 불러일으킨 밀교가 신라에 들어온 것은 그리 오래된 이야기가 아니다. 그것은 명랑법사(明朗法師)가 당나라 유학에서 돌아왔을 때 시작된 것이다. 명랑은 사간(沙干) 재량(才良)의 셋째 아들로서, 그 맏형은 국교대덕(國敎大德), 둘째 형은 의안대덕(義安大德)으로, 세 형제가 모두 불문(佛門)의 큰 기둥이었다. 명랑은 선덕왕 원년에 불교 연구에 뜻을 두고 당나라에 들어갔는데, 그 곳에 건너가서 명랑의 마음을 빼앗은 것은 재래의 현교(顯敎)[30]가 아니라 조금씩 당나라 전체를 풍미하고 있었던 밀교였다. 거기에서 그는 전후 사 년간 밀교의 비법을 깊이 연구한 뒤 정관(貞觀)[31] 구 년, 선덕왕 사 년에 돌아왔는데 그 귀국에 얽힌 희귀한 전설이 전해지고 있다.

명랑과 대덕이 학업을 마치고 마침내 본국으로 돌아오는 배를 타고 항해하던 중 돌연 해룡(海龍)이 나타나 그를 용궁으로 데려가 버렸다. 명랑은 거기서 이르는 대로 밀교의 비법을 해룡에게 전했다. 해룡은

---

29 신라시대 불가에 귀의하는 사람이 모벌군성 성문에 이르러 삭발(毛伐)을 하고 머리털을 불 태웠(毛火) 후 불국사로 들어갔다고 하여, 모벌(毛伐) 혹은 모화(毛火)라고 했다고 전해진다.
30 석가모니가 때와 장소에 따라 알기 쉽게 설명한 설법을 따르는 종파로서 천태종, 화엄종, 정토종 등을 가리킨다.
31 중국 당나라 태종 때의 연호(627~649).

그것을 고맙게 여겨 황금 천근을 주고 또 지하를 잠행하여 자기 집 우물 속에서 솟아나올 수 있도록 조처를 취해주었다. 그렇게 해서 명랑은 자기 집을 부수고 절을 세운뒤 용왕에게 받은 황금으로 탑상(塔像)을 장엄하게 장식했는데 그것이 이상한 광채를 발했다 하여 그것을 금광사(金光寺)라고 이름 지었다고 한다.

생각건대 명랑이 이 비밀의 가르침을 따라 집으로 돌아왔다는 것, 그것은 갑자기 널리 알려져야 할 성질의 것이 아니라는 것을 그는 잘 알고 있었다. 대일여래(大日如來)의 진언다라니(眞言陀羅尼)³²에게 신비로운 힘을 인정받아 그것을 염송(念誦)하고 수행을 하면 재앙을 물리치고 복을 불러와 항복한다는 세속적인 목적을 이룰 수 있음은 물론, 평범한 사람의 몸에 맞춰 빨리 성불할 수 있다는 가르침은 같은 불교라고 할 수 없을 정도로 신비롭고 과격했다.

이러한 교리가 한 번 세상에 소개되면, 원래 기도하는 것을 좋아하는 국민이기에 민중 속에 어떤 영향을 미치게 될지 모르는 일이다. 나아가 그것을 관리가 주목하게 되면 신변에 해가 미치지 않으리라고도 할 수 없다.

그렇게 생각하자 명랑은 갑자기 이 밀법의 결실을 호소할 기분이 나지 않았다. 그리하여 해룡전설 등의 황당한 설을 유포하여 민중의 의중을 떠보면서 포교할 기회를 노렸다.

그런데 그런 식으로 정세의 추이를 조금씩 엿보고 있던 명랑에게 실로 생각지도 않게, 그야말로 대일여래의 인도라도 있었던 듯 절호의

---

32 진언 밀교의 진언과 다라니를 아울러 이르는 말.

기회가 찾아왔다. 문무왕 팔 년, 당나라와 신라의 연합군이 고구려를 물리쳐 대총관 이적(李勣)[33]이 고장왕(高臧王) 이하 왕족 중신 등을 포로로 잡아 당에 바치자, 당은 그 여세를 몰아 일거에 신라를 치고자 바다와 육지 양쪽에서 창을 들고 쳐들어왔다. 육로(陸路) 장군에 고공(高恭), 수로(水路) 장군에 유상(有相). 육군 쪽은 이제 유신이 있음은 물론, 아직 인문, 흠순 두 명장이 건재해 있기 때문에 잘 막아낼 수 있었지만, 수군 쪽은 신라에서 아무런 준비도 되어 있지 않았다. 정주(貞州) 방면에서는 차례로 급사가 찾아와서는 위험의 절박함을 보고했다. 모두들 어떻게 해야 할지 모르는 상황이었다. 왕은 군신을 모아 그 방어책을 상의했는데, 그때 각간 김천존(金天尊)이 명랑의 용궁전설을 이야기하면서 거기서 가져온 비법인지 무엇인지를 한 번 시험해 보자고 아뢰었다.

왕은 급히 명랑을 불러, "사태가 이미 급박한데, 어찌하면 좋겠는가" 하고 물었다. 명랑은 머뭇거리지 않고 즉석에서 대답했다.

"외적 조복(調伏)[34]의 비법을 수행할 수는 없습니다."

"그러면 뭔가 특별한 법당(法堂)이 필요한 것인가?"

"아닙니다, 호마단(護摩壇)[35]이 있으면 충분합니다. 호마단도, 엄밀히 말하면 칠일칠야(七日七夜)에 걸쳐 쌓아올려야 하지만, 화급할 때는 일일일야(一日一夜)로도 지장이 없습니다."

이렇게 해서 낭산(狼山)의 남쪽 기슭, 신유림(神有林) 속 선덕여왕의

---

33 중국 당나라 장수 이세적(李世勣).
34 밀교에서 원적(怨敵)이나 악마 따위에게 항복을 받기 위해 수행하는 법으로서, 항복법과 유사하다.
35 호마목(護摩木)을 태우면서 재앙이나 악업을 없애 줄 것을 기도하는 밀교 의식을 호마(護摩)라고 하는데, 이때 부동명왕(不動明王)과 애염명왕(愛染明王) 등의 본존 앞에 호마를 행하기 위해 화로를 설치한 단을 호마단이라고 한다.

묘 아래에 임시변통으로 호마단을 쌓았다. 그것은 네 귀퉁이에 네 개의 쐐기를 박고 그 위에 오색실만 매단 간단한 구성이었다. 단 그 위에 그려진 오방신상(五方神像)[36]과 그 밖에 다양한 공물(供物)은 신라인에게는 매우 진기한 것으로서 그저 눈이 휘둥그레질 뿐이었다. 명랑은 유가(瑜珈)[37]의 명승(明僧) 열두 명과 함께 그 단 위에서 소위 문두루(文豆婁)[38]—眞言의 와전—비법을 염송하면서 부처 앞에 향불을 피우고 수행했다. 그런데 신기하게도 바다 위에 풍파가 일어나 당나라 배가 전부 물속에 침몰해버렸다.

왕의 기쁨은 이루 말할 수도 없었다. 왕은 조속히 호마단이 설치된 장소에 사천왕사(四天王寺)를 세워 영구히 기념하고, 명랑을 신인종(神印宗)의 시조로 삼아 밀교를 이 나라에 전파할 것을 공식적으로 허용하셨다.

원래 동방의 민족을 포교하기 위해 생긴 밀교가 일단 조종에 의해 공인되자, 마치 무서운 기세로 타들어가는 벌판을 보듯 국민 사이에 번져간 것은 매우 자연스러운 결과였다. 이렇게 도읍을 중심으로 남쪽 입구에는 창림사(昌林寺)와 신원사(神元寺)가, 서쪽 입구에는 대곡사(大谷寺)와 황성사(皇聖寺)가, 동쪽 입구에는 탑정사(塔亭寺)와 아동사(牙洞寺)가 차례차례 세워졌다. 왕조의 비호를 받은 것, 순수하게 민간의 힘으로 생긴 것, 그 반반인 것 등 다양하게 세워졌지만 그들의 신흥 사찰이

---

36 동서남북과 중앙을 맡은 신장(神將)으로서, 밀교의 경전인 관정경(灌頂經)에는 불법을 믿는 사람이나 나라가 고난에 처했을 때 오방신상을 믿들고 문두루(文豆婁) 비법을 행하면 재난을 물리칠 수 있다는 내용이 담겨 있다.
37 삼밀(三密)의 유가를 종지로 삼는 데서, 밀교(密敎)를 이르는 말.
38 밀교 의식의 한 종류로서 신라와 고려시대에 유행하였다. 산스크리트어 무드라(Mudra)의 음을 딴 것으로, 한자로는 신인(神印)이라 한다. 불단을 설치하고 다라니 등을 독송하면 국가의 재난을 물리칠 수 있다는 비법으로 전한다.

어느 것이든 적국항복, 진호국가를 목적으로 하는 밀교 사찰임에는 마찬가지였다.

이러한 추세를 눈치 빠르게 파악한 것은 김유신이었다. 원래 신심이 깊고 또 불교도에 대해서도 결코 편협하지 않았던 김유신이었지만, 이렇게 맹렬히 타오르는 민중의 불꽃을 보고는 외래의 이교(異敎)를 재점검하지 않을 수가 없었다. 그래서 그는 김종술, 김의원 등과 모의하여 명랑대덕(明朗大德)의 제자인 안혜(安惠), 낭융(朗融), 광학(廣學), 대연(大緣), 네 명의 대덕으로 하여금 원원사(遠願寺)를 건립하도록 했다.

10

새롭게 건립한 원원사는 도읍에서 동남쪽으로 약 육 리에 있는 모화천(毛火川) 상류에 있었다. 오늘은 낙성 법요에서 적국항복의 열망을 실어 비법을 수행한다고 한다. 첫째는 새로운 가람(伽藍)을 보기 위해, 둘째는 그 신기한 호마법이라는 것을 눈앞에서 보고 적국에 대한 분노를 한층 강하게 불태우기 위해 사람들은 이른 아침부터 여행 준비를 하고 이 변방의 땅으로 왔다.

모두들 저마다의 복장으로 말에 오르거나 혹은 가마를 타서 여행길이 몹시 떠들썩했다. 그 중에서도 불과 두 명의 계집종을 대동한 남해공주가 세 대의 가마를 이끌고 미행의 형태로 몰래 들어온 것은 일행의 기분을 어느 정도 고조시켰는지도 모른다.

"다들 아주 열심이네."

"뭐, 원술공이 와 있으니까요."

"그래도ㅡ."

그렇게 수군대는 소리가 뒤쪽에서 살짝 들리곤 했다.

사시[巳時]³⁹에 벌써 모화천 근처에 왔다.

"개백(開白)⁴⁰은 오시[午時]⁴¹라고 하니까, 너무 서두르지는 마라."

일행 중 박식해 보이는 한 사람이 이렇게 말하면서 일행을 급히 세웠다.

"개백이 뭔가?"

"개백이라는 건 호마불을 태우는 거지. 수법(修法)⁴²의 목적에 따라 각각 달라. 한밤중에 시작하거나 동틀 녘에 시작하기도 한다네. 항복법은 한낮에 시작하도록 돼 있지."

"그건 또 왜 그런건가."

"그건 말야, 태양이 정남쪽에 있으면 햇빛이 강렬해서 곧 초목 등을 시들게 하고 말라 죽여서 항복과 상응하는 방향이 된다는 데서 온 것이지. 그래서 수행하는 사람은 남쪽을 향해 수법을 하고, 밥을 먹을 때나 잠을 잘 때는 모두 남쪽을 향하지. 그래서 개백도 한낮에 하는 거라네."

"호마법이라는 건 결국 증오하는 상대를 불로 태워 죽이려는 의도구료."

"뭐, 쉽게 말하자면 그렇겠지."

---

39   오전 9시에서 11시 사이.
40   법회의 시작을 본존불에 고하는 일.
41   오전 11시부터 오후 1시까지 사이.
42   밀교에서 국가나 개인을 위해 단을 설치하고 본존(本尊)을 안치하여 공양을 올리고 진언을 외어 손에 인(印)을 맺고 마음에 불보살(佛菩薩)을 생각하며 법을 닦는 일.

이런 것들을 말하는 동안 일행은 어느새 목적지에 겨우 당도했다.

절은 순 산지(山地) 식 가람으로서 도읍 안팎에 있는 것들과는 벌써 건물의 배치부터가 달랐다. 앞에는 계곡을 끼고 네 명의 옛 성인이 살았다는 사성조사암(四聖祖師嵒)을 마주하고, 뒤에는 항상 봉황이 모인다는 큰 봉우리가 굽이굽이 겹쳐진 봉서산(鳳棲山)을 등지고 있어 훌륭한 땅을 차지하고 있었다. 건물의 필요에 따라 제멋대로 공간을 구획하지 않은 그대로의 공간에 하나씩 하나씩 건물이 얌전하게 안주해 있는 모양이었다. 여기에도 자연의 호흡을 존중하는 밀교 가람의 특색이 넘치고 있었다.

산골짜기에서 흐르는 시냇물을 마주한 삼문(三門)을 들어가자 갑자기 가슴을 찌르는 듯한 낭떠러지가 높이 두 단계로 석벽을 이루고 있고, 그 중앙에는 십 수 단계의 돌층계를 마련하여 금당(金堂)[43]에 오를 수 있도록 고안되어 있다. 그 돌층계를 끝까지 올라가면 그리 넓지 않은 대지를 구획하여 세 칸 이면(二面)으로 금당이 세워져 있고, 그 앞에 삼층석탑 두 개가 나란히 서 있다. 작은 규모임에도 야무지게 발로 대지를 딛고 의연하게 우뚝 솟아 있다. 게다가 상성기단(上成基壇)에는 십이지방위신상(十二支方位神像)[44]이 새겨져 있고, 제일 탑신(塔身)에는 사천왕상이 웅혼한 수법으로 부조(浮彫)되어 있으며, 항마호법(降魔護法)의 분노상(忿怒相)도 매우 무서운 표정으로 주위의 사악한 기운을 몰아내고 있다.

호마당(護摩堂) 내부에는 남쪽에 삼각형의 호마단이 마련되어 있고,

---

43 절의 본존을 안치하는 법당으로서, 일본 절의 가람 배치에서 중심을 이루는 건물.
44 방위나 시간에 대응하는 십이지를 상징하는 수면인신상(獸面人身像).

단의 중앙에 삼각형의 구덩이를 뚫어 화로를 묻었다. 단의 구석에는 쐐기를 박고 그 위에 오색실을 매달아 연꽃을 걸쳐놓고, 또 다양한 불상을 그려서 만다라를 장식하였다. 그 단의 앞쪽에 예반(禮盤)[45]을 앉히고 그 좌우에 두 개의 협탁을 두었으며 그 위에 단목(檀木), 유목(乳木), 소유(蘇油), 산향(散香), 환향(丸香), 오곡(五穀), 음식, 알가(閼伽), 화만(華蔓), 선화저(扇火箸)를 질서정연하게 늘어놓았다.

화로 안에는 탄화(炭化)가 타고 있는지 하늘하늘 아지랑이가 피어올라, 그것이 벽에 걸려 있는 화천상(火天像)[46]의 큰 화염과 함께 주위의 공기를 동요시켰다. 더욱이 단의 색깔도 빨갛고 아사리(阿闍梨)[47]의 법의(法衣)도 짙은 다홍빛이어서 분수(焚修)[48]의 의미를 가장 먼저 그 색채가 상징하였다.

아사리는 오른 다리로 왼 다리를 누르고 엉덩이를 약간 치켜 올려 매우 위태로운 자세로 아까부터 도무지 알 수 없는 밀어(密語)를 소리 내어 외고 있었는데, 시각이 도래하자 협탁에서 정화수 그릇을 집어 들고 안에 있는 물을 마구 섞으면서 가지(加持)[49]하기를 일곱 번, 갑자기 그 물을 화로 안에 뿌렸다. 쉿 하는 소리와 함께 재티가 일자, 순간 주위가 확 노출되었다. 그러나 수행승은 거기에 개의치 않고 또 다른

---

45 법회 때 도사(導師)가 올라가 부처에게 삼례로써 예하고 독경이나 경백 따위를 행하는 곳으로서, 본존 앞에 설치한 높은 단.
46 십이천(十二天)의 하나이며, 불을 관장하는 신으로서 대일여래의 화신(化身)이다. 몸빛은 붉고 머리는 희며, 항상 고행하고 있는 신선의 모습으로 불길 속에 앉아 있는 형상, 네 손에는 각각 지팡이, 물병, 삼각인(二角印), 염주를 쥐고 있다.
47 제자의 행위를 교정해 주고 그의 스승이 되어 지도하는 고승(高僧)에 대한 경칭.
48 부처 앞에 향불을 피우고 도를 닦음.
49 부처의 대자대비(大慈大悲)한 힘의 가호를 받아 중생이 불범일체(佛凡一體)의 경지로 들어가는 일. 진언종, 천태종의 밀교의 행자가 손으로 인계(印契)를 맺고 입으로 진언을 외며 마음이 삼매(三昧)에 들면 이 경지에 도달한다고 한다.

진언을 길게 읊기 시작했다. 그것이 무슨 뜻인지는 아무도 몰랐다. 다만 당장이라도 이변이 일어날 것만 같은 느낌이 들어 모두가 어깨를 움츠리면서 가만히 수행승의 동작 하나하나를 지켜보았다. 이어서 그는 꽃 한 송이를 들고 짧은 주문을 일곱 번 읊은 뒤 그것을 불속에 던졌다. 꽃은 푸르스름한 불꽃을 튀기며 탔다. 그리고 나서 소나무를 적당한 길이로 자른 단목(檀木)을 태우자 그것이 검은 연기와 함께 활활 타올랐다. 이번에는 하얗게 껍질을 벗긴 유목(乳木)에 기름을 바르고 더욱 소리 높여 다라니(陀羅尼)를 읊으면서 계속 불속에 던졌다. 불길이 더욱 거세지면서 활활 타오르는 와중에 기름 냄새와 함께 뭔가 질식할 것만 같은 나무 냄새가 가슴을 덮쳐 왔다.

수행승은 엉덩이를 더더욱 치켜들고 온몸을 부들부들 떨면서 강한 힘으로 주문을 외웠는데, 그 얼굴은 마치 화천(火天)이나 항삼세명왕(降三世明王)[50]의 그것마냥 아주 끔찍한 분노의 형상으로 바뀌었다. 또 입술에서는 거품과 함께 과격한 어조가 깃든 주문이 흡사 조약돌처럼 튀어나왔다.

唵嚩曰囉薩怛嚩耶唐國發叱[51]

가만히 숨죽이고 있자 수행승이 읊고 있는 다라니와 활활 타오르는 화천 불, 그리고 화천의 등 뒤에 그려진 그림과 큰 화염이 모두 함께 하

---

50 밀교에서 모시는 오대명왕 중 아촉여래의 화신. 명왕이란 교화 및 구제하기 어려운 중생을 깨우치기 위해 여래나 보살이 무서운 형상으로 변신하여 나타난 화신을 말한다. 중생 중에는 교화하기 어려운 무리가 많으므로 대개 명왕은 분노의 상으로 표현되는데, 이 중 세 개 또는 네 개의 얼굴과 여덟 개의 팔을 지닌 명왕이 항삼세명왕이다. 다섯 방위 중 동쪽에 배치되며 과거·현재·미래의 삼세에 걸쳐 세 가지 독, 즉 탐하는 마음, 성내는 마음, 어리석은 마음을 항복시킨다.
51 주문의 일종으로서, "'옴바아라살다바야'라고 당나라를 꾸짖었다'라는 뜻이다.

늘에 비는 불꽃이 되어 그것이 곧장 금당까지 핥을 것 같은 착각에 빠졌다. 서서히 처참함의 강도가 높아진 전당(殿堂) 안의 공기를 견딜 수 없어서 원술은 슬그머니 빠져나왔다.

11

가을 오후의 사찰 안, 이제 거기에는 불꽃도 저주도 그 맹렬한 증오심도 없었다. 나무 숲 사이로 비추는 태양이 어슴프레한 땅에 다양한 얼룩을 그리고, 어디서 울고 있는지 작은 새의 지저귐 소리가 주위의 정적을 더해만 갔다. 격심한 감정의 물결에 휩쓸린 뒤에 찾아오는 이런 조용한 공기 또한 견디기 힘든 것이었다. 원술은 우두커니 걸었다. 경장(經藏)[52]과 종루(鐘樓) 사이를 빠져나오자 바로 뒷산이다.

절벽을 오르자 풀숲을 누비고 나아가 좁은 길이 위쪽의 소나무 숲으로 연결되어 있다. 원술은 그 길을 따라 올라갔다. 차츰 비탈길이 되어 숨이 거세지면서 강렬한 풀 냄새가 가슴 한 가득 스며들어왔다. 그 풀 냄새 속에 희미하게 한 줄기 마음을 흔들리게 하는 살 냄새가 섞여 있었다. 번쩍 정신이 들어 멈춰 서서 주위를 둘러보았다. 길에서 많이 떨어져 있는 아래쪽에서 벼랑에 있는 소나무에 왼손을 지탱하고 시냇물을 내려다보고 있는 처녀가 있었다. 남해 공주였다.

공주도 그가 있다는 것을 알고 생긋 눈인사를 하면서 그가 다가오기

---

[52] 큰 절 안의 경문을 간직하는 건물.

를 기다리는 기색이다. 그는 급히 다가가면서,

"공주님, 혼자서 나오신 겁니까?"

"예, 머리가 아파서. …… 잠시 어슬렁어슬렁 나왔습니다."

"저도 답답해서 나왔습니다. 거기에 있으면 왠지 저도 타버릴 것만 같아서."

이렇게 말하면서 원술은 화통하게 웃었다. 공주도 같이 웃으면서,

"호마법이라는 건 정말 대단하네요. 저렇게 하면 이제 어떻게 되는 건가요?"

"저 극악한 놈들의 번뇌와 집착을 끊고 항복하게 할 겁니다. 만약 받아들지 않으면 그 목숨을 끊을 때까지요."

"사람을 구한다는 부처의 가르침이, 그렇게 되면 사물의 이치에 반하는 것이 아닙니까?"

"아닙니다, 그것을 바로잡는 행자는 대일여래의 큰 자비에 머무는 것이기에 결코 살생의 죄가 되는 것은 아닙니다."

공주는 지그시 눈을 감고 생각에 잠겼다. 길게 째진 눈, 관음상(觀音像)을 연상시키는 콧날, 흰 백합 봉오리처럼 아련하게 부드러운 볼 선, 이런 고귀한 아름다움에 매료되어 청년은 그저 망연히 서 있기만 했다. 그것은 그가 태어나서 처음으로 경험하는 감정이었다. 또 동시에 자기가 지금, 참으로 고귀한 이 보배와 이유도 없이 헤어지려고 하고 있지 않은가? 그런 반성의 심정이 그의 가슴을 후볐다. 바로 눈앞에 있지만, 공주는 곧 자신의 곁을 떠나 영원히 돌아오지 않겠지, 이렇게 생각하자 그것은 너무나 무도하고도 지나치게 큰 희생처럼 생각되어 견딜 수가 없었다.

대체 자신에게 이런 희생을 강요하는 것은 무엇일까? 자신은 무엇 때문에 이렇게까지 자기를 포기해야만 하는 것인가? 그는 점점 검은 구름 속에 갇히는 자신을 발견했다. 그때 그의 눈앞에서 보검이 번개처럼 번쩍였다. 그러자 그 뒤에서 자신의 아버지의 얼굴과 어머니의 얼굴이 때로는 엄하게 때로는 상냥하게 나타났다가 사라졌다.

"무엇을 그렇게 생각하십니까?"

귓전에서 공주의 낭랑한 목소리가 들려와 그는 정신을 번쩍 차렸다.

"전쟁터를 생각하고 있습니다."

"아, 그렇군요, 저는 까맣게 잊고 있었습니다. 이번에 전쟁에 나가신다면서요, 정말 축하합니다."

"고맙습니다."

"그런데 언제 출발하십니까?"

"이제 준비는 다 됐습니다. 임금님의 분부가 떨어지자마자 바로 출발할 수 있도록."

"남자 분은 아름답습니다. 그렇게 용감하게 전쟁터에도 나가실 수 있고."

공주는 혼잣말처럼 중얼거렸다.

"공주님께서도 아름답다고 생각하는 사람이 있습니까?"

"그야 물론 있지요. 저는 오랫동안 궁중에 갇혀 지냈기 때문에. ……
한번만이라도 원술님의 부하가 되어 싸워보고 싶습니다." 입매는 웃고 있지만, 그 눈동자는 의외로 진지하다.

"송구스럽습니다."

"아, 또 인사군요. 저는 그러시는 것이 너무 싫습니다. 제가 뭔가 말하기만 하면, 죄송합니다, 송구스럽습니다, 라고 하면 마치 저는 보통 여자의 감정 같은 건 갖고 있지 않다는 식이어서. 원술님, 제게 하실 말씀은 없으십니까?"

"예, 아버님께 말씀 들었습니다. 황송합니다."

"그렇게 말씀하지 마시고, 원술님의 진심을 알고 싶습니다. 순전히 그것 때문에 오늘 여기까지 나온 것입니다."

원술은 확실히 자신을 결정해야 한다고 생각했다. 그러자 좀 전의 마음속의 미혹이 아주 말끔히 씻겨진 것을 의식했다.

"저는 임금님의 명령을 받들어 전쟁터에 가는 몸, 물론 살아 돌아올 것을 기대하지 않습니다."

"잘 알고 있습니다. 원술님은 명예를 아는 신라의 무사니까요."

"그래서 제게는 그 호의를 고맙게 받아들일 자격이 없습니다."

"어째서입니까? 저는 잘 모르겠습니다."

"그러면 공주님의 일생이 너무도 가여워집니다."

"아니에요. 그건 아니에요. 제 몸에도 신라의 피가 흐르고 있습니다. 전쟁터에 나가 목숨을 버리는 것이 신라 남아의 명예라면, 그 지아비의 귀가를 기다리고 정절을 지키는 것은 신라 여자의 노력이라고 알고 있습니다."

"그건 너무 지나치십니다. 공주님은 신라 땅에서 넉넉하게 꽃을 피울 수 있는 고귀한 분입니다."

"원술님, 저는 그 가배절 날부터 마음 깊이 정했습니다. 이건 이제 저 자신도 어찌할 수 없을 것 같습니다."

두 사람은 걷기 시작해서 어느새 산 중턱에 접어들었다.

"조금 더 올라가 볼까요, 바다가 보일지도 모릅니다."

두 사람의 이야기는 확실한 결론을 찾아내지는 못했지만 마음만은 아주 가까워져서 정상을 끝까지 오르고 싶다는 충동에 사로잡혔다. 두 사람은 묵묵히 걷기 시작했다. 절 자체가 높은 지대에 있었기 때문에 정상까지는 바로 금방일 것 같았지만, 마침내 정상에 도달하기까지는 몇 번이고 숨을 고르기 위해 다리를 쉬어야 했다.

정상에 오르자 갑자기 시야가 열려 어떤 것도 가로막는 것 없이 동해안까지 쭉 한눈에 들어왔다. 웅대한 구도하에 그려진 크고 작은 여러 봉우리들이 보랏빛 안개 속에서 마치 큰 바다의 파도처럼 겹겹이 포개져 있고, 기이하게도 산들의 산기슭이 만나 골짜기를 이룬 곳에 한 줄기 하얀, 마치 흰 비단 띠를 풀어놓은 것 같은 시냇물이 굽이굽이 어른거리며 세차게 흐르고 있었다. 그 흰 줄기를 따라 더듬어 가면 거무죽죽한 색으로 가라앉아 있는 동해의 끝자락이 나올 것이다. 이렇게 웅대하고 장엄한 대자연 속에서도 다른 것과 마찬가지로 인간 생활이 영위될 것이다. 강가 곳곳에, 자세히 살펴보면 가는 연기가 피어오르는데, 그것은 인간의 비소함이 아니라 오히려 그 생활력의 왕성함을 보여주는 듯했다. 두 사람은 입을 빼앗긴 듯 아무 말 없이 그저 산의 영험한 기운을 깊이깊이 호흡하면서 언제까지나 바다를 바라보았다. 그때,

"앗, 저건 치술령(鵄述嶺) 아닌가요? 원술님."

하고 공주가 갑자기 외치는 바람에 원술도 뒤를 돌아보았다. 지금 두 사람이 서 있는 곳에서 서쪽으로 몇 개의 산굽이를 넘으면, 거기에 한 층 더 높은 봉우리가 우뚝 솟아 있다. 그리고 그 산의 능선을 성이 뻗어 가고 있다. 치술령임에 틀림없다고 생각했다. 그 옛날, 내물왕(奈勿王)

시대에 박제상(朴堤上)이 왕명을 받들어 일본에 사절로 가 그 땅에서 죽자, 그 처가 세 딸을 데리고 치술령에 올라 동해를 바라보며 통곡하면서 스스로 목숨을 끊었다고 한다. 저 봉우리 어딘가에 지조와 절개를 지킨 국대부인(國大夫人)의 영혼을 기린 치술신모(鵄述神母)의 사당도 있을 것이다.

"정말, 여기에서 가깝군요."

"저기서는 바다가 멀리까지 잘 보이겠지요. 치술신모님은 저기서 바다를 바라보며 울고 또 울면서 그대로 돌아가셨겠지요……. 외국에 사절로 가 천명을 다하지 못했던 박제상도 훌륭하지만, 그 처의 절개와 지조도 대단히 훌륭하다고 알고 있습니다."

그녀의 눈동자에서 커다란 눈물방울이 금방이라도 떨어질 것 같았다. 원술은 무의식중에 공주의 두 손을 꼭 잡으면서,

"공주님, 저는 새로운 용기를 얻었습니다. 공주님을 위해서라도 저는 힘이 있는 한 싸울 것입니다."

그 말을 듣자 공주는 더 이상 참을 수 없다는 듯이 원술의 무릎 위에 엎드려 흐느껴 울었다. 원술은 심하게 우는 공주의 어깨 위에 손을 얹은 채 위로를 하려고도 하지 않았다. 아득히 저편의 구름과 안개가 어렴풋한 가운데 잠이 든 듯 누워 있는 경주의 하늘을 바라보면서 두 사람은 언제까지나 격정에 몸을 맡겼다.

12

팔월에는 이미 당나라 장수 고간(高侃)과 이근행(李謹行) 등이 번한연합병(蕃漢聯合兵)[53] 사만을 거느리고 평양에 들어와 패수(浿水)의 하류 여덟 군데를 점령하고 거기에 견고한 진지를 구축했다. 그리고 멀리 남방 신라군의 동정을 감시하고 있었는데, 점점 신라가 출병한다는 소식이 당도하자마자 갑자기 재령강(載寧江) 유역에 인접한 대방(帶方) 지방으로 침입해왔다.

대방(지금의 황해도)은 틈만 나면 남하하려는 대륙 세력과 이를 끝까지 저지하려는 반도 자체의 세력이 충돌하는 숙명의 땅이다. 이곳에 군림하고 있던 고구려가 멸망했다는 것, 신라의 세력 범위는 기껏해야 백제의 옛 땅, 즉 한산성(漢山城)에 의해 평정된 한강 유역에 그쳤으므로 도저히 여기까지는 손이 미치지 못했다. 신라가 이 방면의 방비에 본격적으로 힘을 쏟아 풍천(豊川), 장연(長蓮), 은율(殷栗)을 잇는 해안선에 장구진(長口鎭)을 설치하여 황해를 수비하고, 또 덕곡(德谷)〈谷山〉, 오곡(五谷)〈瑞興〉, 휴암(鵂巖)〈鳳山〉, 한성(漢城)〈載寧〉, 장새(璋塞)〈遂安〉, 지성(池城)〈海州〉에 이른바 여섯 성을 쌓아 이 지방을 비스듬히 횡단하는 방어선을 완성한 것은 그보다 훨씬 이후인 경덕왕(景德王) 시대였기 때문에, 고구려 토벌 후 얼마 지나지 않았을 때는 이 산간지대가 군사적으로 거의 모든 것이 비워져도 괜찮은 상태였으므로 그저 고구려 잔당이 함부로 날뛰는 것을 그대로 방치할 수밖에 없는 형편이었

---

53   말갈족과 당나라 연합군.

다. 그런 이유에서 당나라 군대, 특히 말타기에 익숙한 말갈 병사는 특기인 빠른 걸음으로 마치 사람이 거의 없는 지역을 가는 것처럼 강기슭 일대를 석권하고 순식간에 한시성(韓始城), 마읍성(馬邑城)을 함락시켰으며, 그 선봉대는 멀리 호로하(瓠盧河)〈禮成江〉까지 진출하여 백수성(白水城)으로 가는 오백 보의 땅에 이르러 비로소 군대를 멈추고 북상해오는 신라군을 맞이하여 격퇴 태세를 취했다.

이에 대해 신라는 의복(義福)을 대장군으로 하고, 춘장(春長)과 효천, 의문 등을 상장군으로 하여 보병과 기병 이만 군대를 편제하고 구월 초순 수도를 출발, 평양을 목표로 곧장 북상 길을 서둘렀다. 원술은 패장(禆將)이 되어 그의 첫 출병 길을 나아갔다. 그렇게 해서 호로하까지 당도하자 건너편 기슭에서 이미 적군이 진을 펴고 화살촉을 이쪽으로 겨누고 있었다. 이 상태로 건너면 강 상류에서 전멸당할 것임이 명백하다.

그리하여 대장군 의복이 총관들을 모아 작전을 짠 결과, 어두운 밤을 틈타 몇 번에 걸쳐 결사대를 헤엄쳐 건너게 해서 그들이 건너편 기슭에 일단 집결하면 새벽을 기다렸다가 적진에 침입하여 습격한 뒤 그 혼란을 틈타 막무가내로 강을 건너기로 했다.

강폭은 좁았지만 바다와 가깝게 연계되어 있어 물의 흐름이 화살처럼 빨랐다. 단 한 자루의 검을 입에 물고 알몸으로 강을 건넌다는 것은 적에게 발견되어 화살에 맞아 익사하거나 급물살에 떠내려가게 될지도 모르는 일이다. 그러나 그것을 두려워할 신라 병사가 아니었다. 곧 백여 명의 응모자가 나와 각 당주로부터 자세한 지시를 받고 난 후 모두들 묵묵히 검을 입에 물고 캄캄한 강물에 차례차례 몸을 던졌다.

이렇게 해서 백여 명의 사람이 아군의 진을 빠져나갔지만, 건너편 기슭의 적군쪽에서는 적막하기만 할 뿐 아무 소리도 나지 않았다. 이렇게 으스스한 긴장감 속에서 밤은 깊어만 갔다.

새벽녘이 되자 예정대로 적진에서 함성이 일고 뒤이어 빠른 말갈어[蕃語]로 욕을 하며 몰아세우는 소리가 들렸다. 결사대가 드디어 행동을 개시한 것이다. 아군의 진에서는 기회를 놓치지 않고 배를 차례로 풀어냈으며, 벼랑 위에서는 큰북을 울리며 함성을 퍼뜨려 기세를 몰아갔다.

강을 가로질러가는 배 위에서는 이미 적의 화살이 비 오듯 마구 쏟아져 내림과 동시에 건너편 기슭에서는 상반신을 드러낸 아군의 병사가 여기저기서 수십 배의 적들에게 둘러싸여 용왕매진하는 기세로 마구 검을 휘두르는 모습이 보이는 것이 아닌가? 바로 지금이다, 라고 밀고나가면서 가장 먼저 강을 건넌 부대가 강가에 도착한 것이 너무 빨랐던 때문인지 당황해서 허둥대며 적진으로 잠입했다.

이렇게 해서 신라군이 대충 강을 다 건넜을 때, 적군은 수많은 사체(死體)를 남기고 퇴각하기 시작했다. 신라군은 숨 쉴 겨를도 없이 추격해서 오후 무렵에는 백수성을 점령하고 적의 퇴로를 차단해버렸다.

퇴로가 차단된 당나라군은 재령강 유역의 안전한 진지로 돌아오는 것을 단념하고, 요로하의 절벽을 따라 멸악산맥(滅惡山脈) 남부를 우회해서 평양가도로 나가려고 안달했다. 퇴각군 중에 적장 고간이 있다는 말을 듣고 공명심에 불탄 신라 병사 전부가 앞다투어 나갔으나 애석하게도 그들은 발 빠르지가 못했다. 신라의 말은 공연히 덩치만 클 뿐 속력이 나지 않았다. 몽고의 사막에서 숙련된 말갈족 기병대는 거침없이 추격의 손을 뿌리치고, 다음날 저녁 무렵 덕곡의 석문땅에 간신히 당도할 수 있었다. 그 앞에는 자비령(慈悲嶺)이 있고 그것을 넘으면 평양 땅이므로, 이곳을 빼앗기면 결국 적을 방어할 방법이 사라지는 것이다. 당나라군은 여기서 한숨 돌리고 나서 필사적으로 방비를 단단히 했다.

13

　뒤늦게 달려온 신라군은 햇빛이 차단되지 않는 평원을 피해 바로 앞 큰 소나무 숲에 가려진 언덕의 남쪽에 진을 치고 그날 밤은 야영을 하게 되었다.

　다음 날 아침 여명이 밝기 전, 신라군의 척후(斥候)가 언덕 너머 전방의 평원을 살피고 있었는데, 적의 복병(伏兵) 이삼백 명이 돌연 언덕 기슭까지 와있어서 일제히 활을 쏘아 해산시켰다. 이 전초전(前哨戰)에서 기분이 좋아진 척후들이 돌아와 전투 결과를 보고할 때에는 희미하게 날이 밝아오고 병사들은 이미 식사를 마쳤을 무렵이었다. 신라군은 곧바로 대오(隊伍)를 편제하고 공격을 개시하기로 했다.

　오랜 세월 동안 당나라군과 함께 싸움을 해왔기 때문에 그 전투 대형이나 용병 구성은 신라의 장군들이 잘 알고 있었다. 당나라인의 전술로는 학익진(鶴翼陣)이라고 해서, 우선 정예의 한 부대를 정면에 세우고 충분히 적을 견제한 뒤 양쪽에 병사를 늘어놓아서 마치 학이 양 날개를 펴서 상대를 둘러싸듯이 압박해오는 것이다. 그런 집단적인 용병법은 어쨌든 대륙에서 수많은 전쟁을 해온 민족인 만큼 제법 요령이 좋다고 할 만했다.

그런 전술 단계에 이르면 아군 측은 도저히 당나라 발밑에도 미칠 수 없다는 것을 신라의 장군들은 잘 알고 있었다. 아군의 강점으로 말하자면, 짧고 작으면서도 예리한 검과 창, 그리고 조국을 위해서라면 목숨을 아끼지 않는 병사들의 용맹심, 바로 그것이다. 그러므로 이 날의 전투 형태도 거기에 알맞게, 우선 유력한 선발부대로 하여금 학의 머리에 해당하는 정면을 돌파하게 하고 양 날개를 몸의 중심에서 분리해내는 일에 성공하면, 재빨리 제 이진(二陣)과 제 삼진(三陣)을 잇따라 투입시켜서 각개 격파하는 전법을 취하는 것으로서 매우 현명한 책략이었다고 하지 않을 수 없었다.

그러나 여기에 한 가지 귀찮은 문제가 생긴 것은, 어쨌든 호로하 강변 전투에서 이미 사천여 개의 적의 머리를 가져온 이후의 일로서, 병사들은 어떻게든 공명심이 앞선 나머지 각 당(幢)에서 서로서로 선두를 다투며 양보하지 않은 일이었다. 그러나 군 회의 결과, 적은 반드시 그 정면에 정력 있고 강한 말갈 기병대를 세울 것이므로 거기에는 긴 창을 지닌 부대가 상대하는 것이 가장 좋은 계책이라는 논의가 채택되었기 때문에, 이에 장창당(長槍幢)이 명예의 선두를 받들기로 되어 있었다.

언덕 위에 올라 아침 안개를 뚫고 멀리 전방의 적진을 주시하고 있던 원술은 온 몸이 떨려 참을 수가 없었다. 구월 초순 수도를 출발한 이래 행군을 하느라 꽤 고생을 하기는 했지만, 지금까지 전투다운 전투에 직면한 적 없이 갑자기 가을빛이 깊어져서 대방의 들을 물들였다. 멀리 전방에는 바위 병풍을 두른 듯 자비령의 높고 험한 봉우리가 굽이굽이 이어지고, 맞은편 기슭에서부터 쭉 이쪽의 그가 서 있는 발밑까지 가을 풀로 흐드러진 평야가 넓게 펼쳐져 있었다. 안개가 서서히 걷힌 후에는 유리빛 너른 하늘에 솜을 뜯어놓은 것 같은 구름이 조각 조각 떠서 오늘의 아름다운 날씨를 느낄 수 있게 했다. 문득 망상을 수도의 하늘쪽으로 옮겨보았지만, 그것은 감상이라고 하기에는 너무나 깊고 너무도 높은 감정의 용솟음이었다. 이 웅대한 자연 속에서, 이 아름다운 하늘 아래서 싸우고 또 싸우고 끝까지 싸워서, 그대로 이 근처의 풀꽃을 베게 삼아 숨이 끊어져 가는 자신의 모습을 상상해보았다. 그것은 도저히 말로는 표현할 수 없는 위대하고도 또 아름다운 것으로 생각되었다. 아름답다는 점에서는, 적어도 원원사 뒷산에서 남해 공주의 울먹이는 몸을 꼭 끌어안으며 멀리 수도의 하늘을 바라보았던 그때의 장면에도 뒤지지 않을 것 같다는 느낌이 들었다.

인기척이 나서 뒤를 돌아보았더니, 언제 왔는지 담릉이 쪼그리고 앉아 턱을 괴고 무언가 생각에 잠긴 얼굴이다. 담릉은 좌졸의 자격으로 종군을 허락받고 줄곧 원술의 마병(馬兵)으로 근무해왔다.

"고향 생각이라도 하는겐가?"

"당치도 않습니다! 제게 고향 같은 건 없습니다. 주군이 계신 곳이 곧 고향인 걸요."

퉁명스러운 표현에 숨겨져 있는 담릉의 진실하고 애틋한 마음을, 원술은 항상 헤아리고 있었다. 잠시 후 원술은,

"어떤가. 신라 병사와 당나라 병사 중 어느 쪽이 더 강할 것 같은가?" 하고 물었다. 어째서 이런 질문을 하는 건지 자신도 잘 몰랐다. 담릉이 어쩔 줄 몰라 당황해하는 것도 무리가 아니다. 그러나 담릉은 정직한 사람이다. 잠시 뚱하고 입을 다물고 있다가,

"역시 당나라 병사가 강하겠지요."

"하지만 패배해서 여기까지 도망쳐 오지 않았나?"

"그건 그렇지만, 그래도 역시 강하다고 생각합니다. 한 사람 한 사람의 힘으로 봐도 강하고 무기도 훌륭하고, 또 병사의 움직임이 아주 교묘합니다. 그렇게 감쪽같이 도망을 가다니, 만약 아군이었다면 아마도 불가능했을 겁니다."

담릉은 이렇게 말하면서 능글맞게 웃었다. 원술도 거기에 이끌려 얼굴에 미소를 띠우면서 같이 웃었지만, 담릉의 말은 의외로 사태의 진상을 꿰뚫고 있는 것 같아서 진지한 표정이 되었다

"그럼에도 불구하고 저렇게 혹독하게 패배한 건 어찌된 일일까?"

"분명 목숨을 아까워해서일 겁니다. 적진을 노리고 알몸으로 강을 건너는 따위의 흉내는 저놈들에게 불가능한 법이지요."

"그렇다! 네 말이 맞다. 죽음을 각오하고 싸워야 할 이유가 그들에게는 없는 것일 텐데. 큰 나라를 더더욱 크게 만들려는 야망밖에는 없지. 하지만 우리는 그렇지 않다. 목숨과 바꿔도 아까워하지 않는 내가 조국을 지키려는 것이다. 그래서 우리는 목숨을 버린다. 어떠냐, 담릉! 너도 오늘은 적병의 목을 한 다발 정도 비틀어버리는 것이?"

"예, 문제없습니다."

원술은 방금 전의 비장한 마음도 어딘가로 날려버리고 명랑한 눈으로 적의 땅을 바라보았다.

드디어 안개 속에서 군대의 북이 울림과 동시에 적의 기병대가 나타나 이쪽을 향해 성큼성큼 전진해왔다. 한참 지켜보고 있는 동안 그것이 점점 커져서 마침내 시야에 한 가득 펼쳐졌다.

아군이 어떻게 하고 있을지를 초조하게 생각해보면 비교가 되지 않을 정도로 적은 수의 보병대가 손에 손에 긴 창을 들고 돌진해가는 것이 보였다. 벌써 말 위에서 능숙하게 쏘고 있는 적의 화살이 아군의 선발대에 집중되어 병사들이 연달아 퍽퍽 쓰러졌다. 그래도 창 부대는 죽자 사자 끝까지 밀어붙였다. 마치 널빤지에 구멍 뚫는 일밖에 모르는 도르래의 송곳처럼.

양 군대의 충돌이 임박했다. 원술은 전열에 가담해야 했기 때문에 서둘러 언덕을 내려왔다.

신라군의 제2번대(隊)와 제3번대가 전장으로 달려왔을 때, 당나라군의 전투 대형은 이미 큰 구멍이 뚫린 데다 좌우 양쪽에서 격렬한 공격을 받아서 학의 양 날개를 접지 못하고 점점 더 양쪽으로 벌어졌다. 창 부대는 대세인 적에게 포위되면서도 후속 부대를 위해 혈로를 개척해야 했기 때문에 사자와 같은 맹렬한 분기로 대담하게 행동했다. 그때는 원술도 도와 병사 삼백을 거느리고 거기에 합류했다.

달리는 말 위에서 활을 쏘는 것처럼 편리한 전법은 없을 것이다. 그러나 석문 땅처럼 주위가 산으로 둘러싸인 좁은 전장에서, 더구나 예리한 창을 들고 죽음도 두려워하지 않고 행동하는 한 무리에게 이토록 가깝게 추궁을 당하게 되면 도무지 그 편리함을 발휘할 여유가 없는 것이다. 게다가 등뒤에 멘 칼이 쓸데없이 모양만 커서, 특히 말 위에서는 잘 움직일 수 없는 물건이다. 신라 병사는 말발굽에 채이면서도 그 날카로운 창끝을 말의 다리와 옆구리만 찔렀다. 그렇게 해서 말이 쓰러지면 땅에 떨어진 적병을 뒤에서 온 발도대(拔刀隊)[54]가 칼로 내리친다. 두 군대가 뒤엉킨 혈투가 언제까지나 계속되었다……

몇 시간이나 싸웠을까? 해가 쨍쨍 내리쬐어 목구멍이 타는 듯한 갈증이 났다. 원술은 실개천가로 내려와 물을 마시고 주위를 둘러보았다. 더 이상 적의 모습은 보이지 않는다. 다만 평야 위에 겹겹이 쌓여 있는 사람과 말의 사체를 보고 적의 정면부대가 전멸한 것만은 확실하다고 생각했다.

14

자비령 요새를 점령한 것은 제2번대와 제3번대의 공이 컸지만, 그 실마리는 선발대인 장창당의 결사적인 돌파로 이루어졌던 것임은 새삼 말할 필요도 없다. 오전의 접전이 끝나자 일단 군세(軍勢)를 자비령 위에 집결시킨 후, 대장군으로부터 장창당에 대한 찬사가 내려졌을 때 모두들 당연하다고 생각했다. 그러나 그 일이 신라 군졸에게 이상한 심리적 영향을 끼쳐, 마침내 그것이 신라군 자신에게 치명적인 타격을 줄 계기가 되리라고는 아무도 예상하지 못했다.

전쟁터에서의 애국심과 공명심은 어떻게 다른 것일까? 물론 전자는 국가라는 전체에 연결되는 것, 후자는 개인이 아니라 기껏해야 자기 부대에서 그치는 것, 꿈에서라도 혼동해서는 안 되겠지만 실제 전투에서는 그 정도로 깔끔하게 구별될 수 있는 것도 아니다. 단순한 공명심이 영웅적인 행위를 완수케 하는 직접적인 자극이 되거나 또 적어도

---

54 칼을 빼들고 적진에 쳐들어가는 부대.

그 순간의 흥분제가 되는 것이 인간의 본성이라면, 공명심은 그것이 개인적인 것이라는 이유에서 굳이 배척해야 할 사항은 아니다. 사실 1번 창부대의 공명심이 마침내 전투를 위대한 애국적 행위로 승화시킨 사례는 예부터 수많은 전쟁의 역사에서 회자되고 있는 것으로서, 실제로 오전의 접전에서 얻은 신라군의 승리 또한 그 중의 하나에 지나지 않는다. 그러나 신라군은 그 급소를 찔렸고, 결국 교활한 당나라군의 계략에 걸려들었다.

장창당이 파격적인 표창을 받는 것을 보고 신라의 병사들은 마음속으로 생각했다. 장창당이 홀로 선두 진영을 맡았기 때문에 이 영예를 가져갔다. 우리라고 용맹심이 없을 리가 없다고. 각 당(幢)의 병사들은 벌써 초조한 빛을 미간에 띠고 진격 명령을 기다렸다. 후세의 시인 이장용(李藏用)은,

慈悲嶺路十八折,
一劍橫當萬戈絶.[55]

라고 읊었고, 또 김극기(金克己)는,

梯棧迢迢轉亂峰 五丁早晚鑿山迫.[56]

---

[55] 해석은 다음과 같다. "자비령 길 열여덟 굽이에 / 한 칼로 가로막으면 일만 창이 어찌하지 못하네."
[56] 사닥다리 길 멀고 높이 어지러운 봉우리를 돌았는데 오정(五丁)이 조만간에 산을 뚫어 통하리.

라고 읊었듯이, 대개 상상이 만든 그대로 화강암만으로 이루어진 첩첩 산속에 겨우 한 가닥으로 뻗은 꼬부랑길인 데다가 가시나무가 빽빽이 자라 호랑이의 출몰이 빈번하다. 신라의 경주에서부터 고구려의 평양 사이에는 죽령(竹嶺)이라는 험하고 높은 봉우리도 있지만, 뭐니뭐니해 도 여행객이 가장 두려워하는 것은 이 자비령이다. 특히 그 북쪽 경사 면은 매우 험준하다. 그 험준하고 좁은 산길을, 신라군은 내려가야만 했던 것이다.

길이라고는 하지만 톱날처럼 날카로운 암각과 커다란 바위뿐이다. 더구나 양쪽에 우뚝 치솟아 있는 절벽 위에는 소나무와 상수리나무가 우거져 햇볕도 잘 들지 않는 모양으로, 신라군은 마치 동굴과도 같은 언덕길을 조심조심 내려갔다. 잠시 후 앞쪽에서 온 척후병으로부터 적 의 유력 부대가 나타났다는 보고가 있었다. 높은 곳에서 자세히 살펴 보니 과연 산그늘에 적의 깃발이 보인다. 어림잡아 보아도 이삼천은 될 것 같다. 게다가 그 숫자가 시시각각 늘어나는 것 같았다. 적의 전 위대(前衛隊)임에 틀림없었다.

그 사실을 알고 나서 각 당은 명령도 떨어지지 않은 채 앞다퉈 달려 나갔다. 이 좁은 골짜기에서는 명령을 철저히 따르게 할 방법도 없거 니와 또 침착하게 명령을 들을 수 있는 심리상태도 못되었다. 어쨌든 그들은 1번 창부대의 공명심에 불타올랐던 것이다. 이렇게 신라군은 한 덩어리가 되어 마치 절벽을 굴러 떨어지는 돌멩이처럼 파멸의 나락 을 향해 발걸음을 서둘렀다.

목적 지점에 와보니 숲속에 무수한 깃발이 꽂혀 있을 뿐 적의 병사 는 그림자도 모습도 보이지 않았다. 속았다는 것을 깨달았을 때는 이미 좌우의 절벽 위에서 화살이 마구 쏟아져 내려 신라군은 그저 우왕좌왕할 뿐 어쩔 줄을 몰라 했다. 순식간에 바위가 선혈로 물들고 동굴은 아비규환으로 터져버릴 것만 같았다.

그러던 중에 장군 효천이 화살을 맞고 쓰러졌다는 보고가 전해지면서 혼란은 더욱 커져만 갔다. 이 상태로는 아군의 사상자를 늘리기만 할 뿐이라고 생각한 대장군 의복은 한시라도 빨리 이 지옥 같은 좁은 길을 벗어나 좀 더 넓은 장소를 찾기 위해 말에 박차를 가했다. 그리고 아군의 시체를 짓밟으면서 허둥대고 있는 병사들에게, 속히 나를 따르라고 외치면서 달려갔다. 원술도 말고삐를 단단히 꽉 움켜잡고 대장군의 뒤를 따랐다.

골짜기 끝 근처부터는 넓은 평지여서 풀이 한가득 자라고 좌우의 시야도 훨씬 넓어졌다. 거기에는 이미 적의 병사들이 만만의 준비를 하고 기다렸다가 멀리 도망치던 신라 병사들과 격렬하게 싸우고 있었다. 의복은, "비겁한 당나라 병사들아, 깨달아라"라고 절규하면서 쏜살같이 말을 몰고 들어갔다. 잇따라 이삼십 명의 기병이 몸을 던지듯 돌진해갔다. 격투가 확대되었다.

원술은 피 흘리는 적의 머리를 한손으로 치켜들면서 잽싸게 뒤로 물러섰다가 그것을 초원 위에 내던지고 다시 돌진했다. 그러나 아군은 겨우 이삼십 기병이건만 적군은 뒤에서 연이어 새로운 병력이 가담해와서 포위가 점점 더 견고해졌다.

어느새 격투에서 빠져나온 원술이 문득 정신을 차려보니, 장군 의문이 십 수 명의 적에게 둘러싸여 격렬하게 칼을 휘두르고 있는 것이 아닌가. 더욱이 아군은 반으로 줄어 있었다. 원술은 무의식적으로 말 옆구리에 박차를 가해 달려가려고 했다. 그런데 확 가로막는 사람이 있었다. 뒤돌아보니 어느새 왔는지 담릉이 두 손으로 고삐를 꽉 붙들고 말을 멈추려고 하면서 두 다리로 버티고 있는 것이 아닌가!

"이놈, 담릉, 왜 이러느냐? 장군이 위험하다, 놓아라!"

"가세해도 소용없습니다."

"무슨 말이냐. 놔라, 놔."

"대장부에게는 죽는 것이 어려운 일이 아니라, 죽음에 처하는 것이 어려운 일입니다. 죽어서 일이 성사되지 않는 것보다는 살아서 훗날을 도모하는 편이 낫습니다."

"핑계대지 말아라. 염치없이 살아남아서 무슨 면목으로 아버지를 뵐 수 있겠느냐? 부탁이다, 놓아라"

담릉의 괴력은 말의 힘으로도 어쩔 도리가 없었다. 다리가 저려서 원술은 잽싸게 채찍을 치켜들면서 외쳤다.

"에잇, 놓아라, 놓으라고 했겠다."

휙 하고 채찍 소리가 나는가 싶더니, 그것은 성난 뱀처럼 담릉의 얼굴을 휘감았다. 담릉의 얼굴에서 검붉은 선혈이 주르륵 꼬리를 그었다. 담릉은 원망스러운 듯 눈을 부릅뜨면서 순간 주인의 얼굴을 매섭게 쏘아보았지만, 이내 평소의 얼굴을 되찾으면서 호소하듯이 말했다.

"용서해주십시오. 이번만은 제게 맡겨주십시오."

그러나 이미 그때 적의 병사들이 의문의 머리를 치켜들고 훌쩍 가져가는 것이었다. 그것을 보고 원술은 눈앞이 캄캄해지고 윙하는 소리가 들리면서 온몸의 힘이 빠져버렸다. 그리고 나서 죽은 사람처럼 말 위에서 눈을 감고 담릉에게 몸을 맡긴 채 산과 숲속을 방황했다.

15

 몇 시간 정도 방황했을까, 담릉이 이끄는 말 위에서 눈을 떠보니 인기척 없는 작은 암자 앞에 서 있었다.

 말에서 내려 부엌을 잠깐 들여다보니, 부뚜막에 솥이 두 개 나란히 놓여 있고 선반 위에는 식기도 대충 필요한 만큼 갖춰져 있는 듯했으며, 특히 여물통까지 마련되어 있는 데는 감탄하지 않을 수 없었다. 암자에 들어가 보니 정면 벽에 오백나한도(五百羅漢圖)가 걸려 있고 그 주위에는 수행자가 부처에 바라는 문구를 적은 것이 나열된 당번(幢幡)[57]이 가득 걸려 있었기 때문에 그것이 나한당(羅漢堂)이라는 것을 바로 알 수 있었다.

 누군가 갸륵한 승려[上人]가 살면서 이 험준한 산봉우리를 지나는 여행자를 위해 이렇게 암자를 만들어놓고 피로와 병과 비바람 등을 피하도록 하기 위함일 것이다. 그렇다면 자비령이라는 이름도 이 작은 암자에서 나온 것일지도 모르겠다.

 그런 것을 망연히 생각하고 있는데 말을 매어두고 돌아온 담릉이,

 "그럼 잠시 저쪽 부근까지 가보겠습니다. 분명히 상장군께서 서쪽으로 달아나셨을 겁니다. 혹시 가능하면 가는 김에 먹을 것이라도 마련해 오겠습니다."

라고 말하면서 나갔다.

 원술은 여전히 멍하니 마치 남의 일인 것마냥 그것을 흘려들었다. 이제 그에게는 자유 의식이 없었다. 그에게는 도저히 거역할 수 없는

---

57 당간(幢竿)에 드리운 기.

운명의 손이 그를 이끄는 듯했고, 담릉은 그런 운명의 화신으로 있는 듯한 느낌이 들었다.

이윽고 담릉의 모습은 벌써 어둠의 장막이 낮게 깔린 깊은 골짜기로 사라지고, 소나무 숲 사이를 스치는 바람 소리가 일제히 높게 울려퍼졌다. 무기도 풀어놓지 않고 입을 꼭 다문 채 묵묵히 앉아 있자니 한쪽 손 위로 눈물이 뺨을 타고 흘러내렸다. 그리고 눈물 속에서 어머니의 모습이 희미하게 떠올랐다. 그는 자신이 이 세상에서 완전히 분리된 부랑자라는 것을 비로소 의식하고 두려움에 몸서리를 쳤다.

이제 나는 완전히 끝났다. 이제 어떻게 하지? 담릉이 어딘가로 데려다주겠지. 막연하게 그런 것을 생각하면서 그는 꿈과 현실 사이를 방황했다.

한밤중이 지나서야 담릉이 돌아온 듯하다. 잠시 부엌 안에서 달그락거리더니 곧 식사 준비를 해왔다. 그리고 원술이 눈뜨고 있는 것을 보고는 방긋 웃으면서,

"상장군께서 계신 곳을 알았습니다. 역시 소인의 예상대로 초이령(蕉荑嶺) 산속이었습니다. 찾는 데 고생을 좀 했습니다만."

담릉은 이 근방의 지리에 밝을 터였다. 아주 허물없는 듯한 어조로 이야기를 계속했다. 멍하니 듣고 있던 원술이 그때 갑자기 생각이 난 듯,

"그래서 아군은 몇 명 정도냐?"

"이삼백 명이 함께 있는 듯합니다. 어딘가에 좀 더 있겠지요."

또 다른 상처를 건드린 것 같은 기분이 들어서, 원술은 그만 입을 다물어버렸다. 손에 젓가락을 든 채 쳐다보기만 할 뿐, 물론 밥이 목으로 넘어갈 리가 없었다.

다음 날 새벽녘이 되기 전에 나한당을 출발하여 숲을 통해 초이령으

로 가서 상장군과 합류하여 몰래 산을 내려왔다. 뒤따르는 자는 이백여 명, 출정할 때의 화려함에 비하면 이것은 또 너무나 초라하고 영락한 모습이어서 모두들 참담한 마음에 아무런 말이 없었다.

이렇듯 장례식보다도 침울하고 구슬픈 행군이 며칠 동안 이어지고 다시 호로하의 지류(支流)가 보이는 곳에 겨우 당도하자, 그들은 또 다시 적병이 추격하고 있음을 알아챘다. 그들은 일부러 샛길을 선택할 요량이었건만, 역시 적들은 그 주변까지 숨어 있었던 것일까? 강을 건너면 이제 곧 신라의 땅, 이제 숨을 좀 돌릴 수 있을 만한 찰나에 적에게 발각된 것이다. 아무리 빨리 달려도 적의 병사들은 더 빨리 달렸다. 게다가 앞에는 강이 있다. 이제 절체절명의 위기다.

그때였다. 강기슭의 초가집에서 늙은 무사 한 명이 말을 달려와 상장군에게 머리 숙여 인사하고는 말하기를,

"저는 거열주(居烈州)[58]의 대감 아진함(阿珍含) 일길간(一吉干)이라고 합니다. 자비령 패보(敗報)를 듣고 혹시 아군의 패군이 이곳을 지나지 않을까 하고 며칠 전부터 지키고 있었습니다. 공(公)들은 다시 훗날을 도모해야 할 귀하신 몸이오니 속히 달아나십시오. 제 나이 이미 일흔으로 이제 살아갈 날도 얼마 남지 않았으니 남은 생을 바쳐 임금님과 나라에 보답할 수만 있다면 노후의 영광이겠습니다."

말이 채 끝나기도 전에 창을 옆에 끼고 추격하는 적군을 향해 돌진해갔다. 그러자 뒤에서 열여섯 일곱 살 가량의 소년이 무장한 모습으로 늠름하게 나타나, "아버님! 아버님!" 하고 외치면서 뒤쫓아 갔다.

---

58 경상남도 진주의 옛 지명.

낙무자(落武者) 일행은 어리둥절했지만 준비해 둔 배를 타고 강가를 떠날 수 있었다. 그리고 배가 맞은편 강가에 닿기도 전에 아버지와 아들이 용감하게 전사하는 모습이 강 상류에서 보였지만, 이미 그때는 적의 병사들을 어찌 할 수가 없었다.

원술의 망막에는 용감하고 당당하게 죽어간 젊은 무사의 빛나는 얼굴과 늠름한 모습이 언제까지고 떠나지 않아 쉽게 떨쳐버릴 수가 없었다. 다른 사람을 대신해서 죽었다는 것에 대한 감사의 마음이라고 하면 충분히 납득하기에 어렵고, 또 그렇다고 해서 선망이라고도 해석할 수 없는, 말하자면 그것은 질투와도 비슷한 젊디젊은 감정이었다.

"내게는 왜 저렇게 훌륭한, 값지게 죽을 장소가 주어지지 않은 것일까?"

이를테면 그런 기분이었다. 그는 죽음의 신에게조차 버림받은 자신의 모습이 너무나 참담하게 여겨졌다.

상장군 춘장(春長), 패장 원술 이하 이백여 명의 패잔병은 비슷한 처지에 있는 병사들과 함께 잇따라 시월 하순경 수도에 도착하여 마치 죄인처럼 살금살금 성문을 빠져나와 마을로 들어갔다. 그리고는 각자 자기 집에 틀어박혀 벌을 기다리는 태도를 보이고 있었다.

왕은 어느 날 김유신을 불러 이 전쟁에 패한 군대의 사후처리를 어떻게 해야 할지를 물었다. 유신은 몹시 황공해하면서,

"당나라인의 계략은 참으로 예측하기가 어렵습니다. 우선 장졸들에게 각지의 요충지를 군건히 지키도록 하고 천천히 후사를 도모하는 것이 어떻겠습니까. 단 원술은, 황송하오나 어명[天命]을 더럽혔고 또 가훈에도 등을 져버린 자이므로 이에 적절히 참수하시는 것이 마땅한 줄 아옵니다."

그러나 왕은 그것을 허락하지 않았다.

"원술은 패장인데, 단지 패장에게만 중형을 과한다는 것은 가혹하지 않은가? 반드시 용서하도록 하라."

이 말을 듣자 원술은 더더욱 모욕적인 기분이 들어 집에도 들르지 않고 그대로 시골에 숨어버렸다.

16

세월이 흘러 문무왕 십삼 년 이월 하순, 이제 경칩도 지나고 춘분이 가까워졌다고들 하는데 올해는 어찌된 영문인지 아무리 세월이 가도 추위가 가시지 않자, 사람들은 언제쯤이면 때 묻은 솜옷을 벗어버릴 수 있을까 하면서 안쓰러울 정도로 봄소식을 애타게 기다렸다.

그러나 그런 계절에도 삼한사온의 날씨는 잊지 않고 찾아오는 법이다. 쌀쌀한 바람이 딱 멈추자 포근한 햇볕이 내리쬔다. 그러자 사람들은 이제 이번에는 틀림없이 봄이 온 것만 같이 느껴져 어쩐지 뼈마디가 찌뿌드드해서 우중충한 방안에 있을 수가 없었다. 재매정책의 뒷문, 하인이 사는 방 앞 양지에서 남자 네다섯 명이 모여 무언가 왁자지껄 떠들고 있다. 아마도 그 중에 한 젊은이가 이 조촐한 무대의 주인공인 듯, 심하게 과장된 몸짓을 섞어가면서 말을 잇고 있다.

"잊혀 지지가 않아. 입춘 다음다음날이었지. 해도 지고 집안 정리도 대충 끝나서 말한테 여물을 주려고 한 아름 정도 안고 마구간 쪽으로 갔는데 말야. 그런데 어두침침한 마구간 안에서 하얗고 덩치 큰 남자가 불쑥 나오지 않겠나? 이런 뻔뻔한 놈이, 말을 도둑맞을까 싶어 용기를 내서 달려 나가려고 했더니, 그놈이 갑자기 울기 시작하는 거야. 그 울음소리가 뭐랄까, 흉측한 소리랄까? 저 세상에 사는 귀신이 우는 소리랄까, 나는 평생 동안 그런 섬뜩한 소리를 들어본 적이 없었네." 그는 진지한 표정으로 모여 있는 남자들을 대충 둘러보았다. 모두들 마른침을 삼키면서 누구 하나 말문을 여는 사람이 없다. 젊은이는 말을 계속했다.

"너무나 어이가 없어서 보고 있자니, 그 뒤에서 계속 수십 명 정도가 구부정한 자세로 달려 나오더라고. 게다가 금방이라도 숨이 끊어질 듯이 쥐어짜면서 우는 거야. 그 다음에 어떻게 됐을 것 같나?" 그는 또 다시 좌중을 둘러보았다. 모두는 눈만 껌뻑일 뿐 아무런 반응도 보이지 않는다.

"그게, 저 마당의 느티나무가 있는 곳까지 가더니 차례로 훌쩍 사라져버렸다네." 그는 이를 꽉 깨물고 마구 머리를 옆으로 흔들면서 큰 눈으로 허공을 향해 가만히 바라보았다.

이야기를 듣고 있던 사람들은 비로소 한기를 느낀 듯 다들 어깨를 움츠리면서 조금씩 한 곳으로 모여들었다.

오랜 침묵 후, 젊은이는 큰 한숨을 내쉬면서 술회하듯이 덧붙였다.

"그게 말이야, 나중에 생각해보니까 태각간 님의 병세가 점점 나빠지시던 때였어. 나중에 이 이야기를 듣고 태각간 님이 말씀하시길, 이제 나도 죽을 때가 가까워 오는 것일 테지. 지금까지 나를 호위하던 신령한 비밀 병사들(陰兵)이 저렇게 나를 버리고 가버리는 것을 보면, 하고 말이야."

아까부터 조용히 혼자 끄덕이고 있던 중년배의 남자가 처음으로 입을 열었다.

"국가의 대공신(大功臣)이 이 세상을 떠날 때는 반드시 그런 이변이 생기더라고. 보라고, 올 정월에 대운성(大隕星)이 떨어져서 모두들 떠들썩했었는데, 그게 떨어진 곳이 딱 월성과 황룡사(皇龍寺) 사이였거든. 그 중간 지점에 사는 대공신은 태각간 님 밖에는 없잖은가……. 태각간 님도 아드님 일로 줄곧 힘들어하셔서 이제 목숨을 건지기 어려울지도 모르겠네. 큰일이군."

"그런데, 원술 님은 그 후에 어떻게 되신 겐가?" 또 다른 한 사람이 물었다.

"임금님의 분부로 단죄에 처해지는 것만은 면하셨지만, 태각간 님은 도저히 용서하지 않으셨다지. 집안으로서는 가훈을 등졌고, 밖으로는 임금의 명령을 어긴 괘씸한 놈이라고. 그래서 시골에 숨어서 근신하고 계시는 것 같네." 대답한 사람은 역시 이전의 젊은 남자.

"그래서 아버님이 위독하신데도 못 오시는 건가?"

"그게, 허락하지 않으셨겠지. 지난번에도 시골에서 오셔서 한번 뵙고자 부탁의 말씀을 드리고 싶다고 애원했는데도, 태각간 님은 환자라고는 생각할 수 없는 큰 소리로, '용서할 수 없다!'고 말씀하시지 않았나. 철석같은 마음이신 거지. 마님도 우셨다네."

모두들 한숨을 쉬었다. 그때,

"앗, 저 분은 지소부인이 아닌가?"

라고 한 남자가 갑자기 외치는 바람에 모두들 손가락이 가리키는 방향을 쳐다보았다. 댁에서 나오신 듯, 네 사람을 대동하고 마침 담장 모퉁이를 막 접어들고 있는 뒷모습이 보였다. 한 늙은 종을 선두로 해서 쓰개를 감싼 기품 있는 한 부인과, 곁에서 시중드는 계집종으로 보이는 두 부인이 그 뒤를 따랐다.

"틀림없이 부인일 걸세. 오늘도 백률사(栢栗寺)에 참배하러 가시는가 보군. 서렇세 내일 밤마다……. 안쓰럽구먼."

"백번참배[百度參り]를 하시는 건가?"

"그렇겠지. 오늘이 딱 칠십 일째일 걸세. 아직 한 달은 더 남았네."

소금강산이라는 이름으로 불리는 북악(北岳)은 그 이름에 부끄럽지 않게 기암괴석이 첩첩한데다 숲이 울창해서 그곳에 가면 흡사 그대로 영봉(靈峰) 금강산을 유람하는 듯한 망상이 든다. 산 정상에 가까운 남쪽 산중턱에 세워진 백률사에는 언제 누가 만들었는지 모르는 동조약사여래상(銅造藥師如來像)이 있어서 도회 사람들이 우러러 칭송하는 대상이 되고 있었다. 후세에까지 이야기로 전해질 정도로 다양한 영험함이 있어서, 왕실에서 친히 나와 기도하시는 것은 이 존귀한 상(像)을 더더욱 빛나게 했으며, 또 백률사의 관음보살상으로 말할 것 같으면 모든 인간 세계의 비장한 염원과 열망을 충족시켜주는 것으로 믿어졌다. 그러나 지소부인이 칠십 일이라는 긴 시간 동안 거의 매일 밤마다 열심히 정성스러운 기도를 했음에도 불구하고 태각간 김유신의 병세는 점점 악화되기만 했다. 각간 선생(이라고 그녀는 항상 이렇게 불렀다)은 끝내 이 세상을 하직하시는 것인가? 아니 아니, 그렇지 않아. 아직 칠십 일밖에 안 되지 않았는가. 앞으로 한 달이나 남아 있다고!

지소부인은 더더욱 용기를 북돋으면서 쓰개치마를 여미며 차가운

저녁 하늘 아래 북악 쪽으로 서둘러 움직였다.

17

그로부터 삼 개월이 지났지만 김유신의 병세는 좋아지기는커녕, 유월에는 문무왕이 몸소 친히 문병을 오실 정도의 상태가 되었다. 병실에 들어와 가족에게 부축을 받고 일어난 환자를 슬쩍 보신 임금은 문득 겨울날의 마른 은행나무를 연상했다. 대성전(大成殿) 앞마당에 서 있는 가장 눈에 띄는 늙은 은행나무, 잎이 우거져 울창했던 시절은 지나간 느낌이었지만 늦가을 무렵부터 서서히 잎이 떨어져 완전히 벌거숭이가 되면 뼈만 남은 노목(老木)이 오히려 돋보여 이제와 새삼스럽게 그 나무의 크기나 엄숙함이 의식된다는 것을 왕은 여러 번 경험해왔다.

너무나 수척해져서 이제는 그 얼굴에 아무런 표정도 나타나지 않는 늙은 신하의 모습을 보았을 때, 왕의 마음을 지배한 감정은 공포와도 유사한 쓸쓸함이었다.

문무왕에게 김유신은 비단 훌륭한 장수이자 어질고 충성스러운 신하에 그치지만은 않는다. 신라국에는 진실한 기둥이며, 왕 자신에게는 지팡이였다. 또한 혈연관계로 보더라도 김유신은 외가 쪽의 숙부에 해당하고, 현재 김유신에게 시집간下嫁]59 지소부인은 배가 다르기는 해

---

59 원문의 '下嫁'는 지체가 낮은 데로 시집간다는 뜻으로서, 공주나 옹주가 귀족이나 신하에게로 시집가는 경우에 사용되는 어휘이다.

도 왕의 손위 누이였다. 게다가 김유신은 부왕인 무열왕과는 함께 공놀이를 하곤 했던 죽마고우이자, 진덕왕이 붕어하셨을 때는 알천(閼川) 상류의 화백회의에서 일대(一代)의 웅변을 발휘하여 김춘추를 왕위에 올렸던 사람이다. 젊은 왕이 근심 걱정을 할 때나 수많은 어려움과 위험에 처했을 때에도 김유신을 생각하면 왕은 그다지 대수롭지 않은 일처럼 생각하고 편안한 마음으로 그대로 잠을 청할 수 있었다. 이제 그 기둥이 쓰러지고 지팡이가 부러지려는 것이다. 그것을 생각하니 왕은 비애와 낭패를 넘어 큰 적막감에 사로잡혔다.

"몹시 수척해졌구려." 왕은 조용히 김유신의 손을 잡으면서 말했다.

"용안(龍顔)을 뵙는 것도 여기까지인가 봅니다." 마치 바위 속에서 샘이 솟아나오듯 김유신의 움푹 팬 두 눈에서 눈물이 흘러넘쳤다.

"……."

이제 와서 새삼 위로의 말이 무슨 소용이 있겠는가. 왕도 묵묵히 눈물을 흘리면서 표정이 어두워졌다.

"수어지교(水魚之交)라는 말도 있지만, 경(卿)은 과인에게 정말로 물과 물고기의 관계와도 같았소. 그런데 경이 오늘 이런 모습으로……. 앞으로 백성과 사직을 어떻게 해야 하겠소?"

"황공하옵니다. 이 어리석은 제게 무슨 취할 점이 있겠습니까. 그저 선왕 이래 줄곧 거룩하고 슬기로운 임금님이셨으니 저를 믿어 의심치 않으시어 일을 맡겨주셨고, 저 또한 어명에 따라 미약한 공을 이루었을 뿐입니다. 소신은 이 세상에서도 복이 많은 사람이옵니다." 그 목소리는 거의 오열에 가까웠다.

그가 가슴의 격심한 고동을 진정시키고 새로이 말을 이어가기까지는 상당한 휴식이 필요했다.

"바야흐로 삼한이 한 집이 되었으니 이제 백성에게는 전혀 두 마음이 없습니다. 모든 것이 성덕(聖德)에서 온 것입니다. 아직은 태평하다고 할 수는 없지만, 세상이 조금 안정되었다고는 말할 수 있겠지요. 아니, 태평의 시작이라는 편이 적절할 것입니다. 이제 소신은 마지막으로 어리석은 말씀을 드리고 싶습니다."

이렇게 말하고 그는 왕의 얼굴을 올려다보았다. 왕은 침묵했지만 눈으로는 어서 말하라고 재촉한다.

"옛날부터 제왕의 자리를 이은 왕에게 있어서 처음에는 공적을 이루었다 할지라도 훌륭히 끝낸 왕은 적었습니다. 누대의 공적이 하루아침에 무너진 예는 우리 삼한에도 적지 않아 안타깝기 그지없습니다. 성명(聖明)하신 상감마마께 아뢰옵기 황공하오나, 바라옵건대 성공이 쉽지 않다는 것을 아시고, 왕조 창업의 위업을 지키는 것은 더더욱 어렵다는 것을 유념하시어 항상 소인배를 멀리하고 군자를 가까이 하시라는 것입니다. 그렇게 해서 조정이 위에서 화합하면 자연히 백성이 편안해져 재앙과 난리도 없고 대대로 무궁히 번영할 것입니다. 그러면 소신도 편안히 눈을 감을 수 있겠습니다."

"경의 직언은 언제나 과인에게 피가 되고 살이 되었소. 오늘의 말씀은 특별히 감명 깊게 배청(拜聽)하였소."

말이 끝나자 김유신은 맥이 축 빠져서 왕의 허락을 얻을 새도 없이 눕지 않을 수 없었다. 귀밑에 베개를 대자마자 그는 의식을 잃은 듯 깊이 잠들었다. 이따금 눈을 번쩍 뜨고는 왕의 존재를 의식하고 당황해하면서 일어나려 했지만 왕이 제지했다. 왕은 아직도 무언가 할 말이라도 남았는지 좀처럼 자리를 뜨려하지 않았다. 그러던 중 환자가 서서히 의식을 회복할 무렵 적당한 시기를 가늠하여 왕은 마지막 말을 건넸다.

"듣자 하니 원술은 시골에 들어가 근신하고 있다던데. 특별히 원술에게만 죄가 있는 것도 아니고, 무엇보다 앞으로 크게 움직여주어야 할 몸. 다시 불러들이는 것이 어떠하오? 가엾지 않소?"

왕으로서는 인정과 의리를 담은 말이다. 왕의 입에서 나온 권고라면 혹시 꺾일지도 모른다는 생각이기도 했다. 그러나 김유신은 희미하게, 오히려 곤혹스러운 빛을 띠우면서 오랫동안 응답이 없었다. 결국 큰 한숨과 함께 토해낸 말은,

"죄송…… 하옵니다. 소신으로서는…… 원술을 용서할 수가 없습니다. 그렇게 해서는…… 신라의 화랑도를 세울 수 없습니다. 화랑도는 …… 말하자면 신라의 마음을 떠받치는 중추. 그것을…… 소신이 스스로 꺾는다면…… 후일이 두렵습니다. 소신의 부자만 괴로우면…… 그것으로 끝나는 일. 부디 이 늙은이의 완고함을…… 용서해주십시오."

띄엄띄엄 하는 말이 마지막 힘까지 쥐어짜면서 이어졌다. 왕도 이제는 마음을 바꿀 수 없다는 것을 깨닫고, 죽음의 순간까지 충절 외에는 아무 것도 없는 늙은 신하에게 무한한 존경과 애석한 마음을 남기고 병상을 떠나 환궁했다.

시간이 흘러 칠월 일일, 김유신은 전쟁터에 나가 죽을 기회를 잃어버린 불행한 아들을 결국 용서하지 않고 팔십 년이라는 위대한 생애의 막을 내렸다.

문무왕은 그의 부고를 듣자 주위를 물리고 소리 놓아 통곡하여 함께

지내는 신하들로 하여금 몸둘 바를 모르게 하였다. 그리고 도저히 가시지 않는 가슴 깊은 슬픔을 조금이나마 덜기 위해 비단 일천 필과 벼이천 석을 하사하여 장례를 지내게 하고, 또 군악고취(軍樂鼓吹) 백 명을 내려 장례 길을 성대히 하라고 명령했다.

그러나 왕의 마음은 그것만으로도 아직 풀리지 않았다. 지소부인에 대해서는 그 내조의 공을 치하하는 조처를 내리고, 매년 남성(南城)에 벼 일천 석을 하사하시어 그 외로움을 달래고자 하였다.

그러나 지소부인은 그런 융숭한 물질적인 비호가 머지않아 아무런 의미도 없게 될 날을 지금부터 생각하는 것이었다.

18

문무왕은 이 위대한 인물의 죽음을 국가적 차원에서 의의를 갖게 하기 위해 사흘간의 애도 기간을 분부하시어 문무백관을 그 장례식에 참석케 하셨을 뿐만 아니라, 왕 자신도 친히 움막[帷幄]에 납시어 단모(短帽) 소복(素服) 황대(黃帶)를 갖춘 상복을 갈아입으시고 곡(哭)을 하면서 최후의 슬픔을 다했다. 그것은 실로 마음속 깊은 곳에서 복받치는 통곡으로서, 왕은 이런 경우에 알맞은 왕으로서의 위의(威儀)라는 것을 완전히 잊으신 듯했다.

마음을 다할 길 없는 최후의 고별이 끝나고 왕이 환궁하시자, 이번에는 현관(玄冠)[60] 소복으로 위의를 바르게 하였고, 숙연하게 줄지어 앉은 문무 관리들은 한 사람씩 영전에 무릎을 꿇고 애도의 정성을 바쳤다.

최질(衰経)[61]을 입고 움막 한쪽 구석에 있던 쇠약해진 지소부인은 아까부터 정신을 똑바로 차리지 못해 하늘을 떠다니는 기분이었다. 그것은 비애라고 하기에는 너무도 극심한 장례식이었다. 비애가 극도로 장엄해져서 자칫 그 아름다움에 넋이 나가 있는 자신을 꾸짖고 또 꾸짖으면서 그녀는 이 위대한 남편을 잃은 애통함을 곱씹었다. 특히 자기 옆에 서 있는 네 아들과 네 딸의 상복을 입은 모습이나 머리를 풀어헤친 모습이 눈에 들어올 때마다 다시금 슬픔이 북받쳐올라 조용히 눈물을 훔쳤다. 그리고 그 중 한 사람, 원술이 빠져 있다는 사실에 생각이 미치자 그녀는 또 다시 죽은 남편에 대한 슬픔과는 또 다른 종류의 슬픔이 가슴을 미어지게 했다. 그 아들이라도 이곳에 있어줄 수만 있다면 이제 그것으로 충분할 것만 같은 그런 착각에까지 빠지곤 했다.

너무나 길었던, 그럼에도 불구하고 허망했던 고별 의식이 끝나자 지소부인은 간신히 요여(腰輿)[62] 속에 웅크리고 들어가 행렬이 움직이기를 기다렸다. 혼자가 되자 그녀는 조금씩 몸을 추스르며 며칠 동안의 어수선한 흥분에서 깨어나 조용히 자신의 불행을 반추해볼 수 있었다.

그녀가 무열왕의 셋째 공주로 시집(降嫁)[63]을 왔을 때, 김유신은 이미 장년(壯年)을 맞이하고 있었다. 아직 젊디젊은 공주는 엄격해 보이는 장년의 남편을 볼 때마다 부왕의 조처를 이해할 수가 없어서 원망을 했던 적도 한두 번이 아니었다. 그녀가 인생에 대해 품고 있던 다양한

---

60 장례나 제사에 썼던 모자의 일종.
61 상중에 입는 삼베옷.
62 장사를 지낸 뒤 신주(神主)와 혼백(魂帛)을 모시고 집으로 돌아오는 작은 가마.
63 왕족의 딸이 자기 집보다 지체가 낮은 신하의 집으로 시집감.

꿈을 그대로 즐기기에는 상대가 너무 위대하기도 했고 나이가 너무 많기도 했다. 남편 앞에 서면 흡사 선생님 앞에 나온 소녀 같은 기분이 들어서 수많은 욕망과 불평을 묵묵히 억누를 수밖에 없었다. 그녀가 평생 남편을 각간 선생이라고 부르기를 주저하지 않았던 것은 이러한 기억에서 온 것일지도 모른다.

그러나 오남사녀가 차례로 성인이 됨에 따라 그녀는 비로소 자신의 결혼의 의미를 깨닫게 되었고 새삼스럽게 부왕의 깊은 생각에 놀랐다. 남편을 섬기는 일은 곧 대신라를 건설할 계획에 참여하는 것이다. 그녀가 이런 자각에 도달했을 때는 지소부인도 서른을 넘어서 이제 슬슬 국가라는 것을 생각할 수 있게 되었던 것이다. 그리고 부왕과 남편이 침식을 잊고 분주히 노력하는 삼한통일이 얼마나 크고 훌륭한 사업인지를 깨닫게 되었던 것이다. 그날 이후 그녀는 한눈을 팔지도 않고 똑바로 신라 어머니의 길을 걸어왔던 것이다.

신라의 국모(國母), 이 말은 왕후의 앞에서는 삼가야 할 것이겠으나, 그러나 인간이기 때문에 이런 말이 들려와도 굳이 그녀는 사양하지 않을 정도로 자부심과 긍지가 갖고 있었다. 그러나 막바지에 와서 그 긍지는 비참하게 짓밟히고 먼지에 덮여버렸다. 차남인 원술이 전쟁터에 나가 죽을 기회를 잃어서 아버지에게 의절당한 것이다. 그녀에게는 도저히 참을 수 없는 굴욕이었다.

그러나 원술은 없다! 이 쓸쓸함은 굴욕감과는 상관없이 그녀의 가슴에 걸려서 떠나지 않는다. 특히 남편의 유해가 영원히 집을 떠나려는 이 순간, 원술은 마지막 고별을 하는 것조차 허락되지 않는다! 이런 생각을 하면 그녀는 어쩐지 돌이킬 수 없는 큰 실수를 범한 것 같은 기분이 들어서 당황해하지 않을 수 없었다. 역시 사람을 시켜 불러오게 해야 하지 않을까? 지금도 늦지 않았을까?

요령(搖鈴)[64] 소리가 울렸다. 가마꾼이 각자의 부서(部署)에 도착하기 위해 짝을 부르는 소리가 여기저기서 떠들썩하게 들려왔다. 더 이상 안 되겠다. 곧 상여가 움직이기 시작하면 송화산(松花山) 언덕까지는 멈추지 않을 것이다.

바로 그때였다. 요령 소리가 딱 멈추고 앞쪽에서 심상치 않은 기미가 있는가 싶더니, 움직이기 시작한 가마꾼도 가마 끌채를 내려놓고 그 자리에 선 채 꼼짝도 하지 않았다. 그 기척은 점점 뒤쪽에서 들려오더니 지소부인이 타고 있는 가마 앞에서 멈췄다. 무슨 일인가 해서 주의를 기울였더니, 휘장 밖에서 누군가가 격렬하게 몸을 땅바닥에 부딪치면서 흐느껴 외치는 것이었다.

"어머님, 원술이옵니다!"

앗, 원술이다! 그녀는 순간 온몸의 피가 멎고 가슴이 철렁했다. 흐느끼는 듯한 목소리는 더욱 절규한다.

"어머님, 어머님, 불효자 원술이옵니다. 아버님께 고별인사를 하고자 왔습니다. 한 번만 뵙게 해주십시오."

잠시 멎었던 그녀의 피는 또 다시 격렬한 기세로 온몸에 넘쳤고, 그녀의 손은 자기도 모르는 사이에 휘장 밑단으로 향하는 것이었다. 그러나 확 그녀의 손을 막는 것이 있었다. 안 돼! 라고 했던 죽은 남편의 말이었다. 병상에서 야윈 손을 거세게 흔들면서 외치던 때의 죽은 남

---

64 불교, 특히 밀교에서 사용하는 불구(佛具)로서, 여러 부처를 기쁘게 하고 보살을 불러 중생들을 깨우쳐 주도록 하기 위해 사용하는 손잡이 달린 종.

편의 얼굴이 그녀는 생생히 떠올랐다.

"어머님, 어머님, 어머님!"

목소리는 여전히 계속해서 절규한다.

오냐, 하는 대답이 목구멍까지 나왔지만 그녀는 자신도 어찌할 수 없는 철벽에 맞닥뜨렸음을 느끼면서 숨을 멈추고 소상(塑像)[65]처럼 냉정하게 눈을 감았다.

"만나 뵐 수 없겠습니까? 아버님의 임종도 지키지 못해서 어머님이라도 뵙고 한 마디 불효를 사죄하려 했었는데 ……."

이제 그 소리는 흐느끼는 울음이 아니라 통곡이었다. 격렬하게 가슴의 문을 두드리는 어떤 것이 있었다. 부인은 조용히 그 문을 열었다.

"안 됩니다. 부인에게는 삼종지의(三從之義)가 있습니다. 나는 이미 미망인의 몸! 당연이 그대를 따라야만 합니다. 그러나 그대는 선친의 아들이기를 사양한 자인데, 어떻게 제가 그대의 어미가 될 수 있겠습니까 ……. 자, 가마꾼아, 발상(發喪)이 늦었으니 어서 형(兄)을 보내거라."

자기도 놀랄 정도의 냉정한 목소리였다. 그러나 간신히 이것으로 자신이 지켜야 할 것이 끝난 듯한 안도의 마음을 느끼는 것이었다.

이윽고 또 다시 요령이 울리고, 장례 행렬이 조용히 움직이기 시작했다. 슬픈 군악 소리에 섞인 원술의 통곡소리는 여전히 멈추지 않았다.

"아아, 담릉에게 잘못 이끌린 것이 결국 여기까지 이르는 것인가!"

이 말을 끝으로 지소부인의 가마는 멀리 사라지고 뒤에서는 아무 것도 들리지 않았다. 그녀는 좁은 가마 안에서 언제까지고 남몰래 숨죽

---

65 찰흙이나 석고 등으로 만든 사람의 형상.

여 울었다……

그로부터 약 삼 개월 정도 지난 늦가을의 어느 날 아침, 나뭇잎이 떨어진 선도산(仙桃山) 산길을 한 비구니가 터벅터벅 올라가고 있었다. 송라(松蘿)[66]라는 삿갓에 검게 물들인 승복, 짚신에 각반, 바랑을 등에 지고 지팡이를 짚고― 고개까지 겨우 당도하고 나서 비구니는 한 번 뒤를 돌아보고 도읍의 하늘을 향해 합장하면서 눈을 감았다. 그것은 지소부인이 출가한 모습이었다.

19

석문 전투의 패배는 한 사람의 청년 원술에게는 치명상이었지만, 신라국으로서는 약간의 과실에 불과했다. 흥륭(興隆)의 도상에 있는 국가가 한두 번의 패전으로 그렇게 무너질 리는 만무했다.

김유신의 장례식이 끝나자 신라는 현실을 깨달은 만큼의 발랄함으로 새로운 방비에 힘을 쏟았다. 즉 문무왕 십삼 년 구월에 국원성(國原城, 충주), 북형산성(北兄山城, 경주 강동면), 소문성(召文城, 의성), 이산성(耳山城, 고령), 수약주(首若州)의 주양성(走壤城, 춘천), 달함군(達含郡)의 주잠성(主岑城),[67] 거열주(居烈州)의 오홍사성(五興寺城, 거창), 삽량주(歃良州)의 골쟁현성(骨爭峴城, 양산)을 쌓고 외곽의 요지를 견고하게 다졌다. 그리

---

66   소나무겨우살이로 짚주저리 비슷하게 엮어 만든 여승이 쓰는 모자.
67   원문의 '主領城'은 오식.

고 대아찬(大阿湌) 철천(徹川) 등을 보내 병선(兵船) 일백 척을 거느리고 서해(황해)에서 평정케 했던 것은 말할 것도 없이 바다를 통해서 올 당나라 원군(援軍)의 통로를 차단하기 위함이었다.

그러나 그것으로 전쟁이 끝났을 리는 만무하다. 어디까지나 현 상태를 유지하려는 노대국(老大國)과, 오랜 세월 동안의 불합리를 종식하고 스스로 정당한 질서를 세우려는 신흥국가 사이에는 더더욱 전쟁이, 언제 끝날지도 모르는 전쟁이 계속되고 있었다.

구월에 당나라 병사가 거란병[契丹兵] 말갈병과 함께 북쪽 변방을 침범했을 때만 해도 전후 아홉 번의 싸움이 벌어졌지만, 이번에는 신라군이 전승(全勝)함으로써 이를 격퇴할 수 있었다. 그렇게 해서 참수(斬首) 이천여 급(級). 당나라 병사가 호로하와 왕봉(王逢,[68] 한강) 두 강에서 익사한 사람들을 꺼내 그 수를 세어보니 차마 셀 수 없을 정도였다고 전했다. 신라 국민은 비로소 가슴이 후련해지는 것 같았다.

십일월에는 다시 당나라 병사가 고구려의 옛 땅인 우잠성(牛岑城, 황해도 금천군 우봉리)을 공격했는데, 이번에는 신라가 참패를 맛봐야 했다. 이렇게 일진일퇴(一進一退)하는 가운데 그 해가 지나갔다.

세월이 흘러 문무왕 십사 년, 무력에 의한 제압이 좀처럼 진척되지 않자 의욕에 불탄 당 고종은 으름장이라는 비장의 수단을 시도할 것을 결의했다. 즉 신라는 법을 무시하고 고구려의 반란민들을 수용함으로써 대국(大國)을 배반하였고, 또 백제의 옛 땅을 점령함으로써 서약을 깨뜨렸다 하여 왕의 관직과 작위를 박탈했다. 그리고 장안(長安)에서

---

68 현재의 고양시 행주동의 옛 지명이다. 원래 이곳은 백제의 개백현(皆伯縣)이었는데, 475년 고구려가 점령하면서 왕봉(王逢)으로 고쳤다.

숙위(宿衛)하고 있는 왕의 동생인 우효위(右驍衛) 원외대장군(員外大將軍)과 임해군공(臨海郡公) 김인문(金仁問)에게 고하여 급히 귀국하게 해서 그 형을 대신하게 했다. 그러나 고종은 이 불합리한 으름장에 충분한 효과를 싣기 위해 다시 유인궤(劉仁軌)를 계림도(鷄林道) 대총관(大總管)으로 명하고, 위위경(衛尉卿) 이필(李弼)과 우령군(右領軍) 대장군(大將軍) 이근행을 부장군으로 명하여 정벌군을 출발시켰다.

그러면 이 으름장에 대한 신라의 화답은 어땠을까? 당시 고종으로부터 관작(官爵)을 박탈당했던 그 이월에 월성궁(月城宮) 안에 삼한 통일을 상징하는 안압지(雁鴨池)를 파고 산을 만들어서 관상용 나무들을 심고 진기한 새와 짐승을 풀어놓아 대단한 광경을 선보였으며, 팔월에는 서형산(西兄山) 밑에 대열병(大閱兵)을 보내 국방의 충실함에 매우 만족한다는 뜻을 표하였다.

이런 식으로 당의 으름장과 침략에도 아랑곳하지 않고 신라의 통일 사업은 착착 실현되어갔다. 사실 문무왕은 적어도 삼한에 관한 한 외부로부터의 규제에 번민하지 않고 충분히 그 경륜을 거행할 만한 실력을 갖추고 있었다. 그리고 이러한 자각과 자신감은 왕으로 하여금 같은 해 구월, 고구려의 유복자인 안승(安勝)을 고구려의 왕으로 봉하는 정치적 태도를 취하는 데까지 이르렀다.

과거 문무왕 팔 년, 고구려가 당나라와 신라의 연합군에게 그 도읍을 빼앗기면서 보장왕 이하 일족과 가신이 이적(李勣)에게 인솔되어 당나라로 끌려가는 혼란에 빠졌을 때, 대를 이을 아들인 안승만 도망쳐서 서해의 사야도(史冶島)에 몸을 숨겼다. 그곳에서 마침 유민을 급히 그러모으고 패강(浿江)[69] 남부로 나가서, 당나라의 관리와 승려를 죽이고 신라를 향해가고 있었던 모잠(牟岑)[70]이 와서, 두 사람은 서로 의논한 끝에 우선 한성(漢城)에 들어가 거기에서 소형(小兄)과 다식(多式) 등을 신라의 수도로 보내 귀순을 애원했다. 그리하여 문무왕은 그들을 이 나라의 서금마저(西金馬渚, 익산)에서 정착하게 했는데, 왕은 이 미묘한 정국의 기회를 틈타 그를 정식으로 고구려 보덕왕(報德王)으로 봉함으로써 그 유민을 어루만지고 추스르는 묘안을 내었다. 사찬(沙湌) 수미산(須彌山)이 가지고 갔던 책명문(冊命文)에는 다음과 같은 글귀가 있다.

"유세차(維歲次), 갑술년 가을 팔월 일일, 신라 왕의 명을 고구려의 사자(嗣子)[71] 안승에게 이른다. 공(公)의 태조 중모왕(中牟王)[72]은 북쪽 산에서 덕을 쌓고 남쪽 바다에서 공을 세워 그 위풍을 청구(靑丘)에 떨쳤으며 인교(仁敎)는 현토(玄菟)를 덮었다. 그 후 자손이 대대로 이어져 본종(本宗)과 지파(支派)가 번성하여 개척한 땅이 천리나 되고 역년(歷年)이 장차 팔백 년에 이르렀다. 그런데 남건(男建)과 남산(男産) 형제 때에 이르러 집안에서 앙화가 일고 골육 사이에 불화가 생겨 국가가 멸망하고 종사(宗社)가 허물어졌으니, 백성들이 흩어져 마음 붙일 곳이 없었다. 공은 산야(山野)에서 위난(危難)을 피하다가 외로운 몸을 이웃 신라에 의탁했으니, 유리(流離)하는 괴로움은 진(晉)나라 문공(文公)의 자취와 같았고, 망한 나라를 다시 일으킨 것은 위후(衛侯)의 사실(事實)과도 비슷하다. 무릇 백성에게 임금이 없을 수 없고, 하늘에는 반드시 돌보아주는 명수(命數)가 있는 것이다. 선왕의 정사(正嗣)로는 오직 공이 있을

---

69 '대동강'의 옛 이름.
70 검모잠(劒牟岑)
71 대를 이을 아들.
72 고구려 시조 주몽(朱蒙).

뿐이니, 제사를 주관할 자도 공이 아니면 누구이겠는가? 이에 삼가 김수미산 등을 보내 공을 책봉하여 고구려의 왕으로 삼노라. 공은 마땅히 유민(遺民)을 안집(安集)시켜 위무하고 옛 통서(統緖)를 이어 길이 인국(隣國)이 되고 형제와 같이 돈목(敦睦)할지어다. 공경하라 하면서, 이와 함께 멥쌀 이천 석, 갑구마(甲具馬)[73] 한 필, 비단 다섯 필, 비단과 삼베 각 열 필, 면(綿) 열다섯 칭(稱)을 내려주었다."[74]

20

세월이 흘러 문무왕 십오 년, 이 일 년은 당나라로서는 신라의 새싹을 꺾어버려야 할 무력과 지략에 힘을 쏟았던 해이자, 신라로서는 숙업(宿業)을 달성하기 위한 장애를 제거하는 최후의 힘을 쏟아야 했던 해였다.

물 위에 떠 있는 얼음이 다 녹아버릴 이월 하순을 기다려, 유인궤는 갑자기 호로하를 건너서 칠중성(七重城, 장단)을 포위했다. 그와 동시에 말갈병을 함선에 태워 바다 위에서 남쪽 국경을 공격해왔다. 그렇게 남북에서 협공을 당하면서 신라 군대는 가는 곳마다 패배를 당했다. 그리하여 유인궤는 일단 병사들을 끌어올리고, 또 이근행이 안동진무대사(安東鎭撫大使)가 되어 가담한 뒤에는 매초성(買肖城, 양주)에 모여 삼

73 　무장(武裝)한 말.
74 　『삼국사절요(三國史節要)』제10권의 내용.

한 경략의 책략을 궁리하기 시작했다.

이렇게 해서 문무왕은 또 다시 외교적 수단을 쓰지 않으면 안 될 처지가 되었다. 곧 사죄사(謝罪使)를 당나라에 보내 많은 공물을 진상했다. 이것으로 고종도 조금 기분을 누그러뜨려 정벌군을 일시 중지시키고 왕의 관작을 되돌려주게 되면서 신라 조정은 어쨌든 절박한 고비를 면하게 되었다.

그러나 납득할 수 없었던 것은 신라의 국민이었다. 조정의 이런 굴욕적인 외교에 격분한 국민은 각지에서 봉기를 일으키고 제멋대로 군을 일으켜 멀리 고구려 영토까지 공격해 들어가 당나라 군사를 끊임없이 괴롭혔다.

바로 그때 신라에서는 김진주(金眞珠)라는 자가 모반을 꾀하다가 죽음에 처해진 불상사가 있었다. 설인귀(薛仁貴)는 이 기회를 틈타, 진주의 아들로서 당나라에서 숙위하고 있던 유학생 풍훈(風訓)을 부추겨 길잡이로 삼아 대군을 이끌고 와서 맹렬하게 천성(泉城)을 공격했다. 다행히 이 전투에서는 장군 문훈(文訓) 등이 전력 분투했던 덕분에 적군은 사체 일천사백, 전마(戰馬) 일천 필, 군함 사십 척을 남기고 퇴각했다.

일단 철수를 한 유인궤는 거란·말갈병과 함께 칠중성으로 되돌아가 맹렬한 공격을 퍼부었다. 이때 소수(小守) 유동(儒冬)은 고립무원의 칠중성에 틀어박혀 칠 일간을 버티다가 간신히 격퇴할 수 있었지만, 그 자신은 아군의 퇴각을 보지도 못하고 전장의 이슬로 사라졌다.

그때 일부의 말갈병이 적목성(赤木城)에 난입했는데, 이때 현령(縣令)인 탈기(脫起)는 백성을 지휘하여 이를 막아낸 뒤 끝내 쓰러지고 말았다. 또 당나라 군사는 석현성(石峴城)을 포위했지만, 여기에서도 현령

선백(仙伯), 실모(悉毛) 등이 끝까지 저항하다가 끝내 장렬한 전사를 맞았다.

이러한 용사들의 전사 소식은 더더욱 신라인들의 피를 끓어오르게 하여 마치 죽음의 경쟁처럼 전투가 벌어지는 산야마다 널리 퍼져갔다.

말갈병은 식민지 병사다. 그들에게는 군기(軍紀)고 뭐고 아무것도 없었다. 그때 마침 아달성(阿達城)에는 태수의 명령에 따라 백성들이 한 사람도 남김없이 모두 밭에 나와 삼베[麻] 씨를 뿌리고 있었다. 이 사실을 알게 된 말갈의 간첩이 그것을 존장(尊長)에게 보고했고, 말갈병은 성이 무방비 상태가 되는 날을 기다렸다가 돌연 침입해왔다. 그러니까 그들의 목적은 처음부터 전쟁에 있었던 것이 아니라 약탈에 있었다. 오랜만에 인가(人家)의 냄새에 걸려든 그들은 굶주린 멧돼지처럼 그 더러운 코끝을 아무데나 처박았다. 가장 먼저 도착한 자들은 먹을 것, 옷가지, 세간 살림 등 온갖 것들을 약탈했고 늦게 온 자들은 분풀이로 집을 부수고 불을 놓았으며, 여자로 보이면 나이를 불문하고 그들을 능욕하면서 야수의 본성을 유감없이 발휘했다.

그러나 성 안에는 노인과 여자들밖에 남아 있지 않았다. 모두들 도망을 다니느라 혼비백산하여 아우성만 쳐댈 뿐 아무것도 할 수가 없었다. 그때 육척(六尺)의 덩치 큰 사나이가 칼을 뽑아들고는 대담하게도 혼자서 나타났다.

"이 더러운 말갈족 돼지들아, 네놈들은 신라에 심나(沈那)의 아들 소나(素那)가 있다는 것을 설마 알지 못하였느냐. 오늘이야말로 정당한 검의 칼끝이 얼마나 날카로운지 맛 보여주마."

하고 외치면서 침입한 적군들에게 돌진해갔다.

그러나 비겁한 말갈병들은 결코 그에 대항하려 하지 않고 그저 달아나면서 멀리서 활을 쏘기만 했다. 소나는 가슴과 배에 여러 개의 화살을 맞으면서도 두려워하지 않고 칼을 휘두르면서 적의 병사들을 쫓아갔다.

성 밖의 들판에 나가 있던 촌민들이 급보를 듣고 달려왔을 때는 이미 적군의 모습은 그림자도 없고, 다만 소나가 고슴도치가 되어 길가에 드러누워 있을 뿐이었다. 옛날에 소나의 아비 심나가 백제와의 전투에서 여러 번 용맹을 떨친 덕분에, 결국 백제군은 심나가 살아 있는 동안에는 백성(白城)에 접근하면 안 된다는 공포를 갖게 되었다고들 이야기하면서 사람들은 울었다.

이러한 국부적인 전투는, 가령 그것이 아무리 용감한 싸움이었다 하더라도 어차피 민간조직부대(民兵)의 이른바 사적인 반공(反攻)에 지나지 않는 것이므로 수많은 무용담을 남기고 진압되어야 할 것이었다.

그렇다면 신라의 조정은 팔짱만 낀 채 이런 백성들의 희생을 방관했는가 하면, 결코 그렇지 않았다. 시월에는 정규 국군(國軍)을 출동시켜 제일 먼저 매초성으로 쳐들어갔다. 매초성은 안동진무대사 이근행의 진영으로서, 말갈 출신인 이 오랑캐 대장(蠻將)이 이곳을 아성으로 삼고 온갖 방해와 약탈의 손을 뻗치고 있었기 때문이다.

근행은 몸소 군대를 지휘하고 성을 나가 용감하게 저항했다. 그러나 신라군은 한 걸음도 물러서지 않았다. 어디까지나 이 성을 함락시켜서 오랑캐군들을 멀리 북쪽 변경 밖으로 쫓아버려야 한다고 장병(將兵)들은 비장한 결의하에 싸웠다.

전투는 사흘간 계속 되었지만 전혀 전국(戰局)의 진전 없이 공연히 양쪽의 사상자를 내기만 했다. 그때 바람처럼 왔다가 바람처럼 사라진 복면(伏面)의 기사가 있었다. 적군과 아군이 서로 맞붙어 싸우는 전투가 한창일 때면, 반드시 그는 어디선가 나타나 종횡무진으로 칼을 휘둘러 적군을 베고는 또 어딘가로 사라졌다. 질풍 같은 신속함이자 훌륭함이었다. 이 복면 기사가 나타나기만 하면 적군도 두려워했지만 아군도 기분이 언짢아서 그저 어이없이 쳐다만 볼 뿐이었다.

더욱이 그것이 한두 번에 그치는 것이 아니라 전투가 위험한 상태에 이르면 반드시 나타나는 것이다. 과연 적진에서 동요가 일어났을 때 복면 기사가 나타났다는 소리를 들으면 적군은 싸우지 않고 물러나는 꼴이어서, 이 동요에 편승해 신라가 최후의 돌격을 시도함으로써 마침내 매초성을 얻어낼 수 있었다. 이 전투에서 신라군이 얻은 것은 전마 삼천삼백팔십 필, 그 외에 병사와 무기도 이에 준한다고 전해졌다. 이로써 그 전과의 위대함을 알 만했다.

계속되는 당군과의 접전 열여덟 번을 전부 이런 식으로 이겨냈다. 이렇게 해서 적군은 울타리 밖으로 떠났고 신라의 땅에 다시 평화의 날이 찾아오자 사람들은 다시 복면 기사에 대한 새로운 흥미를 갖게 되었다. 이 일은 급속도로 왕의 귀에까지 들어가 조정에서도 모든 방면으로 손을 써서 그의 정체를 밝혀내려고 했다.

관리들의 조사에 의해 그 복면 기사가 원술이라는 것이 차츰 알려졌다. 그는 당나라 군사의 침입을 듣고 분연히 산을 내려와 몰래 신라군의 전열에 가담했던 것이다. 왕은 곧 현령에게 포고하여 원술의 출두를 명령했다.

머지않아 원술이 나타났다. 왕은 원술의 무훈을 특별히 상찬하시고 많은 공적을 찬양하고 치하하시면서 다시 관리로 삼아 국가에 충의를 다할 것을 지극한 말씀으로 권했다. 그러나 원술은 마지막까지 삼가며 공손히 사양해마지 않았다.

"소신은 이미 국가에 죄를 범하고, 부모님께 용서받지 못한 자이옵니다. 이번에 약간의 전쟁 공로를 세운 것은 활을 갖은 자로서의 당연한 의무이지 무훈이라고 할 정도의 것도 아니옵니다. 이번에야말로 죽을 각오로 전쟁터에 나가 더 크게 성취하지 못한 것이 한스러울 따름이옵니다. 더 이상 국은(國恩)을 더럽히게 되면 미약한 이 몸을 둘 곳이 없사옵니다."

왕도 그의 사의(辭意)의 군건함을 알고 결국 포기하지 않을 수 없었다. 원술은 왕궁에서 물러난 뒤 누구와도 만나지 않고 또다시 표연히 모습을 감추어버렸다.

21

삼한 통일을 기념하기 위해 문무왕이 결심한 첫 번째 사업은 궁성을 장엄하고 화려하게 하는 일이었다. 월성은 파사왕(婆娑王) 이십이 년에 세워진 이래 오백칠십여 년 동안 성장해간 신라와 함께 그 내용을 충실히 했으며, 궁전을 중심으로 관아(官衙)와 불당이 줄지어 늘어서 있고 군사적 시설과 문화적 시설도 약간 갖추고 있었지만, 성문과 궁문에는 아직 액호(額號)도 없는 것 같았다.

문화와 문명에 있어서도 굳이 당나라와의 경쟁을 사양하지 않았던 문무왕에게 궁성의 이러한 빈약함은 참을 수 없는 일이었다. 그래서 네 개의 성문에 대정문(大井門), 토산양문(吐山良門), 습비문(習比門), 왕후제문(王后梯門), 견수곡문(犬首谷門)이라는 액호를 정하고, 궁전에는 조원전(朝元殿), 내황전(內黃殿), 숭례전(崇禮殿), 강무전(講武殿), 평의전(平議殿), 서란전(瑞蘭殿), 동례전(同禮殿), 명학루(鳴鶴樓), 월정당(月正堂), 만수방(萬壽房), 월상루(月上樓), 망은루(望恩樓), 고월루(皷月樓) 등의 전각(殿閣)을 배치했으며, 또 영명궁(永明宮), 월지궁(月池宮), 적판궁(積板宮), 수궁(藪宮), 청연궁(靑淵宮), 부천궁(夫泉宮), 열음궁(熱音宮), 병촌궁(屛村宮), 북토지궁(北吐只宮), 홍현궁(弘峴宮), 갈천궁(葛川宮), 선평궁(善坪宮), 이동궁(伊同宮), 평립궁(平立宮) 등의 이궁(離宮)을 거기에 더하였다.

그러나 뭐니 뭐니 해도 왕의 정한(情恨)을 쏟아 부은 것은 연못과 동산 축조였다. 내불당(內佛堂) 천주사(天柱寺)의 북쪽에 한 획을 그어 안압지를 파고 산을 조성해서 거기에 임해전(臨海殿)을 세우는 대공사를 시작한 것은, 마침 왕이 당 고종으로부터 관작을 박탈당하고 그 압박이 절정에 달했을 때였다. 그때는, 말하자면 당나라의 압박에 반발하는 일종의 몸부림으로서 다분히 의지를 갖고 시작한 일이었다. 그러나 시행하는 와중에 내외의 정세가 변하기도 했지만, 시행 그 자체가 정치적 의도와는 별개로 그 자신의 가치와 매력을 갖게 되어 마침내 전후 삼 년이 지나 전례 없는 큰 정원을 만들어냈다.

연못은 둘레가 약 이천 척으로서, 동북쪽 모퉁이를 깊게 파서 마치 토끼의 긴 귀와 같은 모양을 내고 목 주위에서부터 등줄기에 이르는 곳은 완만한 곡선으로 활 모양을 그렸으며, 옷깃에서부터 배까지는 급격하게 복잡한 곡선이 다수의 돌출 부위와 섬들을 남기면서 머리 부분으로 연결된다. 만약 지리학 개념을 갖고 있는 사람이라면, 그것이 조선반도를 본따서 만들어진 것이라는 점을 금방 알아차릴 것이고, 또 그것을 구상한 문무왕의 의도도 깨달을 수 있을 것이다. 왕의 의도를 실현해 준 정원사의 기술은 물론이거니와 또 그것을 입안하고 구상한 왕의 의도는 실로 천재적이라 할 만한 것이었다.

연못에 변화를 주기 위해 연못의 동쪽 가장자리를 따라 무산(巫山) 열두 봉우리를 본따 언덕을 만들고 정상에는 물에 젖으면 새까맣게 빛을 내는 분암석(玢岩石)을 세웠으며, 옷깃에는 물결에 마모된 제암석(諸岩石)을 끼워 넣어 물가를 밝힐 수 있도록 세심한 주의를 기울였다. 그리고 연못 주위와 언덕 위에는 갖가지 희귀한 이국산의 나무와 화분 등을 놓아서 사시사철 꽃을 피우게 하였고, 그 사이에는 새와 동물들을 놓아 아침저녁으로 우는 소리가 들릴 수 있도록 했다.

동산 정원과 마주한 연못의 서쪽 주위에는 삼한의 곳곳에서 헌납된 목재와 석재와 기왓장과 쇠장식 등으로 만들어진 임해전이 매우 화려하고 호사스러운 모습을 자랑하고 있었는데, 그 중에서도 사람들을 놀라게 한 것은 궁궐과 그 주위 그리고 앞뜰에 바둑판의 눈처럼 주변을 온통 둘러싼 석구(石溝)였다. 이 석구는 지속적으로 맑은 물을 흐르게 해서 궁궐 안팎에 차갑고 맑은 기운을 넘치게 하는 것인데, 더욱이 한여름의 연회와 같은 경우에는 아주 능숙하게 석빙고(石氷庫)에서 직접 물을 흐르게 해서 피서를 돕는 매우 놀랍고 화려한 설비였다.

이 대공사가 차츰 완성되기를 기다리면서, 왕은 그 십구 년 삼월 뭇 신하들을 임해전에 초대해 잔치를 베풀었다.

왕은 임해전으로 향하기 전에 우선 중시(中侍) 천존(天存) 이하 서른 네 명의 중신을 거느리고 월상루(月上樓)에 오르셨다. 여기에서는 경주가 한눈에 조망된다. 신록은 아직 약간 이르지만 복숭아와 살구가 한창이어서 희끗희끗하게 꽃으로 덮인 도읍은 마치 십육칠 세의 소녀마냥 격앙된 숨을 쉬는 것만 같다. 꽃이 끝나는 곳에는 검은 덩굴이 늘어져 있고, 거기에서 사람들의 노랫소리가 마치 벌떼들의 붕붕 소리처럼 들려왔다.

노왕(老王)은 가슴의 고통을 억누르면서 내려다보다가 이윽고 중시 천존을 보면서,

"민가는 지금 기와지붕 일색으로 초가집은 한 채도 없다고 들었는데, 그것이 정말인가?"

"예, 그렇사옵니다."

"그리고 또 밥을 지을 때는 섶나무를 쓰지 않고 숯을 쓴다던데, 그것은 어찌된 일인가?"

"그건 섶나무를 때면 아무래도 집 안에 연기가 차기 때문이옵니다. 백성은 지금 도읍을 사랑하는 것이 자기의 집과 같고, 자기 집을 존경하는 것이 왕실의 그것과도 같습니다. 하늘 아래 국토가 아닌 곳이 없고, 국토의 끝까지 임금이 다스리지 않는 백성이 없다는 것을 백성 모두 마음 깊이 잘 알고 있습니다."

"으음."

"바야흐로 삼국 통일이 이루어져서 변경은 평온을 되찾았습니다. 또한 음양이 한층 조화롭고 비와 바람이 순조로우며 세월은 풍요롭고 백성은 어떤 불안도 없습니다. 황공하옵게도, 이 모두가 임금님의 덕이

옵니다."

"그것은 무릇 경들이 잘 보좌한 덕택이지, 이 몸에게 무슨 덕이 있겠소."

그러나 왕은 매우 흡족하였다. 임해전에서는 삼국 통일의 공로가 있는 문무백관에게 일일이 임금이 손수 술을 따르고, 또 그 자손에 이르기까지 시녀로 하여금 술을 따르게 했다. 그리고 주연(酒宴)이 무르익었을 때, 왕은 친히 거문고를 뜯고 좌우에서 각각 노래를 부르게 하면서 이렇게 임금과 신하가 모인 즐거운 모습은 날이 저물도록 끝날 줄을 몰랐다.

22

원술은 정원의 징검돌 위에 걸터앉아 해 저무는 연못 수면을 우두커니 바라보았다. 여기는 수면 쪽으로 내려오면 수풀에 완전히 가려져서 어디에서도 모습이 눈에 띄지 않는다. 그러나 임해전의 즐거움은 아직도 끝가는 줄 모르는 듯, 가야금 소리에 맞춰 노인들의 낮고 굵은 노랫소리가 저녁 바람결에 꽃잎과 함께 연못 위를 건너왔다.

목소리는 낮고 굵지만, 매우 젊고 희망에 찬 노래였다. 왕이 연주하는 다양한 곡조에 맞춰 그들은 즉흥적으로 차례차례 불러대기도 하고, 또는 전장 무용담이나 국가 태평의 기쁨 혹은 성수만세(聖壽萬歲)를 기원하는 노래를 불렀다. 위엄있는 수염을 한 무사와 백발의 정치가가 마치 이십대의 청년들처럼 목에 핏대를 세우고 자기의 시 짓는 재능을

뽐내고, 왕에게 어사주를 하사받으면 모든 사람들의 박수를 받으면서 물러났다. 이따금 왓 하는 탄성이 조용한 연못 수면 위의 공기를 요동시켰다.

나이로 치자면 아무렴 원술은 그들의 아들이나 손자뻘에 해당될 것이다. 그러나 뭐랄까, 정신적으로는 자기가 훨씬 노숙한 것 같은 느낌이 들었다.

그들은 아낌없이 청춘을 국가에 바치고, 바야흐로 삼한 통일의 성업 시대[大御代]⁷⁵를 맞이하여 멸망하지 않고 그 희망과 정열에 취하는 것이었다. 그들은 결코 나이를 먹지 않을 것이다. 그들의 생명은 뻗어가는 신라와 함께 영원히 젊을 것이다.

그런데 자신은 뭔가! 몇 번이나 되뇌었던 질문을 원술은 다시 한 번 자신에게 던져보았다. 자비령 골짜기에서 죽을 기회를 잃어버린 이래 그에게는 태양이 없었다. 죽은 달빛이 오히려 조용히 세상을 비추듯 그는 인생의 참혹함을 구석구석까지 응시하면서 살아왔다.

위대한 아버지를 영원한 실망 속에서 돌아가시게 하고 세상에서 가장 사랑하는 어머니를 출가토록 했으며, 그 아름다운 공주를 그대로 시들어버리게 하지 않았는가? 그것만으로도 그는 인생의 비통을 죄다 맛보았고, 나중에는 그저 괴로운 뒷맛을 반추하는 것에 불과한 망령의 생활과도 같은 느낌이 들었다.

게다가 이곳은 남해 공주가 공규(空閨)⁷⁶를 원망하고 있는 월성 안. 그 일에 생각이 미치자 그는 역시 오는 게 아니었다고 또다시 후회하

<hr>

75　원문의 '大御代(おおみよ)'는 천황이 다스리는 시대를 가리킨다.
76　오랫동안 남편 없이 여자 혼자 지내는 방.

는 마음에 사로잡혔다.

어머니에게조차 버림받고 울면서 태백산으로 들어갔을 때는 평생 나오지 않을 작정이었다. 그리고 말로는 이루 다 할 수 없을 정도로 미운 담릉이 있기는 하지만 운명의 그림자처럼 어디를 가도 따라오는 이 충실한 하인을 어떻게 할 수도 없고 해서, 결국 두 남자는 산속에 운수암(雲水庵)이라는 작은 암자를 만들어 완전히 속세를 끊고 문자 그대로 행운유수(行雲流水)의 생활을 시작했던 것인데, 그렇다고 해서 특별히 불상이나 경(經)에 집착하는 것도 아니었다. 암자에는 불상 대신 석문 땅에서 몸에 지니고 있던 병기 그대로와 보검 한 자루를 안치해 놓고 이따금 보검을 정면에 장식해두고는 긴 시간 동안 합장하면서 눈을 감고 있었다. 그러면 담릉은 으레 저 두꺼비 같은 큰 눈에서 눈물을 뚝뚝 흘리면서 나무를 하러 가거나 산나물을 캐거나 인근의 산으로 나가곤 했다.

그로부터 삼 년 후, 신라가 다시 어수선해졌을 때 원술은 또 다시 병기를 매고 보검을 허리에 찬 뒤 산을 내려왔다. 그때는 물론 다시는 돌아오지 않을 결심으로 운수암을 떠나면서 담릉과 영원히 이별을 했다. 그때 담릉 녀석이 심하게 울었던가…….

풍덩하는 소리가 나자 눈앞의 수면에서 파동이 일고 소용돌이가 순식간에 퍼져나갔다. 뒤를 돌아보았지만 아무도 없었다. 연못에서 개구리가 달아난 것이겠지……. 그는 다시 자신의 세계로 돌아왔다.

산을 내려오자 그는 재빨리 곧장 전쟁터로 달려갔다. 죽을 각오를 하고 나왔고 또 이미 죽은 것이나 다름없었기에 누구에게도 이름을 알릴 필요도 없었다. 가장 강력해 보이는 적군에게 무작정 달려들었다.

적군은 혼비백산해서 쩔쩔매고 아군은 놀라서 어안이 벙벙했다. 일부러 죽음을 자처하면서 원술은 필사적인 사자처럼 마구 휘저었다. 그러나 결국 그가 바랐던 그 자신의 죽음은 얻지 못했고, 따라서 적군이 뿔뿔이 흩어져 도망을 갔지만 마음은 전혀 후련해지지 않았다.

후에 왕 앞에 불려가 벼슬을 권유받았을 때 그는 아주 곤혹스러웠다. 조만간 부끄러움을 씻어내고 깨끗하게 이 세상에서 사라질 작정이었다. 이제와 새삼 은총을 받는다 해도 영원히 사람들의 입에 오르내리는 것은 부끄러움을 덧칠할 것이 뻔했다. 그렇게 생각한 그는 결국 왕의 권유를 사양했던 것이다. 그리고 결심한 바대로 도읍을 버리고 또 다시 방랑의 여행길에 나섰다. 그 후로부터 다시 삼 년……

풍덩! 또 다시 물소리가 났다. 분명히 누군가가 장난을 치고 있는 것임에 틀림없었다. 저녁 어스름에 감춰진 수풀 속을 원술은 오랫동안 바라보았다.

이윽고 수풀 속에서 나타난 것은 흰 옷을 입은 부인이었다. 누굴까? 원술은 괴상하게 가슴의 두근거림을 느끼면서 이 이상한 출현이 가까이 다가오는 것을 조용히 기다렸다.

"역시 원술님이셨군요……. 오랫만입니다."

그 목소리는 바로 남해 공주였다.

"앗! 공주님이 ……."

"뵙고 싶었습니다."

" ……. "

두 사람은 침묵 속에서 우두커니 있었다. 원술은 이 이상한 순간에 봉착해서도 거의 아무런 감동도 일어나지 않는 것에 대해 스스로 그다지 괴이하게 여기지 않았다. 그저 아주 변해버린 것 같은 마음속의 깊은 느낌이 있을 뿐이다. 아직 목소리만은 그 낭랑함이 남아 있었지만 수척해진 얼굴과 여전히 생기 없는 몸, 그리고 이미 육 년 전 한두 마디씩 이야기하기 시작했던 때와 같은 그런 젊음은 온 데 간 데 없고, 그저 몸 전반에 넘치는 성숙의 쓸쓸함만이 희미한 어둠 속에서 감돌고 있었다.

이런 경이로운 기분은 남해 공주도 마찬가지였다. 처음에 돌멩이를 던져서 원술인지 아닌지의 여부를 확인했을 때는 혹시 다른 사람을 착각한 것이 아닐까 하고 망설였을 정도로 원술의 모습은 변해 있었다. 우선 그을린 얼굴에 새까만 수염이 자라서, 일찍이 꿈에서 보았던 귀공자의 환영이 깨진 데서 온 실망이라기보다는 어딘지 모르게 낯선 남자를 불러 세웠을 때와 같은 어색함과 공포감이 먼저 생겨났다. 하지만 이렇게 마주하고 있으니 그 억센 체구 속에서 이 오륙 년 동안을 찾고 또 찾아마지 않았던 환상의 샘이 펑펑 솟아오르는 듯한 기분이 들어서 다시금 새로운 추모의 마음이 생겨났다.

"많이 변하셨네요……."

"공주님이야말로."

"그런가요?…… 그런데 어째서 그렇게 모습을 전혀 보이지 않으셨습니까?"

"……."

원술은 한참동안 발밑을 바라보고 있다가 마침내 머뭇거리며 대답했다.

"저는 세상을 버린 사람입니다. 오늘 이렇게 공주님을 뵙는 것조차 마음이 괴롭습니다. 무슨 낯으로 도읍 거리를 돌아다닐 수 있겠습니까."

"당신은 전혀 죄 지은 것이 없습니다." 원술은 이렇게 말하는 공주의 목소리가 차갑게 웃는 것처럼 들렸다.

"아닙니다, 죄인도 죄인, 대죄인이지요. 전쟁터에 나가서 임금의 명령을 더럽히고, 가훈을 등진 …… 아버지는 그 때문에 실망을 품은 채 이 세상을 떠나셨습니다. 어머니는 이 세상에 대한 희망을 잃고 출가하셨습니다. 그리고 공주님께는 뭐라고 드릴 말씀이 ……."

"자비령 전투에서의 패배는 결코 당신 한 사람의 책임이 아니라고 들었습니다. 게다가 당신은 훌륭하게 전사하려고 했지만 담릉의 제재로 그렇게 하지 못했다는 것까지 우리는 잘 알고 있습니다. 아버님과 어머님, 그리고 당신도 다소 지나친 외고집인 건 아닐까요."

"그건 아닙니다. 물론 석문 전투에서 저는 하찮은 일개의 패장이었으니 패전의 책임을 물을 근거가 없었을지도 모릅니다. 하지만 저는 당연히 죽었어야 할 전장에 있었는데 죽을 기회를 놓쳤습니다. 담릉이 제재를 했던 것은 사실입니다. 그러나 제가 죽을 기회를 놓친 무사라는 사실에는 변함이 없습니다. 죽을 기회를 놓쳤다는 그 의미를 아십니까? 무사에게 있어서 죽을 자리는 그렇게 많지 않습니다. 아니, 진정으로 죽을 자리란 단 한 번 주어지는 것이라는 사실을 이 오륙 년 동안의 경험으로 깨달았습니다."

"하지만 당신은 매초성 전투에서 이미 충분히 치욕을 씻어냈을 터. 더욱이 그 일이 우리 군대를 최후의 승리로 이끈 요인이 되었다는 것은 모두가 잘 알고 있습니다. 상감마마도 그 점은 충분이 알고 계실 터인데."

"활을 가진 자가 전쟁터에 나가 약간의 무훈을 세웠다는 것이 무엇이란 말입니까. 당연한 일이지 않습니까? 더구나 저는 공을 세우기 위해 그 전투에 나갔던 게 아닙니다. 육 년 전에 얻지 못한 죽을 자리를 스스로 찾고자 했기 때문입니다. 죽을 기회는 무사에게 단 한 번밖에 찾아오지 않는다는 것을 저는 어렵게 깨달았습니다."

"하지만 신라 사람들이 당신의 무용(武勇)을 칭송하고 있습니다. 더구나 아직 젊지 않습니까."

"그것은 저의 사고방식과는 전혀 반대입니다. 살구꽃은 결국 봄에 피는 것. 만약 그것이 가을이나 겨울에 핀다면 과연 사람들은 제때 피지 못한 꽃이라고 하면서 난리법석을 칠겁니다. 그러나 그것은 결국 비정상적으로 핀 것에 불과합니다. 열매고 뭐고 아무 것도 맺지 못하는 수꽃입니다. 저는 결국 제때 피지 못한 꽃입니다. 저의 이름은 앞으로 장래 몇 십 년, 몇 백 년 동안 사람들의 입에 오르내리겠지요. 그것은 희귀하기 때문입니다. 저는 역시 저 꽃잎들처럼 봄에 피어서 봄에 지고 싶었습니다……."

"아아." 공주는 거의 비명에 가까운 외침소리를 냈다. "당신의 이야기는 너무나 슬프네요. 어째서 그런 슬픈 생각을 하시는 겁니까?"

"그것이 신라라는 나라의 관습입니다. 그 이외에 우리들은 생각할 수 있는 것이 없습니다."

"……."

공주는 입을 다물어 버렸다. 그러나 사실은 잠자코 있는 것이 아니라 치밀어 오르는 흐느낌을 억누르기 위한 것으로서 두 어깨를 떨고 있었다.

"이렇게 말한다고 해서 저 혼자서 그것을 깨달은 것은 아닙니다." 원술은 상대방을 개의치 않고 이야기를 계속했다. "아버님의 장례식 날,

저는 어머님을 만나려고 가마 밖에서 울며 애원했습니다. 그러나 어머님께서는 끝내 허락해주지 않으셨습니다. 그래도 저는 어머니를 원망하지 않습니다. 원망하기는커녕 어머니는 과연 훌륭한 신라의 어머니라고 지금까지도 존경하고 있습니다. 제게 화랑도의 진정한 의미를 가르쳐 주신 것은 역시 어머님입니다."

남해 공주는 원술의 이야기 한 마디 한 마디에 귀를 기울이면서 조용히 눈물을 흘리는 듯했다.

"공주님, 제 심정을 아시겠습니까?"

"예, 알고말고요. 다만 너무도 슬픈 이야기여서 ……."

"그러면 한 가지 더 말씀드리겠습니다. 전쟁터에서 돌아와 저는 상감마마의 고마우신 은혜도 결국 사양하고 또 다시 여행길에 나섰습니다. 이제 두 번 다시는 도읍 땅을 밟지 않을 작정이었습니다. 그런데 지난 번 임해전 축하연에 반드시 원술을 부르라는 어명을 내리신 것을 알고 저는 생각했습니다. 상감마마는 역시 돌아가신 아버님을 생각하고 계신 듯합니다. 역시 괴롭더라도 함께 해드려야겠다고. 그렇지 않으면 순순히 나올 수 없었습니다. 다만 공주님께 어떻게 사죄드려야 할지, 공주님을 생각하면 아무 것도 모르겠습니다."

"당신의 괴로운 심정은 잘 알겠습니다. 저에 대해서는 전혀 신경쓰지 마십시오 ……. 그저 다 지나버린 저의 이런저런 슬픔은 특별히 말씀드리지 않겠습니다. 이야기를 꺼내면 오히려 가슴이 터질 것 같습니다. 다만 그런 슬픔 속에서도 언젠가는 당신을 뵐 수 있으리라는 단 하나의 희망으로 저는 오늘까지 버텨왔습니다. 그것만 말씀드리겠습니다 ……. 그러면 당신은 앞으로 어떻게 하실 생각이십니까?"

"저 말입니까? 이제 방랑하는 것도 지쳤고 어딘가 정착해서 조용히 책이라도 읽고 싶군요. 마침 의상대사(義湘大師)가 태백산에 부석사(浮石寺)를 세우셨으니 거기에 몸을 의탁하여 불도(佛道)에 정진할까도 생각하고 있습니다."

"그것으로 완전히 이 세상을 버리시려는 것이군요?"

"예, 일단 이 세상을 버려야지요. 저는 이 세상에서는 죽을 생각이었으니까요. 다시 태어나서 불법을 지키는 일에 평생을 바치고 싶습니다. 앞으로 신라에도 그런 일이 필요하지 않겠습니까. 하긴 이건 제 욕심일지도 모르겠군요."

연못 위에는 이미 땅거미가 내려앉아 임해전의 불빛 몇 가닥이 꼬리를 그으며 흔들렸다. 남해 공주는 아까부터 울음을 멈추고 어두운 연못 수면을 조용히 응시하면서 무엇엔가 집중하여 생각에 잠겼다가 갑자기 원술 앞으로 다가서면서,

"원술님, 마지막 부탁이 있습니다. 승낙해 주시겠습니까?"

"무엇입니까? 만약 제가 할 수 있는 일이라면 ……."

"저도 출가시켜주십시오. 비구니가 되려면 어떻게 해야 합니까? 인도해주십시오."

"엣, 공주님께서?"

"예, 그렇습니다. 저도 이 세상에는 아무런 미련도 없는 몸. 예전부터 그런 희망을 품고 있었습니다만, 어쩐지 당신의 곁을 떠나 산속에 틀어박히는 기분이 들어서 불안했습니다. 헌데 지금 말씀을 들어보니, 당신도 불문(佛門)에 귀의하신다 하시니 ……."

"그건 안 됩니다. 누가 뭐래도 당신은 한 나라의 공주님이십니다. 무

엇보다 상감마마가 허락하실 리 없습니다."

"상감마마는 이미 오래전에 저를 포기하셨습니다. 제가 이렇게 확실하게 저의 살아갈 방도를 말씀드리면 상감마마께서는 오히려 기뻐해주실 것입니다."

"하지만…… 그럼 저는 공주님의 일생을 완전히 망쳐버리는 자가 됩니다. 신라 사람들이 결코 그것을 용시하지 않을 겁니다."

"언젠가 원원사 뒷산에서, 공주님을 위해서라도 싸우겠습니다, 라고 말씀하셨지요? 제발, 이번에야말로 저를 위해서 싸워주세요. 그렇지 않으면 저는 구원받지 못할 겁니다……. 부탁입니다. 어머님께서 밟고 계신 길, 더욱이 당신도 밟고 가실 길, 그와 같은 길을 저에게도 밟게 해주십시오. 같은 길에 의탁해서 이 신라를 영원히, 영원히 보호하고 싶습니다."……

원술이 남해 공주의 사당(私堂)을 하직하고 나온 것은 밤이 제법 깊어진 후였다. 거기서 그는 공주의 입에서 지난 오 년간의 슬픈 이야기와 함께 새로운 결의를 듣고, 같은 길에 의탁하여 새로운 관계맺기를 서약한 것이다. 어쩐지 어깨에 무거운 짐을 내려놓은 듯했고, 또 새로운 세계가 열린 것만 같아서 문득 하늘을 보니 검은 밤하늘에 목련꽃이 어슴푸레 하얗다. (끝)

민족의 결혼

石田耕人,「民族の結婚」,『國民文學』, 1945.1~2

꿈을 사다

찾아오는 사람도 없는 쓸쓸한 정월이지만, 아해(阿海)와 아지(阿只) 자매는 평온하게 즐기고 있었다. 아버지 서현 소판은 만노군(萬弩郡)[1] 태수(太守)라는 중책을 맡아 금년 정월도 어머니와 함께 임지(任地)에서 맞이했기 때문에, 고향의 본가에서는 오빠 유신(庾信)을 아버지 어머니로 모시면서 단 둘이서 힘껏 돌봐야 했다. 그렇지 않아도 새해[松の內][2]에는 행사가 계속 이어져서 부산할 것으로 생각했지만, 그것도 다 끝

---

1   지금의 충청북도 진천.
2   원문의 '松の內'는, 보통 1월 1일부터 7일까지 대문 앞에 門松(かどまつ)를 세워두는 기간, 즉 일본의 정월을 뜻한다.

나자 커다란 동굴 속에 있는 것 같은 정적을 줄곧 단 둘이서 지키고 있는 곳, 근처에서 울려오는 널뛰는 소리가 오히려 꿈만 같다. 모일(毛日)[3]도 다 지났으니 바느질[縫ひ初][4]이나 할까 해서 언니는 반짇고리를 갖고 나와 베개에 수를 놓고 있고, 한쪽에서 동생은 털담요 밑에 배를 깔고 엎드려 약과 조각을 입에 가득 물고 먹으면서 외국에서 들여온 역사책[舶載の稗史][5] 읽기에 빠져 있다.

그때 아해가 바늘을 내려놓으며 혼잣말처럼 중얼거렸다.

"나, 어젯밤에 이상한 꿈을 꿨어."

동생은 "에에" 하면서 반응을 보였지만, 여전히 책에서 눈을 떼지 않는다. 잠시 후,

"어떤 꿈?"

"그게, 좀 부끄러워서 말을 할 수가 없어."

그러자 아지는 갑자기 고개를 들고 장난기 가득한 눈동자를 반짝반짝 빛내며,

"어떤 꿈? 좋은 꿈이구나! 말해줘."

하고 어리광부리는 목소리로 말했다.

"그게, 너무 부끄러워서 말할 수가 없어."

아해는 약간 얼굴을 붉히면서도 입은 애매한 미소를 남긴 채 말을

---

3   정월의 동물 민속으로, 정월 초하룻날부터 열이튿날까지를 간지(干支)에 따라 쥐날·소날 등으로 부르며 이에 따른 관습이 전한다. 12간지 중 털이 있고 없음에 따라 유모일과 무모일로 나누는데, 털이 있는 날은 길하고 털이 없는 날을 흉하다 하여, 털이 없는 용과 뱀을 제외한 털이 있는 쥐·소·호랑이·토끼·말·양·원숭이·개·돼지날을 선호하였다. 설날이 모일이면 풍년이 든다는 속설이 있다.

4   원문의 '縫ひ初'는, 신년의 첫 바느질을 뜻한다.

5   원문의 '舶載の稗史'는, 외국 특히 중국에서 유입된 소설풍의 역사서를 가리킨다.

멈췄다.

"알겠다. 소천공(蘇川公)의 꿈이지!"

동생에게 이런 말을 듣자, 아해는 정색을 하고 고개를 저으면서,

"아냐, 아냐, 그런 게 아니야."

"그럼 확실하게 말해주면 되잖아."

"그게 말이시."

"언니, 약올리기야?"

라고 말하면서, 아지는 작은 고양이처럼 민첩하게 언니의 품안으로 달려들었다. 갑자기 겨드랑이 밑을 간지럽히기 시작하자 아해는 몸을 뒤로 젖히며 꺅꺅 괴로워하면서,

"말할게, 말할게, 나 좀 놔 줘."

그러나 동생은 더욱더 심하게 몸 위로 올라타고는 간지럽히는 손을 멈추지 않는다. 뭔가 조를 일이 있을 때마다 갑자기 언니 품안으로 달려들어 기절할 때까지 간지럽히는 그 무모하고 완고한 고집을 아해는 잘 알고 있었다.

"놔 줘, 진짜 말할 테니까."

드디어 아해는 질식할 것 같은 고통에서 벗어나 몸을 일으켰지만, 머리가 풀어헤쳐지고 양쪽 눈에는 눈물까지 고였다.

"빨리 말 하지 않으면."

"잠깐만 기다려 줘. 숨이 차서."

이렇게 제지하고 나서 아해는 숨을 헐떡이며 이야기하기 시작했다.

"산에 올라갔어, 혼자서. 아마도 서형산(西兄山)이었던 것 같아. 정상의 바위 위에 걸터앉아 있었는데, 저 건너편까지 마을이 한눈에 들어

오는 게 아주 장관이었어. 그렇게 조망하면서 즐기고 있는데, 뭐랄까 온 몸이 둥실둥실하면서 내가 온 세상 가득히 퍼지는 것 같았어. 그래도 외롭다는 느낌은 전혀 없이 오히려 찌잉 하고 힘이 들어가는 것 같은 느낌이 들었거든."

여기까지 말하자 아해는 얼굴이 새빨갛게 달아오르면서 입을 다물었다.

"그래서?" 동생은 애가 타서 재촉한다.

"오줌이 나와 버렸어, 저절로."

아해는 부끄럽다고도 이상하다고도 할 수 없는 묘한 미소를 띠었다.

"어머나!"

"그게 멈추지를 않는 거야, 아무리 참아도. 혼자서 어찌나 당황했는지. 그러던 중에 그만 마을이 물에 잠겨버려서, 큰일이다, 하고 크게 외친 순간 꿈에서 깼어."

"음……. 오줌으로, 마을이, 잠겼다……."

이번에는 동생이 기절할 듯이 웃어댔다. 그러자 언니도 거기에 끌려 함께 웃어대고, 그렇게 두 사람은 눈물이 나올 정도로 웃었다.

한바탕의 웃음이 끝나자, 아지는 무언가 생각이 난 듯 갑자기 정색을 하면서 말했다.

"언니, 그 꿈 나한테 팔지 않을래?"

"이런 꿈을 사서 뭐하려고?"

"뭘 하려는 건 아니지만, 팔아. 어차피 언니도 처치 곤란하잖아."

"팔아도 되지만, 그 대신 뭘 줄 건데?"

"뭐든지 줄게, 언니가 좋아하는 것."

"그래……. 그럼 비단 치마를 줄래? 왜, 세밑에 아버지께 받은 것 말야."

"좋아, 줄게."

이렇게 대답하고 아지는 방을 뛰어나갔다.

잠시 후 아지는 주홍색 천에 놀랄 만큼 크게 금실로 덩굴무늬를 수놓은 비단 치마를 두 손 높이 쳐들고 왔다.

"자, 갖고 왔습니다."

정말 흥정할 듯한 진심어린 표정이다.

"그럼, 꿈을 팔겠습니다."

언니도 인정하겠다는 기세이다. 그리고 나서 동생의 옷깃 아랫부분을 약간 열어 눈처럼 하얀 가슴 위에 살짝 입술을 맞췄다.

"분명히 꿈을 팔았습니다."

그리고 나서 두 사람은 또 계속 웃어댔다.

그로부터 삼 일이 지난 쇠(丑)의 날 오후, 서둘러 대궐을 빠져나가는 춘추(春秋)의 뒤에서 그의 이름을 부르며 쫓아오는 이가 있었다. 뒤를 돌아다보니 김유신이다. 나이는 여덟 살이나 위였지만 그런 기색은 전혀 없이 진심을 다해 사귀어 줄 뿐만 아니라 무슨 일이라도 생기면 잘 보살펴주는 이 친구를 만나면, 춘추는 반가움에 앞서 안도감을 느끼게 되는 것이 이상할 정도였다.

"아, 유신공(庚信公)이셨습니까?"

"아까부터 뒤쫓아왔는데, 춘추님은 역시 대장부, 저희들보다 걸음걸이가 세 배나 빠릅니다. 힘들어하지도 않는군요."

춘추는 육척이 훨씬 넘는 큰 키로서 보통 사람은 목을 젖히고 올려다보아야만 한다. 키만 큰 것이 아니라 사지도 조화를 잘 이루어 알차게 뻗었고 다부진 어깨 위에 고귀함 그 자체인 얼굴이 단정하다. 그 얼

굴에 부드러운 미소를 지으면서,

"이거 참, 죄송합니다."

"오늘은 모처럼 비번(非番)이니, 저희 집에 가서 축국(蹴鞠)⁶이나 하면서 즐기는 게 어떻겠습니까?"

"그거야 좋지만, 단 둘이서 어떻게."

"아니, 그 편이 오히려 더 좋습니다. 실은 오늘은 꼭 비법을 전수받아 싸울 요량입니다. 시골[山家]에서 자란 저는 아무리 해도 그런 우아한 놀이가 몸에 잘 익지 않는군요."

"별 말씀을."

이 새로운 유희가 유학생들에 의해 당나라에서 퍼져나간 것이 언제부터였는지는 모르지만, 아무튼 굉장히 유행하는 모양이었다. 사슴 가죽을 씌운 공을 일고여덟 명이 발로 동동 차올리고 그것을 땅바닥에 떨어지지 않게 하기 위해 손발은 물론 온몸을 최대한도로 움직이고, 경우에 따라서는 몸을 땅바닥에 내던져서라도 받아내야 한다. 그 용맹스럽고 활발한 점이 신라 청년의 기호에 맞았을 터였을 것이다. 순식간에 귀족 자제들 사이에 널리 보급되었다. 그러나 이국의 유희란 그 요령을 익히는 것이 좀처럼 쉽지가 않다. 당나라 숙위라는 중대 임무를 마치고 이제 막 조정에 돌아온 김춘추는 자연히 학문과 지식뿐만 아니라 축국 놀이에서도 당대의 선수였다.

"아무튼 같이 합시다."

---

6   동양의 고대 축구로서, 원래 중국 고대의 황제(黃帝) 임금이 병정을 훈련시키는 놀이로 처음
     시작했다는 전설이 있다. 당나라 때 신라, 고구려, 백제에 전해져 일본에까지 퍼진 귀족들의
     공차기 놀이를 가리킨다.

"고맙습니다."

이렇게 해서 두 사람은 아해와 아지 단 둘이 지키고 있을 서현 소판 댁의 중앙 마당으로 몰려갔다.

두 명의 젊은이가 쿵쿵 땅을 울리며 공을 쫓아 달린다. 때로는 몸과 몸이 서로 부딪치며 날아다니면서도 공을 받기 위해 필사적으로 팔다리를 휘두른다. 서현 소판의 빈 집에 난데없이 떠들썩한 소용돌이에 놀란 하인들은 여기저기서 얼굴을 내밀고 엿보았다. 공은 공중을 자유자재로 날아다니면서 한 번도 땅바닥에 떨어지지 않는다. 마치 공에 날개가 달린 것 같다며 하인들은 서로 찬탄한다. 두 사람은 헉헉 숨이 차오르고 이마 위에는 땀이 흘렀다.

그러던 중 어찌된 일인지 김유신의 몸이 춘추에게 부딪혀 넘어지자 공이 땅바닥에 떨어져 퉁 하는 소리가 나면서 그대로 고꾸라져 버렸다. 춘추는 당황해서 일어나려다가 옷이 유신의 발에 밟힌 것을 보았는데, 그만 찍익 소리를 내면서 저고리의 옷고름이 떨어져 버렸다. 깜짝 놀란 유신은 상대를 안아 일으키면서,

"이거 실례했습니다. 옷고름이 떨어졌군요. 저희 집에 들어가서 한 땀 꿰매시지요."

"아니요, 괜찮습니다."

"그렇지만 이대로 댁으로 돌아갈 수는 없습니다. 그저 한 땀 꿰매시지요."

이렇게 해서 춘추는 한 번도 들어가 본적이 없는 서현 소판 댁 중당(中堂)으로 안내되었다. 유신은 그 발로 내당(內堂)으로 건너가 누이인 아해에게,

"오늘 내 실수로 춘추님 저고리의 옷고름이 떨어졌다. 미안하지만, 한 땀 꿰매드릴 수 있겠느냐?"

하고 말했다. 그러나 아해는 아무래도 마음이 내키지 않는 모양이다.

"그 정도의 일로 어찌 외간 남자 분을 만날 수 있겠습니까?"

"신경은 좀 쓰이겠지만, 나하고는 형제처럼 지내는 춘추님이다."

"그렇지만."

하고 말하며 꺼리고 있는 찰나에 옆에서 아지가,

"제가 꿰매드리겠습니다."

하며 나선다. 김유신은 약간 망설이는 표정이었지만 흔쾌히 받아들이며,

"그럼 부탁한다."

라는 말을 남기고 밖으로 나갔다.

잠시 후 밖으로 나온 아지의 모습은 오빠 유신이 깜짝 놀랄 정도로 청순했다. 어느새 옷을 갈아입고 얼굴에는 아주 엷은 백분 기미도 감돌았다. 그녀는 손님을 향해 가볍게 인사를 한 뒤 조용히 앉아 묵묵히 바늘과 실을 앞에 놓았다.

"저의 누이 문희(文姬)입니다. 아명(兒名)은 아지. 아직 그저 어린 아이지만 아모쪼록 잘 부탁……."

"이거 참, 송구스럽습니다. 그럼 좀 꿰매주시겠습니까?"

춘추도 가능한 한 가볍게 대답하고 재빠르게 저고리를 벗었다. 그러나 그의 속마음은 결코 가볍지 않았다. 예리한 화살에 찔린 토끼처럼 그의 가슴은 욱신거렸다. 바느질은 허망할 정도로 간단히 끝나고, 문희는 들어왔던 때와 마찬가지로 조용히 인사하고 나가버렸다. 오빠도 그 뒤를 따라 나갔다. 너무도 순식간의 일이어서 춘추는 꿈속에 있는

자신을 망연히 응시할 뿐.

얼마 후 밖에 나갔다 들어온 유신은 왠지 신이 난 모습으로,

"춘추님, 오늘은 한 번 여유있게 즐깁시다. 마침 저희 집에 당주(唐酒)가 한 병 있습니다. 세밑에 받은 것인데, 아무도 마실 사람이 없어서 뚜껑도 열지 않았습니다. 춘추님이시라면 그 맛을 알아주실 것 같습니다만."

"아니요, 그러면 너무나 폐를 끼치게 됩니다. 다음번에."

"좋지 않습니까? 누이 녀석들도 모처럼 정월 음식을 만들었는데, 아무도 먹어줄 사람이 없어서 쓸쓸해하던 참입니다."

그러는 동안 주안상이 차려지고, 또 다시 문희가 이번에는 은주전자를 들고 나타났다. 그녀가 고개를 숙인 채 술을 따르자 유신은 애정 어린 눈으로 누이를 내려다보면서,

"춘추님은 작년에 원조를 청하기 위해 당나라 사절(使節)로 가서서 그곳의 천자(天子)님을 비롯하여 고귀한 분들과 친교를 맺고 돌아오신 분이다. 너도 이제는 좀 그 지역의 풍류 등을 배워서 촌스러움을 벗을 필요가 있다."

라며 농담인지 진담인지 알 수 없는 말을 하며 혼자서 유쾌하게 웃었다.

"술을 따르는 손은 시골 처자의 손이지만 술은 도회의 술이 틀림없습니다. 오늘을 추억 삼아 한 잔 드시지요."

"아니, 그 곳에서도 여러 댁에 초대받아 가보았지만, 문희님처럼 아름다운 분은 만나지 못했습니다."

"아, 축국만 잘 하시는 줄 알았더니 ……."

이렇게 해서 세 사람은 유쾌하게 웃어대고 분위기는 완전히 무르익었다. 춘추는 피곤한 채 술을 마시고, 요청 받은 대로 당의 풍물 세태를 이

야기했다. 그는 이야기의 진행에서 조금도 벗어나는 일 없이, 말하자면 그것은 여름 날 찬바람이 방 안에 가득 찼다가 바로 사라지는 것과 같은 상쾌함이었다. 스물 둘이라는 약관의 나이에 청원사절(請援使節)로 입당 (入唐)했다는 것은, 아무리 춘추가 왕실의 혈통을 이었다손 치더라도 인재가 구름처럼 많은 신라 왕조에 있어서는 역시 그 자신이 지닌 역량재간과 함께 천성의 매력을 갖추지 않고서는 어림도 없는 일이다.

노골적인 모멸과 불신의 시선으로 초대되었던 청년 사절 김춘추는, 그럼에도 불구하고 일 년여의 교제와 외교적 절충에 있어 신라 상하(上下)의 기대에 어긋나지 않았다. 대체 춘추가 책임진 사절이란 무엇이었을까?

먼저 북방의 부여족이 번성하여 인근의 예·맥족 등의 근친 종족과 함께 고구려국을 세우고, 그 중 한 무리는 조선반도의 척량산맥(脊梁山脈)[7]을 따라 열수(列水)−한강−상류에 겨우 닿는가 싶더니 그대로 강을 내려와 백제국을 점령하고, 이윽고 마한(馬韓) 54국을 정복하여 대백제국을 건설했다. 그리하여 두 나라가 힘을 합쳐 가운데 끼어 있는 낙랑(樂浪), 대방(帶方) 2군(郡)을 맹렬히 공격함으로써 사백 년간 뿌리를 내려온 한민족(漢民族) 세력을 완전히 몰아냈다.

두 개의 파도는 만 개의 파도를 부른다. 이러한 종족 통일, 국가 건설의 기운은 마침내 동남쪽 한 구석에서 잠자고 있던 진한(辰韓) 종족을 흔들어 깨웠다. 스스로 천손 민족을 자임하고 신궁을 모시는 이 작은 종족의 각성은, 그러나 실로 굉장했다. 사로국(斯盧國)[8]을 중심으로 하여 순식간

---

7   원문의 '脊梁山脈'은 한 지역에서 가장 주요한 분수계를 이루는 산맥을 말한다.
8   진한에 속한 소국으로, 후에 이웃의 다른 소국들을 정복하여 신라왕국을 이뤘다. 현재의 경

에 진한 12국을 합쳐 신라국을 세우고, 마침내 그 예리한 칼끝은 인근의 모든 나라에 미쳐 변한(弁韓) 12국에서도 아침에 한 성(城), 저녁에 또 한 성 하는 식으로 함락시키는 등 이미 그 귀추는 누가 보아도 확실해졌다.

이렇게 해서 조선은 종족 분열의 혼돈기를 청산하고 민족 통일의 여명기를 맞이했지만, 그것이 완성되기까지는 아직 어느 정도 괴로운 시련의 단계를 거쳐야만 했다. 삼국 정립(鼎立), 그것은 누가 민족 통일의 대업을 완성하고 내일의 조선을 짊어져야 할 것인가를 결정하는 일대 시련의 시기에 다름 아니다. 내일의 운명을 그 누가 알 것인가. 백제와 고구려는 서둘러 옛 낙랑 땅을 갖고 서로 싸우고, 신라와 백제는 낙동강 유역을 거쳐 자원이 풍부한 가락국(駕洛國)을 중심으로 차츰 국운의 귀추를 정하고자 했으며, 또 신라의 나머지 세력은 북방으로 흘러가 강대국 고구려의 절벽을 무너뜨렸다. 그리고 서쪽 대륙에서는 당나라가 엄청난 실력과 위엄을 갖추고 이들 세 나라의 쟁투극을 가만히 지켜보고 있었다.

이렇게 해서 조선반도에서 전개된 패권 싸움은, 그것이 그대로 당나라의 수도 장안에서 재연되어 담소 속에서 불꽃을 튀기게 했다. 백제, 고구려, 그리고 신라에서 매년 방물(方物)을 실은 수레를 끌고 오는 견당사(遺唐使) 무리에 섞여 온 김춘추는 우선 그 육척이나 되는 큰 키와 위풍당당한 풍채, 그리고 무엇보다 사람을 매혹시키는 명쾌한 변설(辨說)로 당나라 조정의 마음을 완전히 장악해버렸다. 당 태종은 마침내 그를 신성한 사람이라 부르고, 영원히 그가 떠나지 않도록 달래어 머무르게 했을 정도였다.

유신은 이러한 일들을 떠올리며 장래의 신라를 맡아야 할 사람은 역

상북도 경주시 유역에 위치했었던 것으로 추정된다.

시 춘추님을 빼놓아서는 안 된다고 마음 속 깊이 생각하고 흔쾌히 수긍하였다. 그리고 이 사람을 위해서라면 그 무엇을 바쳐도 아깝지 않다는 생각이 문득 드는 것이었다.

"춘추님, 고구려의 사절 침령(沈嶺)이 춘추님 때문에 진수성찬의 기회를 놓치고 굶주린 채 대명궁(大明宮)[9]에서 달아났다는 이야기는 몇 번을 들어도 유쾌합니다. 다시 한 번 들려주시지 않겠습니까?"

"자랑할 것도 못 되는, 장난삼아 한 일인 걸요. 그 일이 들통나면 문희님 앞에서 남자 체면이 망가집니다. 핫핫하."

유쾌하게 웃으면서 슬쩍 문희를 훔쳐보는 그의 눈동자 속에 야릇한 불꽃이 타오르는 것을 유신은 놓치지 않았다.

"그건 그렇고, 요즘 고구려 놈들의 횡포가 하도 심해서 가만히 보고만 있을 수가 없다면서요."

유신은 불끈하는 기색으로 거세게 말했다.

"다 얕은 잔꾀지요. 통로를 가로막아 신라 사절을 못 가게 하면, 당나라가 신라에 대한 불신으로 인해 분노할 것을 노리는 건데, 천만의 말씀. 당 조정에 바보들만 있을 리가 없지요. 그 틈에 저희가 나가서 설득하고 가르쳐 줄 작정입니다. 그런 시시한 짓은 안 통하지요."

"꼭 한 번 가십시오. 뒤에서는 이 김유신이 대기할 테니까요."

"뭐, 무력으로 대응해야 할 것까지는 아닙니다."

그때 유신은 무슨 생각이 떠올랐는지,

"아차, 중요한 걸 깜박 잊었습니다."

---

9   당나라 장안의 용수산(龍首山)에 있던 궁.

라고 말하면서 당장 일어나려 한다.

문희는 놀라서,

"무슨 일이에요?"

오빠는 낙심한 표정을 지어내면서,

"오늘 아침 아버님 계신 곳에서 사자(使者)가 와서, 양주공(梁州公) 앞으로 봉서(封書)를 두고 갔다. 이지간히 화급한 용무인 것 같아 당일에 건네주어야겠다고 생각했던 것을 아까 축국하고 술 마시는 데 몰두하여 깜박 잊었구나. 춘추님, 지금이라도 서둘러 갔다 올 테니 잠시 용서를."

"아닙니다. 저도 이만 돌아가겠습니다."

"아닙니다. 고구려를 응징한 신통한 책략을 꼭 듣고 싶습니다. 그저 잠깐이면 됩니다. 아, 문희야, 오라비 대신 접대를 부탁한다."

이렇게 억지로 춘추를 붙들어 놓고 유신은 밖으로 나가고 뒤따라 나온 문희에게 무언가 두세 마디를 속삭이고는 그대로 어둠 속으로 자취를 감추었다.

새 양초가 켜지고 새 술상이 차려지자 마치 방금 연회가 시작된 듯이 생기가 회복되어 이야기가 생생하게 탄력이 붙었다. 바둑판의 선처럼 가지런히 정돈된 수도 장안의 장대함, 거리마다 대열을 지어 걸어가는 남녀의 현란함, 마을을 중심으로 울창하게 치솟은 종교와 학문의 숲, 그 숲을 동경하여 모여든 다양한 이방인들의 복장과 언어, 이런 신기한 이야기들은 신라의 규방에서 자란 처녀의 마음을 취하게 하기에 충분했다.

"정말, 듣고 또 들어도 싫증나지 않는 이야기들뿐이네."

문희가 혼잣말처럼 중얼거렸을 때, 춘추는 이미 완전히 취해 자신의 팔을 베개 삼아 코를 골기 시작했다. 그러자 문희는 갑자기 불안해져서, 오라버니는 어찌 된 것일까, 하고 주위를 둘러보았지만 오라버니가 돌아오겠다고 약속한 시각은 이미 훨씬 지나버렸다. 어쨌든 이대로 두면 감기에 걸리실지도 모르니 이불을 덮어드려야겠다고 생각하면서 그녀는 일어섰다. 그날 밤 문희는 언니한테 꿈을 샀던 진정한 의미를 알았던 것이다.

성골(聖骨)

신라 진평왕(眞平王) 사십칠 년, 고구려 남하의 기세는 나날이 뻗어가 두 젊은이의 비분강개 정도로는 저지할 수조차 없었다. 과거 이십삼 년, 고구려는 수나라 백만의 수륙군을 격파하고 마침내 이 대륙 국가를 무너뜨림으로써 절망에 빠뜨렸다. 이때 이연(李淵)이 일어나 새로이 당나라를 열었다. 같은 해 왕위에 오른 영류왕(榮留王)은 서둘러 사자를 보내 방물을 바치고 신하의 예를 갖추기는 했으나, 고구려의 왕성한 세력이 언젠가는 랴오허강(遼河)을 넘으리라는 것을 예감하고 있었다. 그때까지 후방의 안녕을 도모하지 않으면 안 되었다. 백제의 압박─이것은 이미 그 전부터 있었던 일이므로 적당한 시기에 한번 제압하면 신라의 것이 된다는 계산은 이미 무장들도 모두 보증하고 있었다. 그러나 남은 것은 신라. 반도의 한쪽 구석에서 슬금슬금 일어난 이 신생 국가는 이제 약소국이라고 얕볼 수만은 없게 되었다. 힘도 셌지만, 일본과 지나의 조정에 출입하면서 능수능란하게 힘의 견제를 도모하는 그 훌륭한 외교술은 더더욱 놀랄 만한 것이었다. 따라서 지금으로서는 싹을 제거해두지 않으면 안 된다—라는 영류왕(榮留王)의 생각도 무리는 아니었다.

그러던 중 갓 서른을 넘긴 장년의 김유신은 줄곧 북방을 주시하며 초조한 나날을 보내고 있었다. 그들의 머리를 부수고 팔을 부러뜨리는 격렬한 충돌이 하루 빨리 왔으면 좋겠다며 그것만 바라고 있었다. 그러나 좀 더 기다리자고 만류하는 소리가 있었다. 설사 고구려와 충돌하여 완벽하게 최초의 일격을 감행한다손 치더라도 그 반동으로 인해 신라 내부에 균열이 생기지는 않을까? 하는 것이 늘 걱정이 될 정도로 무너지기 쉬운 것이 신라 사회의 상태였다.

하지만 그를 만류하는 소리는 그뿐만이 아니었다. 누이를 어떻게 해야 할지에 대한 의문은 더욱더 집요하고도 절실했다. 그 소리는 항상 수척해진 누이의 얼굴과 겹쳐져 그를 따라다녀 잠시도 떨어지지 않았다.

김유신으로서는 그 결과와 경위까지 충분히 고려할 생각이었다. 그러나 그 결과는 뜻밖에 너무나 빨리 찾아왔고, 또 그것이 그린 파문은 의외로 너무나 깊고 넓은 것이라는 느낌이 가슴에 사무쳤다.

경주의 들판에 봄이 찾아오면서 복숭아꽃과 살구꽃이 피자 사람들은 가벼운 옷차림을 하고 밖으로 밖으로 나갔지만, 문희는 집에만 틀어박힌 채 한 발짝도 방 밖으로 나가지 않았다. 아가씨가 심한 병에 걸린 모양이라고 친척들조차 걱정을 하곤 했지만, 그녀의 병환의 정체를 알고 있는 것은 언니 보희(寶姬)와 몸종 한 사람 외에 오빠 유신과 춘추뿐이었다. 문희는 결국 임신을 한 것이다.

언니가 걱정이 된 나머지 몰래 심부름꾼을 보내니 어머니 만명부인 (萬明夫人)이 왔고, 어머니는 돌아가자마자 곧바로 남편에게 자초지종을 전했음에 틀림없다. 아버지는 딸의 병문안을 간다는 말을 미리 퍼뜨리고, 가까운 시일 내에 상경하겠다는 전갈을 보내왔다. 이제 절체절명의 순간이다. 무슨 수를 써야 한다면서 유신은 깊은 한숨을 쉬며 집을 나섰다.

다행히 춘추는 집에 있었다. 유신은 아무 일도 없다는 듯이,

"요즘 통 안 보이셔서 어디 건강이 안 좋으신가 하고 걱정이 되어 왔습니다"라고 찾아온 이유를 말했다.

가까이서 보니, 춘추는 요 며칠간 집에만 틀어박혀 있었던 듯 수염도 깎지 않고 얼굴에는 근심과 고민의 기색이 짙었다. 불시의 방문에 춘추는 당황한 기색이 역력했지만, 그보다는 오히려 반가운 기색을 강하게 보이며 유신의 손을 잡았다.

"정말 잘 오셨습니다. 그렇지 않아도 제 쪽에서 가볼 작정이었는데 ……. 오늘쯤에는…….."

힘없이 고개를 숙이며 말끝을 흐려버린다. 유신도 대답할 말이 없어 잠자코 있었다. 잠시 후, 손에 한층 더욱 힘을 주면서,

"어떻게 해야 할지……. 귀공(貴公)의 훌륭한 지혜를 삼가 청하고자 오늘 내일 중에 여쭤볼 생각이었습니다."

"제게도 이렇다 할 만한 궁리는 없습니다. 다만 누이가 가엽군요"라며 말을 짧게 하고는 계속 상대의 얼굴을 주시했지만, 춘추는 큰 바위에 억눌리는 것 같은 위압을 느껴 고개를 들 수가 없었다.

"저의 부정한 행실은 무슨 수를 써서라도 사죄하겠습니다. 다만 제

게는 그 방법이 잘 보이지 않는군요."

"부정한 행실을 사죄한다, 그러면 누이는 완전히 심심풀이였다고 말씀하시는 겁니까?"

"아닙니다. 그렇지 않습니다. 부끄러운 말씀입니다만, 제가 누이 분을 처음 본 순간부터 이상하게 마음을 빼앗겨 저도 모르는 사이에 불미스러운 지경에까지 이른 것입니다. 심심풀이라니요 무슨, 절대 그렇지 않습니다."

"그러면 누이를 좋아하는 것으로 생각해도 되겠습니까?"

"신을 걸고 맹세합니다."

"그러시다면 송구스럽습니다. 누이가 들으면 기뻐할 것입니다."

"하지만 저는 아무 것도 할 수가 없습니다."

"······."

"우리는 서로 예부터 왕가를 짊어진 신분입니다. 누이 분께서도 훌륭한 금관왕국(金官王國)의 후예로서, 꿈에도 경거망동 할 수 없다는 것은 충분히 헤아리고 있습니다. 그 점에서는 저 또한 마찬가지로서, 그것은 움직일 수 없는 사실입니다. 성골로 태어난 것이 얼마나 불편한 것인지, 요즘에 절실히 생각했습니다. 그러나 불편하든 어떻든 간에 이것은 제가 짊어지고 가야 할 것으로 약속된 것입니다."

"······."

"최근 들어 아버님께서 어째서 갑자기 저의 결혼을 서두르시는 것인지 그 이유도 알 것 같습니다. 근년에 어찌된 연유인지 성골 집안에 남자 혈통의 자손이 없어서, 실은 저희들 사회에서는 대단히 문젯거리가 되고 있습니다. 현재 왕실에도 태자가 안 계십니다. 이대로 가면 성골이 끊어지지는 않을까, 모두들 그런 불안에 사로잡혀 있습니다. 그러니 단 하나의 성골 남자인 제게 사람들의 이목이 집중되는 것은 자연스러운 일이겠지요. 아버님의 초조한 심정도 바로 여기에 있는 것이므로, 저로서는 제 마음대로 할 수만은 없습니다."

"춘추님의 괴로운 입장은 잘 알겠습니다. 또 부친께서 춘추님의 결혼 때문에 대단히 분주하시다는 것도 잘 알고 있습니다. 그러니 저로서도 억지로 누이를 어떻게 해주십사 하는 말씀은 못 드립니다. 다만 지금, 제가 꼭 말씀드리고 싶은 것이 있습니다. 또 이에 대한 고견도 꼭 배청하고자 합니다." 이렇게 말하면서, 유신은 앉음새를 바로 고치고 상대의 안색을 살폈다.

"춘추님, 제 충성심을 믿어 주시겠습니까?"

춘추는 이 말을 듣자 놀란 얼굴을 하면서,

"무슨 말씀을 하시는 겁니까? 새삼스럽게. 구해왕(仇亥王) 이래, 귀 가문 문중이 신라 왕조에 바친 충성은 비할 바가 없습니다. 또한 귀공의 나라를 걱정하는 깊은 뜻에 대해서는 저도 항상 경복해 마지않는 것으로, 정말 부끄러워서 죽고 싶을 정도입니다."

"그 말씀, 황공하옵니다. 그러나 지금부터 제가 드리는 말씀은 기필코 비밀로 해야 할 것으로, 혹 누설된다면 제 목이 날아가 버릴지도 모릅니다. 뭐, 제 목이 날아갈 것을 두려워하는 것은 아닙니다만……."

"무엇이든 말씀하십시오. 그리고 기필코 누설하지 않겠다고 굳게 맹세합니다."

"그럼 말씀드리지요. 조금 전, 성골 집안에 남자 혈통의 자손이 없다는 것도 외람되고 대단히 가슴 아픈 일인바, 문제는 거기에 있습니다.

신라는 개국 이래 오백여 년 간 위로는 성골을 왕으로 세우고 아래로는 충용한 백성을 거느렸으며, 안으로 잘 다스리고 밖으로 외교를 잘하여 오늘에 이르렀습니다. 특히 법흥대왕 대에 이르러 국호와 왕호를 정하고 병부(兵部)를 설치하고 율령을 정했으며 백관공복(百官公服)을 제정하여 처음 시행하고 또 불법을 따라 연호를 세워 단 한 가지의 결점도 없는 당당한 국가가 되었습니다. 그러나 오늘날 신라는 대단히 중대한 갈림길에 접어들었습니다. 굳이 그것을 위태로운 운명의 갈림길이라고 해도 과언이 아닐 것입니다."

춘추는 묵묵히 크게 수긍했다. 유신은 그에 힘입어,

"제가 말씀드리고 싶은 것은 바로 그 점입니다. 과연 신라는 위의(威儀)를 갖추어왔지만, 그 위엄을 조금만 뚫고 안을 들여다보면 유약함이 느껴집니다. 병들었다고 할까요, 노쇠했다고 할까요, 아무튼 발랄한 것이라고는 전혀 없습니다. 쇠미(衰微)의 조짐이 역력하다고 말씀드린다면 너무 지나친 것일까요?" 여기서 유신은 다시 한 번 상대의 안색을 살폈다.

"맞습니다." 춘추는 대답한다.

"성골 남자 혈통이 딱 끊어질 것 같다는 것은 신라 개국 이래의 일대 사건입니다. 그러나 그것도 자연의 힘이니, 어떻게 한다 한들 어려운 일이지요."

유신은 말을 마치고 눈을 감았다. 두 젊은이의 거친 숨소리만 들릴 뿐 방안은 괴로운 공기로 압도되었다.

"무릇 신라가 백제를 누르고 기세를 확장하게 된 직접적인 원인이 무엇인가 하면, 그것은 가락(駕洛)의 제(諸) 국가들의 힘을 합쳤기 때문입니다. 지증마립간(智證麻立干) 대에 이사부(伊斯夫)와 같은 명장(名將)

이 나와 우산국(于山國)을 멸하고, 역습으로 반파국(伴跛國)[10]의 영토인 남가라(南加羅),[11] 훼(喙, とく), 기탄(己呑, ことん)과 같은 요지를 쳤던 것이 신라 흥륭의 첫 계기였습니다. 그 이후 신라는 가락을 경략(經略)하기 위해 여러번이고 낙동강을 벌겋게 물들였습니다. 연안의 땅들은 매년 전화(戰禍)를 입었고, 두 나라의 백성은 편안할 날이 없는 상태였습니다. 그런 까닭으로 금관국 제 십대 구해왕, 즉 저희 고조부는 그 참상을 깊이 연민하시어 신라와의 합체(合體)를 결의하고 세 왕자와 함께 신라에 영원히 충성할 것을 마음속으로 맹세하였습니다. 그로부터 벌써 육십 년의 세월이 흘렀지만, 가락족과의 관계는 결코 원만하다고는 할 수 없습니다. 진흥왕 이십삼 년에 고령가락(高靈駕洛)이 멸망하면서 가락국의 역사는 끝났다고 일반에서는 생각했습니다만, 결코 그것으로 모든 것이 끝났을 리가 없지요. 낙동강 중류의 동쪽 연안에는 아직 안라(安羅), 사이기(斯二岐), 다라(多羅), 졸마(卒麻) 등의 중요한 나라들이 산간지대에서 끝까지 버티며 견디고 있었습니다. 이 나라들은 복종 여부를 분명히 했으니 괜찮겠지만, 신라에 와서 복종하겠다고 한 나머지 가락 제족(諸族)의 인심은 과연 어떨까요? 이것은 굳이 제 입으로 말씀드리지 않아도 미루어 짐작하실 줄 압니다."

두 사람의 대화는 두 사람에게만 국한하지 않고 모든 신라 국민에 대한 것으로서, 그것은 그다지 입에 담고 싶지 않은 내용들이었다. 가락국이라는 명칭이 역사에서 말살되었으니, 가락족으로서는 신라 왕조 이외에는 군주로 모실 대상이 없었음에도 불구하고 그들은 태양을

---

10 금관가야(대가야 또는 본가야)의 전신으로 가야 연맹의 하나.
11 현재의 김해에 해당하는 금관가야를 『일본서기』에서는 '남가라'로 표기했다.

빼앗긴 암흑의 백성처럼 갈 곳 없이 헤매는 형편이었다. 물론 겉으로는 아무렇지도 않은 듯했지만 일견 그렇게 보이는 험악한 인상, 의심 깊은 눈초리, 빈정거리는 미소를 참는 입매, 그리고 느려터진 동작, 가락인들에 대한 불신과 의혹의 어두운 그림자는 어디에서 온 것일까? 그것이 무력한 것일지언정 하나의 반항의 방법이었다는 것은 신라의 위정자가 아니더라도 쉽게 알아차릴 수 있는 것이었다. 무언가 하지 않으면 안 된다며 초조해하고 있을 때, 역사의 수레바퀴는 쉬지 않고 굴러가 신라국은 마침내 심연에 직면하게 되었다.

"그러나 금관국의 경우는 좀 다릅니다. 저는 자만하지도 않지만, 군이 물러서지도 않겠습니다. 금관국의 유민은 신라의 백성으로 훌륭히 소생하였습니다. 그리고 신라를 위해 목숨을 버리는 일을 최상의 영광으로 생각하고 있습니다. 그것은 왜일까요? 신라는 무력으로 금관국을 정복한 것이 아닙니다. 구해왕은 철저히 자신의 식견과 자신의 의지로 신라와 합병하신 것입니다. 그때 만약 신라를 버리고 백제와 합칠 것을 생각할 수도 있었겠지요. 모든 것은 하늘의 명령이었고, 고조부는 그 명령에 솔직하게 따르신 것입니다. 군주에게 충성하는 금관국의 백성이 왕의 명령에 따라 신라에서 새로운 조국(祖國)을 발견하고 새로이 충성의 길을 개척했다는 것은, 그러니까 아주 자연스러운 일입니다. 그렇지만 이것이 가락 전체에 퍼진 것은 아닙니다. 신라가 가락 경략에 손을 뻗은 지도 벌써 백 년, 아직도 귀순하지 않은 나라가 있고, 인심의 구석구석에서는 대부분 신라에 반항하고 있다고 말해도 좋을 것입니다. 또한 현재 신라 도처에 승냥이와 이리들이 들끓고 있는 상태입니다. 토성(土城)을 쌓기보다는 사람의 성(城)을 쌓으시라고 말씀드리고 싶습니다. 춘추님, 제가 춘추님께 꼭 말씀드리고 싶었던 것은 이런 것입니다."

"귀한 말씀 하나하나가 다 지당하십니다. 가락인의 마음은 도무지 우리에게는 바람직하지 않습니다. 그러나 가락인을 비난하기 전에 자신을 먼저 반성하는 아량을 잃고 싶지는 않습니다. 그 때문에 고민하고 있습니다. 하지만 어느 누구에게도 명안(名案)은 없는 것 같습니다."

"있습니다. 확실한 명안이 있습니다. 두 손을 크게 펼쳐 가슴 한 가득 가락족을 받아들여 주십시오. 그것만으로 충분합니다."

"그렇게 말씀하시면."

"자신을 비우고 상대를 기다리는 것입니다. 어차피 갈 곳 없는 가락의 유민이니 흔쾌히 뛰어 들어 올 것입니다. 하지만 신라 쪽에서는 더욱 큰 결심을 하지 않으면 안 됩니다. 성골에 대한 신라의 자긍심도 애착도 모두 버리지 않고서는 공허해질 것입니다."

유신이 말하는 바의 의미를 이해하고 과연 춘추는 힘없이 고개를 떨구었다. 유신은 두려워하지 않고 말을 계속했다.

"어려운 일은 아닙니다. 또 생각하기에 따라서는 반역일 수도 있을 겁니다. 그러나 신라를 크게 소생시킬 것을 생각해주십시오. 이제 신라는 단순히 신라만의 신라가 아닙니다. 삼국을 통일하고 일본이나 당나라와도 어깨를 나란히 하는 신라입니다. 낡은 기둥에 매달려 그대로 사그라져버릴 것인지, 그렇지 않으면 큰 각오로 새로운 기둥을 세울 것인지, 이것이 중요한 운명의 갈림길입니다. 성골이란 무엇입니까? 신라의 왕통을 이어가야 할 고귀한 핏줄이라고 생각합니다. 그런 존엄한 것을 저 같은 것이 함부로 입에 올리는 것은 아닙니다. 그러나 먼 상고시대는 차치하고, 내물왕 때부터 이미 십대, 이백오십 년간 이 고귀한 핏줄은 단 한 번도 밖으로 새나간 적이 없습니다. 또 밖에서 들어온 일도 없습니다. 아무리 깨끗한 물일지라도 한 곳에만 고여 있으면 생기를 잃는다고 합니다. 말씀드리기 죄송하지만 성골의 핏줄이 오랫동안 침전되거나 생기를 잃어버린 것은 아닌가 하는 생각이 들었습니다. 뭐, 그것이 저의 어리석은 기우일지라도, 오늘날 신라는 군이 성골에 구애될 필요는 없다고 생각합니다. 그런 식으로 연못을 작게 만들어버리면 큰 물고기는 들어올 수 없습니다. 두 손을 펼치고 가슴을 열어 주십사 말씀드린 것은 바로 이런 점에서입니다. 어떻습니까? 제 누이 문희, 부족한 아이지만 이렇게 높은 관점에서 바라보면 또 장래성이 있을 것으로 생각합니다만."

"하아" 하며, 춘추는 한숨도 응답도 아닌 신음소리를 토해 내고는 돌처럼 침묵하면서 표정까지 굳어졌다.

춘추의 괴로운 입장을 유신도 모르는 바는 아니다. 춘추가 성골 신분을 고려하는 것이 반드시 낡은 법도에 얽매인 탓이라고만은 할 수 없다. 그는 머지않아 왕위에 올라야 할 인물이다. 아무리 젊은 춘추라 해도 그것에 무관심할 리는 없다.

현재 왕실에는 태자가 안 계신다. 과연 덕만(德曼) 공주는 관인명민(寬仁明敏)하다는 평판이 자자하고 수많은 일화들이 남아 있기는 하지만, 아무래도 여왕이 나라를 통치하기에는 어려운 세상이 되었다. 또한 왕위에 오를 자격이 있는 성골로 말하면, 국분 갈문왕(國芬葛文王)과 박씨(朴氏) 월명부인(月明夫人) 사이에서 태어난 딸 승만(勝曼)과 춘추뿐이다. 게다가 춘추는 유일한 남자일 뿐만 아니라 아버지 쪽도 진지왕

(眞智王)의 자손이고 어머니 쪽도 현재 왕의 자손에 해당했다. 이 점에서만 보더라도 도저히 승만은 비교가 되지 못한다. 그뿐만이 아니다. 춘추에 대한 신라 상하의 신뢰와 기대는 거의 절대적이라고 해도 좋을 정도다. 그 자신은 ○○[12]지만, 춘추를 주상(主上)으로 모시고 장엄하게 죽을 장소를 찾기만을 염원하는 모습이 아닌가. 이러한 분위기 속에 있는 춘추가 성골도 아닌 데다 외지 신분인 누이 문희와의 결합을 마음속에서 곤혹스러워하고 있다는 것은 오히려 당연한 일이 아니랴?

한 여자에게 충실할 것인가, 아니면 신라의 왕통을 이어갈 것인가? 지금 춘추님은 갈림길에 서 계신 것이다. 이렇게 생각하자, 유신도 갑자기 마음의 기세가 꺾이는 것을 느꼈다. 그러나 그 순간, 그는 마음속에서 강하게 고개를 가로저었다. 아니, 바로 그 때문에 내가 모험을 감행한 것이 아닌가. 끝까지 누이를 춘추님의 정실(正室)로 만들고 또 춘추님을 왕위에 올릴 것이다. 그렇게 하여 비로소 신라는 반석(盤石) 위에 서게 될 것이다……

"춘추님은 성골 중의 성골, 아무래도 누이는 춘추님의 부인으로 걸맞지 않습니다. 하지만 고여 있는 성골의 연못에 깨끗한 물을 부어 새로운 흐름으로 신라를 윤택하게 만드는 단계라면, 누이에게도 또 장래성은 있을 것이라 생각합니다. 이번의 결합을 저는 특별히 행실이 부정하다고도 그 무엇이라고도 생각하지 않습니다. 그렇기는커녕 오히려 이것은 하늘의 계시가 아닌가 하는 생각마저 하고 있습니다. 부디 누이 한 사람과의 결혼으로 생각지만 마시고, 가락족과의 혼인이라고

12　원문에는 '不明'으로 표기되어 있다.

생각해주십시오. 이것으로 가락 일천 년의 역사도 완전히 구제되고, 가락족의 용분(勇奮)의 길도 펼쳐질 것입니다."

이야기를 다 듣고 난 춘추는 다소 밝은 안색을 회복하면서 입을 열었다.

"언제나 그 깊은 심려에 탄복할 따름입니다. 어차피 결국 누이 분과의 의리를 지켜야 한다는 것을 숙고하고 있습니다. 다만 거기에 자못 관계된 일들이 너무 많아서 그럭저럭 두세 발짝도 못 나가고 있던 참이었습니다. 지금 귀공의 이야기를 삼가 들으니 뭐랄까, 새로운 아군을 얻은 듯한 기분이 듭니다. 저도 남자의 명예를 걸고 누이 분을 책임지겠습니다."

"황공하옵니다." 이렇게 말하면서 유신은 손을 잡고 고개를 숙였다. "금관국의 조종(祖宗)을 대신하고 가락족의 백성을 대신하여 삼가 예를 올립니다."

"다만 이 일이 어떻게 될 것인지, 그것은 저로서도 예측할 재간이 없습니다. 아버님께서 노하시리라는 것은 각오하고 있습니다만, 상감마마의 심기를 헤치게 될 것은 저로서도 매우 두려울 따름입니다. 그러나 이도 저도 다 던져버리고."

"정말 여러 가지로 곤경에 처하셨군요. 또 문중에서의 비난이나 박해도 있겠지요. 그러나 이 유신도 마음 속 깊이 각오한 바가 있습니다. 만일의 경우 목숨은 붙어 있을지, 일가(一家)를 희생하게 되리라는 것도 생각하고 있습니다. 이것은 결코 누이 한 사람에게만 국한된 사정이 아닙니다. 민족과 민족의 결혼, 저는 그렇게 생각하고 있습니다. 그렇기 때문에 정정당당히 부딪쳐 보려는 것입니다."

"돌멩이는 던져졌습니다. 갈 데까지 가봅시다." 이렇게 말하고 춘추는 비로소 환한 미소를 지었다.

돌아오는 길에 유신은 상황이 얼마나 곤혹스러워졌는지를 새삼스럽게 통감했다. 어쨌든 한 고비는 넘긴 것이다. 앞으로는 더욱 험난한 고비가 몇 개나 더 쌓여 있을 것이다. 그러나 또 그 앞에는 광활한 바다가 펼쳐져 있다는 것을 유신은 믿었다. 무슨 일이 있더라도 그 고비를 극복해야 한다고, 이미 ◯◯[13] 중에 맹세하였다.

아버지와 아들

"나는 지금까지 너를 분별 있는 놈이라고 생각했다. 그랬기 때문에 소중한 딸을 둘씩이나 맡겨두고 시골 변두리에까지 가 있을 수 있었던 것이다. 그런데 이 꼴이 무엇이냐?" 서현 소판은 그 큰 눈을 날카롭게 번쩍이면서 고개 숙인 아들의 정곡을 찌르며 멸시했다. 작은 체구에 구석구석까지 단단한 근육이 넘쳐흐르고 전신에 담력(膽力)이 감도는 강하고 다부진 얼굴이 오늘은 한층 험악함을 띠고 당장이라도 아들에게 덤벼들 기세다. 김유신은 아버지의 격한 기력에 압도당했는지 고개를 숙인 채 한마디 반응도 없다.

"듣자하니, 춘추는 네가 억지로 끌어들인 것이 아니더냐?"

"끌어들인 것이 아니라, 축국을 권했습니다."

"축국을 하려고 했으면 축국으로 유희를 끝내고 돌아갈 일이지, 누

---

13 원문에는 '不明'으로 표기되어 있다.

이와 만나게 한 것은 무슨 속셈이냐?"

"공을 줍는 순간 상대가 쓰러지는 바람에 저고리의 옷고름이 떨어져서 꿰매려고."

"뭐야, 옷고름을 꿰매? 너는 누이를 그 정도로 무시하면서까지 신라 왕족을 섬겨야 하는 것이냐?" 부친의 노여움은 절정에 달해 온몸을 부들부들 떨면서 말을 잇지 못했다. 아무래도 이 말에는 응해야겠다는 듯, 아들은 자리에서 벌떡 일어나면서 대답했다.

"아버님, 그것은 당치 않습니다. 누이를 무시하다니요, 그런 비열한 마음은 전혀 갖고 있지 않습니다. 오히려 그 반대입니다."

"반대라고?"

"그날 밤의 일은 전적으로 소자의 불찰이므로 몇 번이라도 사죄드립니다. 그러나 이렇게 된 이상 누이는 춘추공의 문중으로 시집보내는 것이 지당하다고 사료됩니다. 또한 그것은 누이를 무시하기 때문이 아니라 누이를 더욱 더 높이기 위해서입니다. 가락족에 대한 신라족의 이유 없는 모멸……. 누이의 혼인으로 그것이 일거에 분쇄되는 것이 소자의 숙원입니다."

"너는 그것이 가능하다고 생각하는 것이냐?"

"예, 확신하고 있습니다."

"바보 같으니라고! 너는 아직 성골의 법도를 모르느냐?"

"그것은 알고 있습니다."

"알고 있으면서도 그렇게 말하는 이유를 설명할 수 있겠느냐?"

"…… ."

"춘추의 소실로나 삼을 작정이었겠지."

"아닙니다. 그건 절대 아닙니다."

"그러면 어째서 외지(外部)의 딸이 성골의 정실로 들어갈 수 있다는 것이냐? 만약 그런 일이 가능하다면, 신라의 역사는 더더욱 바뀔 게 아니냐."

"……."

"아무튼 나의 유일한 구슬이 깨져버렸다! 너는 그것을 알고 있느냐?" 날카롭게 번쩍이는 아버지의 시선이 흐려지면서 커다란 눈물방울이 새하얀 구레나룻을 적셨다.

"벌써 이번이 세 번째다. 나도 더 이상은 말하지 않겠다. 이번에는 기필코 너의 확실한 대답을 들어야겠다."

용수각간(龍樹角干)의 얼굴에 곤혹스러운 기색이 역력하여 아들을 다그치고 있는 모습이다.

"어쩌겠느냐, 순순히 월낭(月娘)과 결혼하겠느냐?"

"……."

아무리 기다려도 아들의 대답이 없자, 아버지는 다리가 저린 듯 살짝 기색을 엿보면서 추궁한다.

"사내가 그렇게 기개가 없어서 어떻게 하느냐! 만약 아지가 가여워서 견딜 수 없다면, 적당한 시기에 소실로라도 맞이하면 되지 않겠느냐. 유능한 젊은이가 한 사람 때문에 수족이 묶인다는 것은, 나로서는 납득할 수가 없다."

"아버님, 그것만은 안 됩니다."

춘추는 처음으로 입을 열고 단호하게 대답했다.

"상대는 뭐니 뭐니 해도 금관왕국의 후예입니다. 소실로 맞는 것은 상대가 용납하지 않을 뿐더러, 무엇보다 제가 받아들일 수 없습니다."

"받아들이지 못한다고? 어째서냐? 성골 남자가 외지의 딸을 소실로 맞는 것은 그다지 불합리한 것이 아닐 터인데?" 아버지의 입술에 모멸의 빛이 선명하게 드러났다.

"성골과 외지를 일일이 구별하는 것은 원래 부당한 일일뿐더러, 이제는 그런 것에 얽매이는 시대도 아니라고 생각합니다."

"허나 성골은 사람의 힘으로 정해지는 것이 아니다. 시조 혁거세(赫居世) 거서간(居西干), 제4대 탈해(脫解) 이사금(尼師今), 제5대 파사(婆娑) 이사금, 그 모두 하늘에서 내려준 분들로서, 범상한 자들과는 근본적으로 다른 신의 혈통들이시다. 그 다음에 박(朴), 석(昔), 김(金)이라는 성골이 태어났다. 그리고 그 성골이 연면히 오백 년간 신라의 왕통을 이어온 것이다. 그러니 부당하다고는 할 수 없지."

"소자 또한 성골의 고귀한 근거에 대해서는 잘 알고 있습니다. 그러나 성골 사람들은 오백 년간 자신을 지키는 일에 마음을 빼앗겨 단 한 번도 바깥 세계에 창을 연 적이 없었습니다. 이 내부는 혼탁해졌습니다. 그 속에서 많은 사람들이 서로 싸우고……. 저는 그런 옹색함을 견딜 수가 없습니다. 더구나 지금과 같은 세상에는."

이때 무언가 벼락이라도 떨어진 듯 방안이 진동하면서 아버지가 벌떡 일어서는 바람에, 천명부인(天命夫人)은 깜짝 놀라 달여온 인삼탕 사발을 떨어뜨렸다.

"닥쳐라! 성골의 긍지를 버리고 외지의 계집에게 붙다니……. 이 쓸개 빠진 놈! 잘 기억해 두어라. 신라 성골은 내 대(代)에서 끊겼다!"

말을 마치고 아버지는 불끈 화를 내며 나가버렸다.

　뒤에 남겨진 모자 두 사람은 여전히 귓속에서 쾅쾅 울리는 낙뢰소리에 눌려 숨죽이고 있었다. 어머니는 아들의 기운을 북돋아 주려는 듯 머뭇거리며 말을 꺼냈다.

　"응, 얘야, 아버님께서 화를 내시는 것도 무리가 아니다. 너도 알다시피, 너 말고는 성골 남자가 없지 않느냐? 아버님도 이제 일흔 셋이니 장래를 걱정하시는 것. 뭐, 그건 그렇고 너는 월랑이 가엽지도 않느냐? 여덟 살 적부터 정혼한 사이라는 것은 누구나 다 아는 사실이고, 열여덟 살이 된 올해까지 너 하나만을 믿고 의지하며 기다리면서 살아온 아이다. 네가 당나라에서 돌아오자마자 곧바로 식을 거행했으면 하고, 문내각간(文內角干) 댁에서도 은밀히 세간 살림까지 마련했던 모양이더구나. 이 어미도 정말 난처해졌다."

　"어머님, 제발 그렇게만 말씀하지 마십시오. 그런 건 저를 그저 어리게만 보시는 겁니다. 상대가 가엽다고는 생각합니다. 하지만 아지의 경우는 가엽다는 생각만으로는 해결될 문제가 아닙니다. 제가 범한 과오, 그것은 제 손으로 직접 바로잡는 것 외에 길이 없는 것입니다."

　"어미는 아무 것도 모르겠구나. 그래서 대체 어찌 되겠느냐?

　자연이란 서서히 거의 사람들의 눈에 띄지 않을 만큼 완만하게 변해가지만, 그것이 어떤 순간이 되면 급격히 단번에 변해버려서 사람들을 앗 하고 놀라게 할 때가 있다. 계절이 바뀔 때 사람들이 자연을 우러러 탄식을 발하는 것은 바로 이런 때다.

　점점 눈에 띄게 불러오는 몸을 그대로 하인들 앞에 드러낼 수 없게 되자, 아지는 오라버니의 권유대로 가마를 타고 살짝 도읍을 빠져나와 이곳 사량(沙梁)[14]의 산장으로 몸을 숨겼다. 집을 떠날 때는 늦봄이어서 꽃잎이 살랑살랑 흐드러졌건만, 산속은 아직 곳곳에 눈이 남아 있어 어쩐지 썰렁하기만 하다. 그래도 처음에는 기운을 내려고 골짜기에라 도 내려가 나날이 신록을 더해가는 봄나물 등을 바라보며 지내곤 했지 만, 근 네닷새 동안은 도무지 기운이 나지 않아 이부자리에서 한 발짝 도 밖으로 나가지 않았다. 오늘은 오랜만에 오라버니가 산장을 방문해 서 이부자리에서 일어나 둘이 함께 밖으로 나갔다. 거기서 아지는 앗 하고 놀랐다.

도처에 숨이 막힐 듯한 신록에 묻힌 그 봄나물들이 일제히 왕 하고 외치며 달려드는 듯한 격렬한 충격을 느껴, 아지는 거의 숨이 멎을 정 도로 압도되었다. 곳곳에 높이 솟은 느티나무 가지에도 이제 풍성한 잎을 드리웠고, 그 위에서 춤추는 찬란한 햇살은 이미 초여름을 방불 케 했다. 귀를 기울이자 여기저기서 뻐꾸기가 울고 있다……

아지는 가벼운 현기증을 느껴 바위 모서리에 웅크리고 앉았다. 묵묵 히 앞에서 걷고 있던 유신은 어, 하며 뒤를 돌아보면서 누이에게 불안 한 시선을 던졌다.

"왜 그러느냐?"

"아니에요, 아무 것도 아니에요. 그냥 신록이 너무 아름다워서 그런 지 숨이 막혀서요. 이삼일 집안에만 있던 사이에 세상이 완전히 변했 네요."

---

14 현재의 수원.

"그래도 여기는 좀 늦었지. 도시는 완연한 여름인 걸." 오라버니는 얼버무리듯 말했다.

"그나저나 어찌되셨나요, 아버지는?" 아지는 부른 배를 치맛자락으로 감추면서 오라버니를 쳐다보았다.

"음." 유신은 대답도 신음도 아닌 기묘한 소리를 내면서 고개를 떨구었다.

뻐꾸기 소리가 스며드는 듯한 정적이다. 유신은 발끝으로 뻥 하고 돌멩이를 차면서 말을 하기 시작했다.

"임금님의 귀에 들어가게 하는 것 외에 이제는 도리가 없다."

"네? 상감마마의 귀에?" 아지는 창백한 얼굴로 오라버니를 바라보았다.

"그것도 평범한 수단으로는 소용없다. 조정에는 몇 백 년 동안이나 앙금이 쌓이고 쌓였으니 금강신(金剛神)의 예리한 검으로도 통하지 않을 것이다."

누이는 다만 경악과 수상한 눈빛을 번뜩일 뿐이다.

"옛날 사람들은 무언가 간절한 바람이 있을 때, 화톳불을 피워 그 위에 산 제물을 바쳤다고 한다. 그 연기가 하늘에 닿으면 반드시 소원이 이루어질 것이라고, 옛날 사람들은 믿었던 것이다. 틀림없이 통했을 것이다."

"……."

"가까운 시일 내에 상감마마께서 황룡사(皇龍寺)에 행차하시리라 것이라는 말을 들었다. 그때에 적당한 시기를 가늠하여 집에 화톳불을 피울 것이다. 그리고 나서 호소할 작정이다."

"그 걸로 청허(聽許)해 주실까요?"

"틀림없이 우리 형제의 진심이 받아들여질 것이다."

"만약 청허해 주시지 않는다면요?"

"청허해 주시지 않는다면?" 오라버니는 앵무새처럼 되물었다.

누이는 잠시 눈을 감고 있다가,

"네, 알겠습니다. 만약 저의 희생으로 신라와 가락 두 민족의 벽이 허물어질 수만 있다면 기꺼이 몸을 불태우겠습니다. 부디 아버지께 그리 말씀드려 주세요. 금관왕국의 옛 법도에 따라 불륜한 딸을 화형에 처하시라고."

유신은 누이의 손을 꼭 잡으며 울부짖었다.

"내게 네 목숨을 맡겨다오. 만약 네가 화형으로 죽게 된다면, 나도 신라에서는 살지 않겠다. 반드시 고구려로 달려가 완명불령(頑冥不靈)한 신라가 각성할 때까지 사르고 또 살라서 전부 불태워 버리겠다."

번제(燔祭)

진평왕은 병환에서 회복한 후, 초가을부터 초봄까지 한 번도 대궐을 나가지 않았다. 이제 사월도 중순을 지나고 경주의 산이 완연한 녹색을 띠자, 왕은 무슨 생각이나 난 듯 황룡사로 유행(遊幸)을 떠나신 것이다.

하루 종일 산나들의 봄 풍경을 즐기는 것도 좋지만, 조왕(祖王)[15]이 세우신 황룡사에서 바라보면 더욱 새로운 일일 터, 동(銅) 삼만 오천 근, 도

---

15   여기서는 신라 제24대 진흥왕을 가리킨다.

금(鍍金) 만 이백 분(分)이 들었다는 본존장육(本尊丈六)에 절하고 신홍 신라의 의기를 떠올리는 것만으로도 몸안의 답답한 기운이 풀어질 것 같았다.

오랜만의 순행이어서 뒤따르는 호종원(扈從員) 모두 엄숙함 속에서도 들떠 보였고, 봉련(鳳輦)^{16} 은 빠르게 낭산기슭으로 접어들었다. 들판 가득 아지랑이가 피어올라 낭산에서 바라본 경주 도읍은 한들한들 조용히 타오르고 있다. 그런데 그 속에 아지랑이가 아닌 한 줄기 진짜 연기가 피어오르는 것을 인지한 것은 왕이었다. 왕은 행렬을 멈추게 하고 주위 사람에게 물었다.

"저기 연기가 피어오르는 것이 보이는데, 저것은 무엇인가?"

호종원들은 왕이 손가락으로 가리킨 방향으로 시선을 모았다. 과연 마을의 동쪽 부근쯤에 아지랑이와는 다른 희미한 푸른 연기가 한 줄기 피어오르고 있었다. 그것을 바라보는 동안 연기는 검은 색으로 번지면서 마침내 매우 아름다운 불꽃이 피어올랐다.

"뭐지?"

"글쎄."

서로 얼굴만 마주볼 뿐, 아무도 판단할 수 없는 것 같다.

그 중의 한 사람이,

"틀림없이 화톳불[庭火]일 것이옵니다."

라고 왕에게 대답했다.

"화톳불이 저렇게 크다는 말이냐?" 왕은 믿을 수 없다는 분위기다.

---

16   꼭대기에 황금의 봉황을 장식한 임금의 가마.

왕이 이렇게 말했을 때, 새까만 연기는 중천을 넘어 거센 불꽃이 불씨를 날리면서 맹렬하게 타올랐다.

"분명히 불이 난 것이다. 민가가 불타고 있는 것임에 틀림없다. 안타까운 일이구나. 너희들은 지금 급히 달려가서 불을 끄고 오너라."

이렇게 말씀하셨음에도 순간적으로 재빠르게 움직이지 않고 모두들 허둥지둥하며 어찌 할 바를 모르는 모습이었다. 그때 한 젊은 무사가 그 곳으로 성큼성큼 다가와 봉련 앞에 무릎을 꿇고는,

"상감마마, 안심하십시오. 저것은 화재가 아니옵니다. 틀림없는 화톳불이옵니다."

"자네가 어찌 그것을 아는가?"

"자세한 경위를 말씀드리겠사옵니다. 잠시 주위를."

이렇게 말하는 젊은이는 서현 소판의 아들 김유신이었다. 왕은 사필관(史筆官) 한 명만 남기고 다른 사람들은 전부 자리에서 물렸다.

"자세한 경위라는 것은?"

"예, 부모님의 허락도 없이 한 사내를 만나 결국 아이를 갖게 된 여식이 있습니다. 부모님은 매우 노하시어 옛 법도에 따라 딸을 화형에 처하려는 뜻이온데, 오늘 바로 그 가련한 딸을 불에 태워 죽이려는 것이옵니다."

"그 딸이 누구인가?"

"아뢰옵기 송구하오나, 소신의 누이옵니다."

"자네의 누이? 그렇다면 아해란 말인가?"

"아닙니다, 아지이옵니다."

그 순간 왕의 망막에는 그 천진난만하고 사랑스러운 소녀 아지의 모

습이 확연히 떠올랐다. 왕도 서현 소판의 집에 행차하셨던 적이 두세 번 있었다. 그때 귀여운 소녀가 나와서는 무릎에 달라붙어 재롱을 부리고 왕인 줄도 모르고 어느새 달려와 안기면 무릎 위에 올려놓으실 정도였다. 그 소녀가 어느새 성장하여 그런 큰일을 저질렀다는 말인가? 왕은 일종이양(一種異樣)의 놀라움과 동시에 암담한 기분으로 그 누구보다도 마음이 뒤숭숭했다.

"그러면 그 상대는?"

"누이의 말에 따르면, 춘추공이라고 하옵니다."

"춘추?" 왕은 갑자기 이마를 찡그리면서 앵무새처럼 되물으셨다.

"예, 용수각간의 아드님이십니다."

"어째서 지금까지 내버려 둔 것이냐?"

"아무리 해도 아버지가 완고 일변도여서 의욕적으로 말씀을 드려도 전혀 들어주지 않으십니다. 금관국의 후손씩이나 돼서 남의 나라의 첩으로 들어가는 것은 죽어도 승낙할 수 없다고 강하게 밀고 나가셨습니다. 생각해보면 무리가 아님도 잘 알고 있습니다. 그러나 용수각간의 입장에서 보더라도 어엿하고 훌륭한 성골의 혈통이자 소중한 영식(令息)의 부인을 범골(凡骨)에서 맞아들인다는 것은 신라 오백 년의 관례로 보더라도 용서받지 못할 도리로서 결국 이런 결과에 이르렀습니다."

왕은 지그시 눈을 감고는 고민의 기색을 애써 감추려 하셨다. 용수의 처, 즉 춘추의 모친은 현재의 왕 자신의 딸 천명이 아니던가? 만약 아지가 잉태한 아이가 춘추의 혈통임에 틀림없다면 그것은 곧 그 자신의 증손에 해당하는 것이다. 자신의 혈통임을 알게 된 생명이 지금 그 어미의 몸속에서 함께 타죽으려는 찰나이다. 성골이란 무엇인가? 범골이란 무엇인가? 그 차이라는 것은 대체 어디에 있는 것인가? 이런 의문들이 번개처럼 팍팍 그의 뇌리를 스치듯 지나갔지만, 번개가 사라진 흔적은 캄캄한 암흑이어서 그로서는 무엇 하나 파악할 수가 없었다. 그는 성골 집안에서 태어나 마치 아이가 어른으로 성장하듯 자연스럽게 왕위에 올랐고, 오늘날 이렇게 안온한 인생의 여행을 거의 마치고 저물어가고 있는 중이다. 그는 자신의 지위에 대해 새삼스럽게 반성을 더할 필요도 없었기 때문에, 더더욱 성골과 범골의 차이와 같은 복잡한 문제에 흥미를 갖는 장면에 한 번도 직면했던 적이 없었다. 하물며 그것이 자기 자신의 문제로서 이렇게나 가까운 데서 직접하게 될 것이라고는 꿈에도 생각하지 못했다. 왕은 무언가 번거로운 짐을 등에 짊어진 것 같은 분노가 치미는 것을 깨닫고 그것을 없애려고 마음속에서 필사적으로 노력해 보았다. 그러나 그것은 바위처럼 조금도 움직이지 않았다.

왕은 마침내 눈을 떴다. 불은 더욱 커져만 가고 연기는 하늘을 뒤덮을 만큼 퍼져갔다. 저 속에서 가련한 딸과 아무 것도 모르는 작은 생명이 이글이글 타고 있겠지. 그런데 눈앞에 무릎을 꿇고 앉은 이 젊은이는 무엇인가. 희생자가 자기의 누이라면서 이렇게 태연자약하게 내버려두는 뻔뻔함은 대체 어찌된 일인가? 왕은 이 젊은이를 실컷 발로 걸어차 버리고 싶다는 초조함을 느끼면서,

"가거라, 어서 빨리 가거라, 이대로 둔다면 아이가 불에 타 죽고 말 것이다!"

라고 큰 소리로 외쳤다.

"예?" 젊은이는 백치와 같은 표정으로 왕을 올려다 볼 뿐이다.

"빨리 가서 도와주라는 말이다."

"하지만 아버지께서."

"자네는 빨리 가서 왕명을 전하면 될 것이다. 두 사람에게는 나중에 기별을 보내겠다. 그리고 빨리 춘추를 불러오너라."

"예, 성은이 망극하옵니다. 이것으로 죽을 뻔했던 누이가 목숨을 건지고, 태중의 아이도 햇빛을 볼 수 있게 되었습니다. 분부는 틀림없이 아버지께 말씀드리겠사옵니다." 말을 마치고 김유신은 벌떡 일어나 곧장 뛰어나갔다.

잠시 후 춘추가 창백한 얼굴로 왕 앞에 고개를 숙이고 엎드렸다. 그는 죄지은 듯 말없이 고개를 떨구었다. 가만히 그 목덜미 주변을 바라보시던 왕은 날카로운 말투로,

"듣자 하니, 네가 서현 소판의 딸에게 부정한 행실로 아이를 잉태하게 했다는데, 그것이 사실이냐?"

"……." 춘추는 귓불까지 새빨갛게 달아올라 대답이 없다.

"대답이 없는 것을 보니 너의 소행이 틀림없구나. 하여 저기에 피어오르는 불은 너 때문에 몸을 더럽힌 딸과 그 태중의 아이를 태워 죽이는 번료(燔燎)[17]의 불이라는 것을 너는 알고 있느냐?"

"지금 막 유신공에게 듣고 깜짝 놀랐습니다. 설마 그렇게까지 하리라고는 생각지 못했는데 ……."

"어떻게 할 생각이냐?"

"지금 곧장 달려가 이 몸을 불 속에 던져 제가 대신해서라도 구해내

---

17 화톳불.

고 싶습니다. 그러나 이것은 양가의 의견에서 비롯된 일로, 소신 따위가 뛰어든다 한들 필경 아무 소용도 없을 것 같아 절망하고 있습니다."

"빨리 가서 구해내는 것이 좋겠다." 왕은 방금 전의 흥분이 다소 가라앉은 듯 조용한 어조로 말했다.

"곧 태어날 생명을 지워 없애는 법은 없다. 두 사람의 부모들에게는 내가 잘 전해 줄 테니."

이 말을 듣고 나서 춘추도 뛰어나갔다.

이윽고 왕은 아무 일도 없었다는 듯 호종들을 다시 불러들여 행렬을 진행시켰다. 낭산 기슭에서 쏜 두 자루의 화살처럼 잇따라 말을 몰고 달리는 두 젊은이의 뒷모습을 전송하면서 사람들은 이유를 알 수 없는 기분으로 각자의 부서(部署)를 따랐다.

수많은 사람들이 서현 소판 댁 주위를 몇 겹이나 둘러싸고 있다. 안마당에서 불씨와 함께 피어오르는 연기가 온 주변에 가득 차 있었지만, 사람들은 거기에는 개의치 않는다는 듯 안에서 뭔가 이상한 소리가 들리지나 않나해서 귀를 바짝 세우고 엄숙한 얼굴로 집중하고 있을 뿐이다. 그러나 안에서는 여자들의 흐느끼는 소리가 띄엄띄엄 새어나올 뿐, 사람들은 두려워하면서도 참지 못했지만 기대하던 젊은 여자의 비명은 끝내 들려오지 않았다. 다소 실망한 표정이었지만 말로는 다행이라는 듯이, "이제 그만 두려는 건가" 하고 술렁이고 있는 찰나에 사람들의 흥미를 새로이 불러일으킬 만한 떠들썩한 소리가 났다.

그 떠들썩함은 앞쪽에서 줄곧 들려오는 것 같았다. 사람들은 무의미하게 서로 큰 소리를 내며 앞에서 밀려드는 사람들의 물결을 필사적으로 저지하면서 가능한 한 한 발짝이라도 앞으로 나가 그 떠들썩함의 정체를 확인하려고 했다.

군중 속으로 말을 타고 들어선 김유신은 그 여세에 휩쓸려 발버둥치는 말을 진정시킬 수 없어 거듭 고삐를 끌어당기면서 워!워! 하고 계속 외쳤다. 그리하여 얼마간 대문 앞까지 당도했지만 문은 굳게 닫혀 있었다. 말에서 뛰어내린 김유신은 문을 탕탕 두들기면서 큰소리로 외쳤다.

"칙명이오, 칙명이오! 빨리 문을 여시오!"

그러나 소리가 내부로 전해지지 않는지 아무런 반응도 없다. 김유신은 다신 한 번 문짝에 달라붙어, 이번에는 부숴버릴 듯이 문을 마구 흔들었다.

"빨리 문을 여시오. 칙명 전달이오."

속이 타는 시간이 조금 지나자 문이 조금 열리고, 공포에 질린 삼돌(三乭)의 얼굴이 보였다. 김유신은 재빨리 확 문을 열어젖히면서 외쳤다.

"지금 칙명이 내려졌으니 빨리 문 앞으로 나오시라고 아버님께 아뢰어라."

하인이 물러가자 곧 서현이 나타났다. 살펴보니 제복(祭服)을 입고 몸을 단정히 하고 있다. 필시 가족들 모두가 울부짖고 있는 동안, 그는 묘당(廟堂)에서 조용히 향을 피우면서 조종의 영(靈)에 사죄하고 있었을 것이다. 그 얼굴에는 고목(枯木)처럼 아무런 표정도 없었다.

아버지의 얼굴을 보자 김유신은 가슴이 뭉클하고 목이 메어 힘껏 외쳤다.

"어서 빨리 누이의 목숨을 구하라는 칙명이 내려져 급히 달려왔습니다. 양가(兩家)에는 추후에 그 연유를 전하실 것입니다. 참으로 감사한 분부이니 ……." 뒷부분에서는 목소리가 줄어들고 저도 모르게 눈물이 두 눈에서 흘러내렸다.

이 말을 듣자 서현도 털썩 땅 위에 주저앉아 버렸다.

"성은이 망극하옵니다. 빨리 가서 누이를 구해라." 노인의 눈에서 커다란 눈물이 뚝뚝 흘러내려 먼지 속으로 사라졌다. 열려 있는 문 앞에는 사람들이 구름처럼 모여들어 이 신기한 광경을 보고도 모르는 척하고, 서현은 주저앉아 하염없이 흐느껴 울었다.

김유신의 모습이 안으로 사라지자마자 곧 춘추가 말을 타고 뛰어왔다. 마당 한가운데에 주저앉아 있는 서현의 모습을 발견하자 그는 무작정 뛰어내려 그의 두 손을 잡으면서,

"아버님, 드디어 허락이 떨어졌습니다. 지금까지 심려를 끼쳐드린 것은 평생을 통해 사죄드리겠습니다."

"아아, 춘추님이군요! 방금 제 자식 놈도 급히 달려왔습니다. 어서 가서 제 딸자식을 기쁘게 해주십시오."

두 사람이 동행하여 안마당으로 들어가자, 가족들은 손을 맞잡고 울고 있던 중이었다. 문희는 흰 소복(白裝束)[18]에 머리를 풀고 곧 번시(燔柴)[19] 위로 올라갈 참이었던 듯 얼굴이 납인형처럼 새하얗다. 단지 천명부인만이 절망의 밑바닥에서 기쁨의 절정으로 치솟아 그 급격한 심리 변화에 어리둥절한 듯 흑흑거리며 울고 있었다. 춘추는 문희의 앞으로 가서 가만히 고개를 숙였다. 그제서야 비로소 문희의 얼굴에 순식간에 핏기가 돌기 시작하고 무언가가 터질듯 오열하는 소리가 목구멍을 뚫고 터져 나왔다.

---

18 신사(神事)나 흉사(凶事) 때 흔히 입는 흰옷을 가리킨다.
19 하늘에 제사를 지내기 위해 쌓아 놓은 섶나무 제단.

후일담

여기서 소설가는 역사가에게 자리를 양도한다. 무릇 역사가와 소설가란 예부터 사이좋은 동거인이다. 자주 언쟁을 하기도 하지만 그것은 형제의 다툼과 같은 것으로서, 오히려 사이가 좋기 때문에 종종 말다툼을 하는 것일 뿐 결코 궤변을 부리는 일은 없다. 이런 식으로 현대에 나타난 역사책에서 가장 흥미있는 페이지는 역사가적인 양식과 소설가적인 공상의 불가사의한 결합의 소산인 경우가 많다. 특히 신라사처럼 창조적 정신성이 풍부한 데 반해, 현실에 남겨진 기록인 저 끝없이 넓고 아득한 『삼국사기』와 『삼국유사』 두 권—그러나 그것은 한문화(漢文化) 숭배에 의거하여 심하게 왜곡된 기술이다—과, 또한 거의 문장이 성립되지 않을 정도로 마멸되고 뭐가 뭔지도 모르게 되어 이제 금석문(金石文) 이외에는 아무 의미도 없게 될 때, 역사가는 그 동거인의 원조가 없이는 의의 있는 일이라고는 거의 아무 것도 할 수 없게 될 것이다.

아무튼 이상의 이야기에서 추구해온 수많은 사람들의 고민과 모험의 결과가 역사상에 어떤 의미를 남겼는지, 그것을 규명하기 위해서는 역사가적인 양식만으로도 충분할 것이다. 또한 여기에서는 굳이 소설가적인 공상을 섞지 않는 편이 독자로 하여금 절실한 신뢰감을 갖게 하는 데 좋을지도 모르겠다.

한편 두 명의 젊은 형제가 생명을 걸고 행한 일대 모험의 최초의 결실은 법민(法敏)이었다. 법민은 바로 신라 제 삼십대 문무왕—삼국을 통일하고 조선 고대 역사에 신기원을 연, 슬기와 총명이 비할 데 없었던 군주이다. 그러나 법민이 이렇게 역사상의 영예를 얻기 위해서, 그의 부친 무열왕은 일개의 신하인 김춘추로서 오랫동안 가시밭길을 걷지 않으면 안 되었다.

진평왕이 행차 도중 기묘한 광경에 부딪치면서 훤히 내다보고 거의 본능에 가까운 충동에 사로잡혀 문희와 그 태중의 생명을 구하고 난 이후 육 년째 봄 정월에 왕은 타계하고 말았다. 그런데 왕에게는 태자가 안 계셨다. 왕의 소산(所産)이라고는 장녀 덕만과, 후에 김용춘(金龍春)에게 시집[下女家]²⁰을 가서 춘추의 모친이 된 천명부인 밖에 없다.

왕의 주위에서 성골 남자를 찾는다면 춘추밖에는 없다. 이것은 우리가 이미 이야기를 통해서 알고 있는 바이다. 게다가 춘추는 그 혈통에 있어 신라의 왕통을 이어야 하는 제 일등의 자격을 가진 자일뿐만 아니라, 뛰어난 자질로서나 또 당나라와 일본에 파견되어 수련을 거친 그 학식과 견문에서도 제 일등의 자격을 갖춘 자였던 것이다. 또한 진평왕이 돌아가신 정관(貞觀) 육 년, 그는 정확히 서른 살이 되어 나이에 있어서도 모자람이 없었다. 이러한 모든 조건이 무시되고 춘추가 진평왕의 후계를 잇는 왕이 되지 못한 것은 어떤 이유에서였을까?

우리가 그 이유를 깊이 생각할 필요는 없다. 우리가 더듬어 온 이야기가 자연스럽게 여기서 대답해주고 있기 때문이다. 다만 이 위인을 왕위에 올리고 하루 속히 국내의 결속을 다지고자 했던 김유신의 초조함이 과연 어떠했겠는가를 독자는 상상해주시길 바란다.

선덕여왕은 성품이 너그럽고 어질고 명민하였다. 일찍이 공주였던

---

20 지체가 낮은 데로 시집간다는 뜻으로, 공주나 옹주가 귀족이나 신하에게로 시집간다는 의미이다.

시절에 세 가지 사건을 예언했는데, 그것이 모두 적중했다는 소위 지기삼사(知幾三事)[21]라는 일화가 남아 있을 만큼 이지적인 여성이었지만, 그 십육 년간의 치적은 결코 양호하다고만 할 수 없었다. 북쪽의 고구려와 서쪽의 백제로부터 끊임없이 침략 당하면서 신라는 국위를 빛내는 일은 전혀 하지 못했다. 십일 년[22] 칠월 백제의 장군 윤충(允忠)이 신라의 대야성(大耶城)을 쳤을 때, 대야성 도독(都督)인 이찬(伊湌) 품석(品釋)과 사지(舍知) 죽죽(竹竹), 그리고 용석(龍石) 등이 베개를 나란히 하고 전사했는데, 그 때 도독 품석에게 시집갔던 춘추의 딸 고타소랑(古陁炤娘)은 남편과 함께 비참한 최후를 맞았고, 그 비보를 접한 춘추는 기둥에 기대어 종일토록 쉬지도 않고 사람이 앞에 지나다녀도 모를 정도로 비통함을 맛보았다. 춘추는 어떻게든 이 원한을 풀고자 고구려 조정으로 찾아가 무릎을 꿇고 원조를 부탁했지만, 오히려 토지 할양을 독촉받았을 뿐만 아니라 감금까지 당하는 무례함과 모욕을 받았다. 그때는 김유신의 결사적인 구원으로 인해 무사할 수 있었지만, 신라 국위의 실추는 이루 말할 수가 없었다.

대외적인 국위 실추는 반드시 대내적으로 국민들 간에 불만의 기운을 자아낸다. 전후 십오 년에 이른 국민의 불만은 마침내 십육 년 정월, 비담(毗曇), 염종(廉宗) 일파의 모반으로 폭발하였다. 비담은 상대등으

---

21 『삼국유사』 권 제1, 25장 기이(紀異) '善德王知幾三事': 신라 선덕여왕의 지혜로움을 알려주는 세 가지 내용의 설화. 첫째는 당나라 태종이 붉은색, 자주색, 흰색의 세 가지 색으로 그린 모란과 그 씨 석 되를 보내오자 선덕여왕이 그 꽃이 향기가 없음을 예언한 일이며, 둘째는 겨울인데도 영묘사(靈廟寺)의 옥문지(玉門池)에 많은 개구리가 모여 운다는 사실을 듣고 여근곡(女根谷)의 백제군을 섬멸토록 한 것이며, 셋째는 자신의 죽을 날을 예언하면서 십 년 뒤 조성될 도리천에 장사지내라고 한 일을 가리킨다.
22 선덕여왕 11년(642년).

로서 국무대신이라는 요직에 있는 자였다. 그러나 여왕은 나라를 잘 다스릴 수 없다는 것이 그들의 슬로건이었다. 그 반란은 신속히 진압되었지만, 그 달 팔 일에 왕이 붕어하셨다. 물론 역사는 그 사인(死因)을 명확히 밝히고 있지 않지만, 그 반란과 전혀 관계가 없다고 할 수 있을까?

그건 그렇다 치고, 신라의 국정(國政)이 여왕으로는 충분치 않다는 사실이 이때 확연히 드러났다. 따라서 뒤를 이을 왕은 신평왕의 아우인 국기안(國其安) 갈문왕과 출신이 분명치 않은 아니부인(阿尼夫人) 사이에 태어난 딸 승만을 왕위에 앉힌다는 무리를 범하면서까지 김춘추를 뛰어넘어 버렸다. 이때 춘추의 나이 사십오 세였다.

독자는 신라인들의 이런 완미불령함을 때로는 비웃을지도 모르겠다. 그렇기는 해도 입장을 바꿔 우리 자신을 반성해 보자. 과학의 시대에 태어나 예지의 자식을 자처하는 현대인 중에서도 쓸 데 없는 인습에 사로잡혀 새로운 시대에 맞는 진보의 기운에 보조를 맞추지 못하는 안타까운 사람들이 얼마나 많은가? 전통 보존이라는 미명에 도취되어 자신의 생명을 부당하게 억압하면서 그것이 순수한 삶의 방식이라며 의기양양한 패들이 얼마나 많은가?

신라는 이처럼 미몽 속에서 다시 수년을 경과해야만 했다. 그 동안 북쪽과 서쪽[23]에서의 위협이 더더욱 증가하면서 신라의 앞길은 그야말로 풍전등화였다. 그러나 어떤 압박이 가해질지라도 한 번 맺어진 춘추와 유신의 관계는 쉽게 깨질 것이 아니었다. 두 사람은 다시금 혈맹으로 생사를 같이 할 것을 맹세했다. 그리고 한 사람은 외교에서, 또 한

---

23 고구려와 백제를 가리킨다.

사람은 군사에서 각각 국운을 타개하기 위한 결사적인 노력을 계속하였다.

진덕왕 이 년, 춘추는 이찬의 자격으로 그의 아들 법민과 함께 당나라에 갔다. 그것은 당의 원조를 얻어서 당면한 위험을 제거하기 위함이었다. 그러나 그 결과는 예상 외로 큰 것이었다. 당 태종이 소정방에게 명하여 이십만 대군을 편제하여 즉시 신라의 원조를 결행한다는 것은 단지 연로한 제왕이 젊은 타국 귀족의 풍모와 변설에 감탄한 취흥만은 아니었을 터. 장래 한반도를 처리하는 데 있어서 신라를 상대로 하여 발걸음을 내딛는 것 이외에 다를 방법이 없다는 인식에 기초한 것으로서, 이 단계까지 교섭하기 위한 춘추의 공적은 반드시 대서특필되어야 할 것이었다. 어쨌든 삼국 통일에 대한 하나의 견고한 기반은 이미 이 시기에 갖춰졌다고 보아도 좋을 것이다.

그 동안 김유신은 어떻게 하고 있었을까? 당의 지원군을 얻었다고 해서 그저 손가락만 입에 물고 있을 김유신은 아니었다.

김유신은 압량주(押梁州)의 군주(軍主)를 하사받았지만, 그는 부임한 곳에 가서도 술만 마실 뿐 아무 것도 하지 않았다. 주(州)의 백성은 김유신이 변변치 못한 장군이라며 끊임없이 비방하는 소문을 퍼뜨렸다. 세상은 태평성대가 된 지 이미 오래였고 민력(民力)은 남아돌았다. 지금이야말로 분기하여 백제에 일격을 가해야 하는 것은 아닐까. 그러나 장군이 저렇게 나태해서는 도무지 어찌할 도리가 없다.

이것을 들은 김유신은 내심 무릎을 치고는 서둘러 입궐하여 왕에게 고하였다.

"지금 민심을 헤아려 보니, 백제를 치는 것이 옳다고 사료되옵니다.

바라옵건대, 백제를 쳐서 대량주(大梁州) 전쟁을 갚아야 할 것이라 생각하옵니다."

"지금 백제를 친다는 것은 소(小)가 대(大)에 맞서는 셈이 아닌가. 공연히 일을 꾸려 만약 위난(危難)에 처하게 되면 어떻게 할 작정인가."

"전쟁의 승패는 결코 대소(大小)에 있는 것이 아니옵니다. 그저 민심의 의중을 돌아보는 것입니다. 아무리 억조(億兆)의 사람이 있다 한들 마음이 떠나고 덕이 떠나면 주가십란(周家十亂)[24]의 마음과 같지 않고 그 덕과 같지 않습니다. 지금 우리는 주(州)의 인심을 하나로 하여 생사를 함께하고 있습니다. 어찌 백제 따위가 두렵겠습니까."

왕은 허락하였다. 유신은 때를 놓치지 않고 주(州) 병사의 정예를 선발하여 대량성(大梁城) 밖으로 나아가 새로이 옥문곡(玉門谷)에서 백제군을 크게 무찔러 장군 여덟 명을 생포하고 일천여 개의 참수를 거행하였다. 또한 적의 옥중에 매장되어 있던 품석(品釋) 부부의 유골을 탈환하여 춘추를 위해 원한을 되갚아주고, 단숨에 백제 국경 내에 진입하여 옥성(獄城)[25]을 시초로 열두 개의 성을 제거하고 이만여 명을 참수하였으며 생포 구천 명이라는 대전과를 올렸다.

같은 해 또한 김유신은 상주(上州) 행군대총관(行軍大摠管)이 되었는데, 여기에서도 주의 병사들을 거느리고 백제의 국경을 넘어 진례(進禮)[26] 이하 아홉 개의 성을 일거에 섬멸하고, 참수 구천, 생포 육백이라는 또 한 번의 승리를 거두었다.

---

24 주(周) 무왕(武王)을 도와 천하를 평정한 열 명의 어진 신하.
25 성처럼 높이 둘러싸여 있는 감옥.
26 지금의 충청남도 금산(錦山).

이렇게 해서 김유신은 거의 혼자 힘으로 훗날 백제를 멸망시킬 대군을 전개해야 할 돌격로를 개척해 두었던 것이다. 게다가 압량주, 상주는 옛 가락 중에서도 매우 강한 나라로서 마지막까지 신라에 항쟁했던 땅이다. 김유신은 이 지방들의 군권을 장악하고, 이런 식으로 조용히 인심의 귀추를 끝까지 지켜본 후 병사를 일으켜 적은 수로 능히 수많은 적을 물리쳤던 것이다. 그렇다면 이 지방들의 주민들이 옛날의 원망을 잊고 백제 토벌을 위해 모두가 모여들었던 것은 무슨 이유에서였을까? 이것이야말로 김유신과 김춘추가 반생에 걸쳐 염원하고 노력해온바 민족의 결혼이라는 정신과 진의가 차츰 이곳 낙동강 중류의 옛 가락 땅에 스며든 증거가 아닐 수 없다.

이렇게 큰 이상을 위해 싸워온 두 사람의 머리 위에 비로소 최후의 승리의 영예로운 관(冠)을 하사받을 수 있었다. 춘추가 이십만의 원군을 얻어 당에서 돌아오고, 유신이 혼자 힘으로 두 번이나 백제를 물리친 대화원년(大和元年)[27]으로부터 육 년째의 봄 삼월, 진덕왕은 위대한 신라의 여명을 보지 못하고 세상을 하직했는데, 왕에게 후계가 없어 이에 신라는 또 다시 왕위 계승에 대한 위기에 직면해야 했다.

외지의 딸을 정실로 앉혀 성골의 혈통을 어지럽힌 김춘추에게 어떻게든 왕위를 내주지 않으려는 완미함은 아직 신라의 상층부에서 완전히 불식되지 않았을 터였지만, 단 이번 경우에는 춘추와 유신이 충분한 발언권을 얻는 등 세태가 일변하고 있었다. 김춘추는 이미 쉰 둘, 김유신은 예순살로서 이제 지위가 확고부동한 국가의 장로(長老)이다. 게

---

27   진덕왕 대화 원년은 648년.

다가 두 사람은 신라를 떠맡고 있는 두 개의 큰 기둥으로서, 두 사람이 존재하지 않는 신라의 장래는 생각할 수도 없다는 것이 신라인들의 상식이다.

김유신과 당시의 재상(宰相)인 알천 이찬 사이에는 후계의 왕으로 김춘추를 추대하자는 깊고 너그러운 이해가 있었다. 다만 문제는 어떻게 반대파의 저지를 극복하느냐에 있었다. 그러나 그 점에 대해서도 김유신의 흉중에는 이미 충분한 대책이 준비되어 있었다.

후계 왕을 결정하는 중요한 국사(國事)를 논의해야 하는 화백(和白)은 하루 동안 남산 오지암(兀知巖)에서 열렸다. 여기에 모인 사람은 알천공(閼川公), 임종공(林宗公), 술종공(述宗公), 호림공(虎林公), 염장공(廉長公), 유신공(庾信公). 논의가 비등하여 결정이 쉽지 않았다. 유신은 미리 짜둔 계획대로, 잠정적인 편법으로 알천공이 섭정하는 것이 어떻겠느냐는 제안을 냈다. 원로들은 이미 논의에 지친 데다 모두를 납득시킬 만한 좋은 대책도 없었기 때문에 뜻밖의 제안에 찬성의 뜻을 표해버렸다. 이렇게 해서 모든 원로의 신임이 자신에게 집중되었을 때를 가늠하여 알천공은 천천히 말을 꺼냈다.

"신(臣)은 이미 늙은 몸인 데다 이렇다 할 만한 덕행도 없습니다. 현재 덕망의 숭중(崇重)함으로 말하자면 춘추공만큼 젊은 사람도 없습니다. 춘추공이야말로 세상을 다스리고 나라를 재건할 만한 불세출의 영웅호걸로 불리고 있습니다. 후대를 이을 왕은 춘추 왕으로 결정하는 것이 지당하다고 사료됩니다."

이렇게 무르익은 감이 저절로 손에 떨어지듯 신라의 왕위는 춘추의 손 안에 떨어졌고, 그렇게 해서 태종 무열왕은 동양사상 그 거대한 자태를 드러낸 것이다.

후세의 역사가 김부식(金富軾)은 『삼국사기』 진덕왕 조(條)에서, "나라 사람들은 시조 혁거세부터 진덕여왕까지 스물여덟 명의 왕을 성골이라 하고, 무열왕부터 마지막 왕까지를 진골이라 하였다(國人謂始赫居世王至眞德二十八王. 謂之聖骨. 自武烈王末王. 謂之眞骨)"라고 했고, 승려 일연(一然)은 『삼국유사』 왕력(王曆) 진덕여왕 조에서, "진덕여왕 때까지를 중고(中古)시대라 하고 왕의 신분은 성골이다. 그 후 무열왕부터는 하고(下古)시대라 하고 왕의 신분은 진골이다(己上中古. 聖骨. 已下下古. 眞骨)"라고 하여 진덕왕과 무열왕 사이에 선 하나를 그었다. 결국 왕위를 전통에 대한 반역자인 무열왕에게 어쩔 수 없이 넘겨야 했던 신라 왕족의 분함이 천삼백 년 후인 오늘날까지 이런 형태로 남겨진 것이다. 그러나 우리에게 이것은 어찌돼도 상관없다. 우리의 흥미를 끄는 것은 무열왕 대에 신라의 역사가 중고시대와 하고시대로 나뉘어졌다면, 그것의 진정한 원인은 어디에 있는 것일까? 또 이러한 시대적 구분의 정치사적 혹은 문화사적 의의는 어디에 있는가 하는 점일 것이다.

무열왕을 중심으로 한 전후 시대가 왕의 출신성분에 따라 구별되었다는 것은 역사상의 기록이 보여주는 바이다. 그렇다면 소위 성골, 진골이라는 구별은 무엇으로 결정되는 것일까. 이것에 대해 역사는 아무것도 말하지 않는다. 상고시대와 중고시대를 구획할 만한 그 무엇이 있었으니 어지간히 중대한 이유였음에 틀림없다. 그러나 그 이유를 정확히 기록해서 보인다는 것은 불가능하다. 그렇다면 그 이유는 바로 무열왕의 혼인 그 자체에 있었음에 틀림없다는 것을 알 수 있다. 무열왕이 가락족의 딸을 들인 것은 그처럼 충격적이고 혁명적이기까지 했던 것이다.

어쨌든 신라 역사는 서른 살의 청년 김유신이 은밀히 마음속에서 계획한 각본대로 전개되어, 용삭 원년(龍朔元年)[28] 제 삼십대 문무왕은 화려한 각광을 띠고 무대에 섰던 것이다. 문무왕 법민이야말로 민족 결혼의 최초의 결실이다. 그는 신라와 가락 두 민족의 견고한 단결 위에 서고, 게다가 충렬한 명장 김유신을 선두로 씩씩하게 나아가 마침내 삼한을 통일했던 것이다.

법민은 용삭 원년 신유(辛酉) 삼월 즉위할 때 조서[制]를 하사하며 이르기를,

"가야국 시조 구대 손 구충왕(仇衡王)이 이 나라에 항복할 때 데리고 온 아들 세종(世宗)의 아들인 솔우공(率友公)의 아들 서운잡간(庶云匝干)의 딸 문명황후(文明皇后)께서 나를 낳으셨으니, 시조 수로왕은 어린 나에게 십오대조가 된다. 그 나라는 이미 사라졌지만 그를 장사지낸 사당은 지금도 남아 있으니, 종묘에 합해서 계속하여 제사를 지내게 하리라." 이에 그 옛 터에 사자를 보내 운운.[朕是伽倻國元君九代孫仇衡王之降于當國也. 所率乃子世宗之子, 率友公之子, 庶云匝干之女, 文明皇后寔生我者. 兹故元君於幼冲人. 乃爲十五代始祖也. 所御國者已曾敗. 所葬廟者今尙存. 合于宗祧. 續乃祀事. 仍遣使於黍離之趾](『삼국유사』「가락국기(駕洛國記)」 중에서)

이것은 왕의 신념과 포부를 알리고자 함일 것이다. 마지막으로 왕의 최후를 빛낸 에피소드를 소개하는 것으로 이 이야기를 끝내도록 하자.

문무왕은 나라를 다스린 지 이십일 년 후, 영륭(永隆) 이 년[29] 신사(辛

---

28 신라 문무왕(文武王) 1년에 대당하는 661년.
29 서기 681년.

巳)에 승하하셨는데, 그 유해는 임금의 유언에 따라 동해 한가운데의 큰 바위 위에 장사를 지냈다. 왕은 언젠가 지의법사(智義法師)에게 이렇게 말씀하셨던 적이 있었다.

"바라건대, 짐은 사후에 호국(護國)의 대룡(大龍)이 되어 불법을 받들고 이 나라를 지키고 싶다."

이렇듯 문무왕은 사후에 이르러서조차 국가를 사랑했던 것이다.

마치며

이 이야기를 창작할 당시, 스이마쓰 야스카즈(未松保和) 교수의 연구「신라삼대고(新羅三代考)」에서 시사받은 바가 컸다. 이 연구는 신라사 연구의 신기원을 획한 것이라 믿는다. 이 귀중한 연구가 하루 빨리 발표될 것을 기대함과 동시에 미발표 원고를 흔쾌히 대여해주어 그 내용을 자유롭게 이용할 수 있도록 해주신 것에 깊이 감사한다. 다만 말해두고 싶은 것은 이 이야기의 내용 자체가 교수의 연구 그 자체는 아니라는 것이다.